《アナザー・フロンティア・オンライン》

# 生産系スキルを極めたらチートなNPCを雇えるようになりました

volume 2

著 ぺんぎん
イラスト Yuzuki

TOブックス

# 登場人物紹介

## ハヤト

主人公。コーヒーが好き。生産系スキルを極めており、こだわりが強い。夢は喫茶店経営で、クラン戦争による賞金獲得を目指している。

## エシャ・クラウン

食いしん坊のメイド。チョコレートパフェが好き。随一の戦闘力を誇り、NPC界隈では有名人である。ただし、掃除等が一切できず、メイドとしては全く役に立たない。

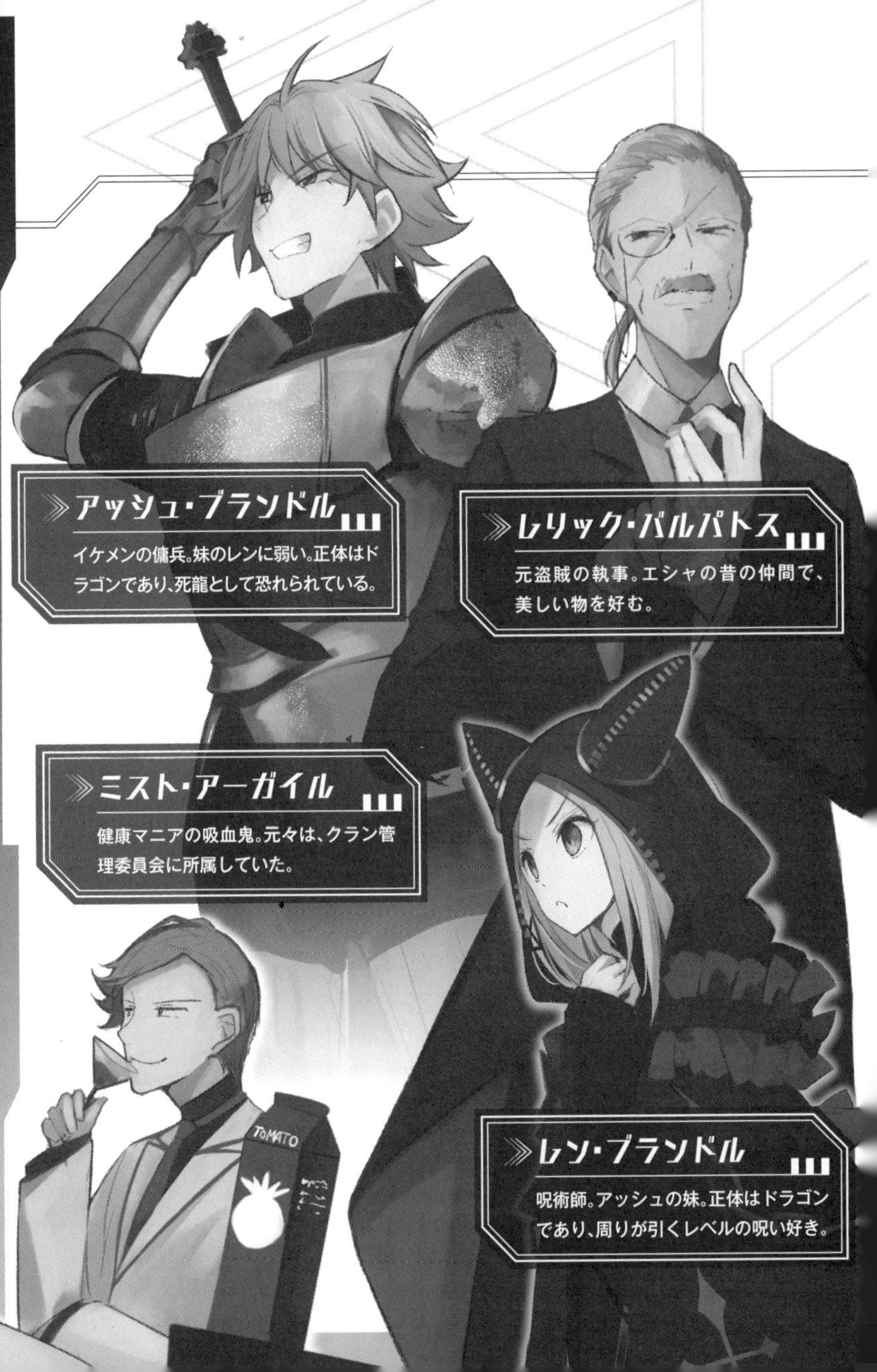

**アッシュ・ブランドル**

イケメンの傭兵。妹のレンに弱い。正体はドラゴンであり、死龍として恐れられている。

**レリック・バルパトス**

元盗賊の執事。エシャの昔の仲間で、美しい物を好む。

**ミスト・アーガイル**

健康マニアの吸血鬼。元々は、クラン管理委員会に所属していた。

**レン・ブランドル**

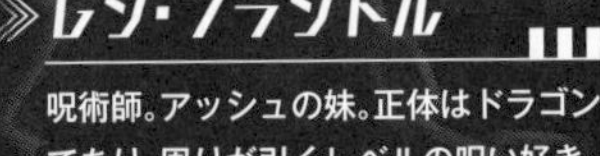

呪術師。アッシュの妹。正体はドラゴンであり、周りが引くレベルの呪い好き。

# 目次

一　怪しいNPC……006
二　戦力の強化……024
三　ブラッドナイツ……081
四　クラン戦争四……101
五　絶景スポット……131
六　困った客……138
七　勇者と魔王……150
八　クラン戦争五……198

九　神の使い……244
十　最後のクラン戦争……261
十一　AI殺し……295
十二　生産系スキルを極めたら……338
書き下ろし番外編　仮想現実が現実を凌駕する時代……353
あとがき……368
コミカライズ試し読み　第一話冒頭……370

イラスト　YuzuKi
デザイン　AFTERGLOW

# 一　怪しいＮＰＣ

《悪魔召喚研究会》との戦いが終わって三日後、ハヤトは自室でゆっくりしながら考え事をしていた。

この三日間はかなり平和だった。

これまでのクラン戦争とは異なり、《悪魔召喚研究会》から不正の申し立てがなかったからだろう。

大規模戦闘に出てくるようなボスキャラをエシャが倒せることも、吸血鬼のミストがクラン戦争中に復活することも、仕様上できるとはいえ、普通に考えたら不正に思われても仕方ないとハヤトは思っていたのだが、クラン管理委員会から調査員が派遣されてくることはなかった。

名前に反して負けを認められる紳士的なクランだったのか。または公爵級の悪魔を召喚すること自体がグレーだと思っているなどの理由も考えられたが、面倒なことにならなくて良かったとハヤトは胸を撫でおろした。

ハヤトは別のことを考えている。それは現在のランキングについてだ。

残りの試合は三試合。その三試合でランキング五位以内に入らなければ賞金は貰えない。たとえ上位であっても賞金が得られない順位なら意味がないのだ。

ランキングはポイント制になっている。ランキングが上のクランに勝てばかなりのポイントを貰えるが、ランキングが低いクランに勝っても得られるポイントは少ない。

残りの試合にすべて勝ったとしても、戦った相手のランキングによっては五位以内に入れない可能性がある。一度はランキングが上位のクランと戦って勝たなければならないだろう。

そうは思っても、マッチングはランダムで、クラン共有のお金を調整したところで上位のクランと戦うことができるかは運でしかない。ベッティングマッチで狙い撃ちするという方法もあるが、今の時点で上位クランの中にベッティングマッチを希望しているクランはいなかった。

（どうしたものかな。上位クランは拠点（きょてん）もいいところを持っているだろうし、この場所を賭けても食いついてくるとは思えない。相手が欲しがるものがあればいいんだが）

今はクラン戦争が終わった直後。あと三週間程度は対戦相手が決まらない。しばらくは余裕もあるので、上位クランに関する情報を集めようとハヤトは考えた。

そう思った直後、部屋にエシャが入ってくる。相変わらず何の遠慮もない。

「ご主人様、お客様が来てますが」

「難しいかもしれないけど、まずノックしてくれるかな？」

「それは難しいですね。ご主人様の驚いた顔を見たいので。チャンスは逃せません」

「確信犯かー、まあいいや。えっと、どんな客？」

「教会の方ですね。若いシスターの方でご主人様と話がしたいそうです。自首するなら早めのほうがいいと思いますが。面会には行きますからその間も雇ってください」

「衛兵が来たわけでもないのになんで自首するの。犯罪行為は何もしてないから」

とはいえ、シスターが自分に用事があるというのも意味が分からない。ハヤトはそのシスターに会うことにした。

ハヤトはエシャと共に一階の食堂へ移動する。シスターは立ったまま待っていたようだった。

見た目はレンよりも上で十代後半くらい。着ている修道服は黒をベースにしたシンプルなものだ。長めのヴェールを頭にかぶっているが、ショートカットと思われる水色の髪が見えた。

「やあ、ハヤト君。会いたかったよ」

シスターの少女は笑いながらそう言った。

年下と思われる女性から君付けで呼ばれて少し訝しむ。相手はハヤトを知っているようだが、ハヤトには全く会った覚えがない。

「どこかで会ったことがあったかな？」

「ああ、これは失礼。そういえば初対面だったね。以前から君のことを知っていたから色々と飛ばしてしまったよ。こういうときは、自己紹介をするべきかな？」

「普通はそうだね」

「なるほど。なら自己紹介をしよう。私の名前はディーテだ。以後よろしく頼むよ、ハヤト君」

「ええと、そのディーテちゃんが俺に何か用かな？」

「……ディーテちゃん、か。なかなか新鮮だ。何か用というなら君と会って話をしたいというのが用だね。普段は外へ出ないのだが、どうも君が気になってここまで来たというわけだ」

ハヤトは言葉に詰まる。どう反応していいのか分からないからだ。好意的というよりは単純に興味があるという感じに思える。

ディーテを詳しく見た。名前は間違いないし、特におかしなところはない。しいて言えば名前が黄色なのでNPCだということくらいだろう。分かっているのはそれだけだ。

ハヤトがどうしたものかと思っているとディーテが口を開いた。

「ハヤト君のクランはなかなか強いね」

「クランメンバーのおかげかな。えっと、本当に話をしに来ただけ？」

「その通りだが忙しいのかね？　邪魔をしているなら出直すが？」

「今はそうでもないけど、俺と話をしたい理由が分からないかな。君は俺のことを知っているかもしれないけど、俺は君のことを何も知らないから」

「先ほど自己紹介をしたと思うが？」

「基本的に分かっているのは名前だけだね。恰好から見ると教会から来たとは思うんだけど、教会の仕事でここに来たわけでもないんだろう？」

そもそもハヤトは教会に世話になったことはない。神聖魔法を覚える、倒されたときの復活場所として登録する、教会とはそれくらいの施設だと思っているほどだ。

「名前だけ知っていれば十分だと思ったのだが、足りないかね。なら、なんでも聞いてほしい。答えられることなら答えよう」

一般的な常識から少しずれている気がするが相手はNPC。そういう設定のキャラなのだろうと考えて質問をすることにした。

「ええと、ここへ来た理由は俺と話をしたいってことだけど、俺のことはどこで知ったの？」

「クラン戦争で面白い勝ち方をしていたのでね。しかもこのクランは三ヶ月ほど前に作られたばかりだ。最初から戦っているクランと比べて出遅れているにもかかわらず、すでにAランクでしかも上位を狙える位置にいるだろう？　興味を持つなというのが無理ではないかね？」

確かにその通りではあるが、その情報をどこで手に入れたのかと、ハヤトは不思議に思う。

クランの設立日などは調べれば分かる。クランの申請ができる施設では全クランの基本情報が分かるからだ。ただ、面白い勝ち方をしているというのは普通分からない。

ハヤトのクラン《ダイダロス》は、いままで動画にピックアップされておらず、その戦い方を知っているのは対戦相手か、クランの申請ができる施設の関係者くらいだろう。

吸血鬼のミストが所属していたクラン管理委員会のメンバーなら確認することが可能かもしれない。そう思って質問した。

「もしかしてクラン管理委員会の人なのかな？」

「いや、私は所属していないね」

「なら、なんで面白い勝ち方であることを知ってるのかな？　普通、ピックアップされた動画しか試合内容を見れないと思うんだけど？　それに対戦したこともないよね？」

「確かに動画はピックアップされていないし、対戦したこともないね。だが、どんなことにも抜け道はあるということだよ。さて、他に質問はあるかな？」

ハヤトが欲しい答えにはなっていないが、細かく聞いても答えてくれそうにないと判断した。とにかく目の前にいるディーテは何らかの形で状況を確認できるということだけは分かった。

さらに情報を引き出せないかとハヤトは質問を続ける。

「面白い戦い方をしているという理由だけで話をしたいと？」

「その通りだよ。特に二回目のクラン戦争は良かった。ハヤト君なら奪われた剣と同じものを作れたのではないかね？　それをわざわざリスクのある方法で取り戻した。なぜ、あんなことを？」

（その質問はレリックさんにもされたな。しかし、対戦の内容だけじゃなくて事情まで知っているってことか？　なんだ、このＮＰＣ？　まさかとは思うが運営か？）

このゲーム《アナザー・フロンティア・オンライン》で、運営が操るキャラクターはいないと言われている。

以前はネット上に見たという情報も存在したが、それは嘘の情報だと証明されていて、運営が操るキャラはいない、というのがこのゲームの常識だ。

（当時いなかったというだけで今はいるかもしれない。ネットでの情報規制がされていて全く分からないから何とも言えないが、話している限り運営の印象を受ける。どうしたものかな？　いきなりアカウント停止になるようなことはないと思うけど注意したほうがいいのか？）

ハヤトの警戒心が強まる。話をしたい、それだけの理由でここに来ることも怪しいが事情を知りすぎている。逆に運営でないのなら、ＮＰＣがそこまでするだろうかとも思う。

とはいえ、黙っているのもなんとなくまずい。そもそも隠すようなことでもないのだ。ハヤトは答えることにした。

「以前にも聞かれたことがあるんだけどね、奪われたのが悔しいからだよ。それにあれは思い出のある品だ。同じ性能の物が欲しいわけじゃなくて、あれを取り戻したかったからだね」

その言葉にディーテは笑顔になる。

「素晴らしい。君は全く同じ性能を持つアイテムを作り出せるにもかかわらず、思い出があるものだからという理由で取り戻した。それは本当に素晴らしいことだよ」

明らかに上機嫌となったディーテを見てハヤトは不思議に思う。どういった理由で素晴らしいと言ったのか分からないからだ。ハヤトからすれば普通のこと。素晴らしいと言われるような話でもない。

「なぜ素晴らしいのか分からないのだけど?」

「それは私だけが分かっていればいいことだよ。それにしてもハヤト君はエシャ君によく似ているね」

「はぁ?」

いきなりそんなことを言われてハヤトは変な声が出た。目の前の少女は、自分とエシャが似ていると言ったのだ。

容姿的なことではないと分かっている。そんなものは一目瞭然(いちもくりょうぜん)だ。だが、性格、行動、信念と比べてみても、似ている部分のほうが少ない。何をもって似ていると言ったのか全く分からなかった。

それに不思議なことがある。ディーテは以前からエシャを知っているということだ。今日初めて会ったのなら、エシャと自分を比べて似ているなどと言えるわけがない。

ハヤトは背後にいるエシャを見る。エシャは眉間(みけん)にしわを寄せてディーテを見ているだけだった。

(よく考えたらエシャが話に全く割り込んでこなかったな。普段ならとぼけたことを言うんだけど)

「エシャはこの子を知ってるの？」

「いいえ、全く。ただ、どこかで会ったような気もします。以前、私と会ったことがありましたか？」

エシャの質問にディーテは笑う。

「おっと、これはうっかりしていた。そういえば初対面だったね。いや、直接会ったことはないよ。君は有名だから、私が知っていてもおかしくはないだろう？」

NPC達の間でエシャが有名なのは間違いない。なんといっても勇者と魔王を前のクラン戦争で倒したのだ。さらには王都の飲食店で出入り禁止になるほどの大食い。NPCが知らないということはないだろう。

その証拠にアッシュ達も知っていたし、バトラーギルドの執事達にも変な顔をされたほどだ。知らないNPCもいるだろうが、おそらく少数派だ。

「確かに有名ですし、見た目も結構いいですが、私の性格まで知っているとは思えません。なぜ私がご主人様と似ていると？」

「自分で見た目がいいと言うのはなかなかいい性格をしているね。確かに詳しいことは知らないが、知っていることもあるということだよ。簡単に言えば思い入れのあるアイテムを大事にしている部分だね。それが似ているという意味だよ——さて、ハヤト君。君と話せてよかったよ。これからも頑張ってくれたまえ。ぜひともランキング五位以内を目指してほしい」

ディーテは笑顔になると、くるりと後ろを向いて拠点を出ようとした。

ハヤトはそれを引き留める。

「ちょっと待ってくれるかな」

何者かは分からないが、なんとなく不思議な感じのするディーテは戦力になるかもしれないとハヤトは思ったのだ。

「ディーテちゃん、もし良かったらこのクランに入らないか？　今、クランメンバーを募集中でね。君が強いというなら、ぜひともクランに入ってもらいたいんだけど」

ハヤトのその言葉にディーテの動きが止まる。そして振り向いた。

「君には驚かされるね。私をクランメンバーに引き入れたいと？」

「強ければ、という条件付きだけど」

「面白い。そうだね、自分で言うのもなんだが私は強い。きっと君の期待に応えられるだろう」

「なら――」

「まあ、待ちたまえ。君はこれまで誰かを仲間にするとき、生産系スキルを使って欲しいものを与えているだろう？　なら、私にもなにか作ってもらいたいね」

（どこまで知ってるんだ？　いまさらだけど仲間にすることが危険な感じもする。やっぱりやめておくか……？）

ハヤトがそう思ったと同時にエシャが前に出た。

「なにか怪しいですね。本当にお強いのですか？」

「ふむ。私が強いかどうか試したいということかな？　いいだろう、かかってきたまえ」

ディーテは顔に余裕の笑みを浮かべながらエシャを挑発する。

エシャもそれに呼応するように愛用の銃《ベルゼーブ666・ECカスタム》を取り出す。

なぜかエシャとディーテが一触即発の雰囲気になったので、ハヤトはそれを止めることにした。ディーテが強いかどうかは知りたいが、エシャが戦ったら被害は甚大だ。それは避けるべき。

ハヤトは二人の間に割り込んだ。

「ちょっと二人とも――」

「あ」

「え？」

エシャから驚いた声が発せられると、銃から光の弾が発射されハヤトの腹部を貫いた。エシャの方に体を向けて割り込んだ形なので、正面から撃たれたことになる。

痛みはないがＨＰは一瞬で０だ。ハヤトはその場に倒れてしまうが意識はある。そして眼前に二つの選択肢が表示された。「待機」と「復活」の二つだ。

プレイヤーはＨＰが０になった場合、二種類の行動がとれる。

一つは倒れたままその場にとどまることだ。

この状態であれば、神聖魔法の蘇生を受けることが可能で、その場での復活ができる。ただし、復活後のＨＰは１。モンスターとの戦闘中に蘇生をする場合は危険だと言えるだろう。

もう一つは拠点や教会、神殿などで復活することだ。

これは魔法での蘇生とは違い、ＨＰは全快、周囲には敵対行動をとるモンスターなどもいないので安全な復活と言える。だが、狩場から復活地点まで移動してしまうので、再度狩場へ行く場合は移動が面倒であると言えるだろう。

　当然、今回ハヤトが取った行動は復活だ。

　そもそも狩場で倒れたわけではなく拠点内で倒れただけだ。復活時、一時的にステータスが落ちるようなデスペナルティもないので、拠点で復活するならデメリットもない。

　ハヤトは「復活」を選択すると次の瞬間には自室にいた。

（プレイヤー同士はクラン戦争以外でダメージを与えることはできないんだけど、ＮＰＣはできるみたいだな。まあ、胸ぐらをつかまれてＨＰが減ってたし、なんとなくそう思ってたけど、どういう仕様なのかね？）

　そんなことを考えながらハヤトは部屋を出た。そして急いで食堂へ戻る。

　そもそもエシャとディーテの戦いを止めるために間に入ったのだ。あのまま戦闘をされていたらデメリットはなくとも死に損だ。

　だが、その心配は必要なかった。二人ともさっきまでの雰囲気とは違い、大人しくしている。

「二人とも落ち着いた？」

「大人気ない感じになってしまったようだね。謝罪するよ、ハヤト君。すまなかった」

「申し訳ありません、ご主人様」

　ディーテのほうは謝りつつもどこか尊大な態度だが、エシャはハヤトの前で頭を下げた。いつものふざけた感じとは違い、本当に申し訳なく思っているように見える。

「ああ、いや、大丈夫だよ。ちょっと倒れただけだから二人とも気にしないで」

その言葉に顔をあげたエシャが複雑そうな顔をする。許したのになんでそんな顔をされるのかとハヤトの心境のほうが複雑だった。

「ご主人様、こういうときは、どう責任取るつもりだ、ぐへへって言うものですよ？　マウントを取れるチャンスだったのに、ヘタレすぎて逆に怖いです」

「エシャは俺のことをどう思っているわけ？」

「恋愛対象としては見ていませんので答えようがないですね」

「好き嫌いを聞いているわけじゃないから。どういう奴だと思っているのかって意味だよ。話の流れを考えて」

「言葉って難しいですね」

告白したわけでもないのに振られた感じになったハヤトはちょっとだけショックを受けつつも、そういえばNPCだったと気持ちを切り替えてディーテの方を見た。そして少しだけ驚く。

なぜかディーテは上機嫌なのだ。楽しそうにハヤトとエシャを見ている姿は年長者が若者を微笑（ほほえ）ましく見るそれだ。

「君達は面白いね。ますますハヤト君に興味がわいたよ」

「それはありがとう。とりあえず二人とも戦うのはやめてね――そうだ、ディーテちゃんのスキル構成を見せてもらってもいいかな？」

ＮＰＣのスキル構成を見ることができるのは、エシャのときで判明している。ハヤトは同じようにディーテのスキル構成を確認しようとした。それによってある程度強さが分かるからだ。

「それで私が強いか判断したいということか。いいだろう、ちょっと待ってくれ――よし、戦力になるか確認してくれたまえ」

ディーテの許可を得てハヤトはスキル構成を確認した。

（思ったよりも普通のスキル構成だな。これと言って特別なところはない。神聖魔法や人体知識、それに各種魔法系スキルも揃えている。聖職者というよりは魔法使いのスキル構成か――あれ？　なんで神聖魔法のスキルが１００なのに、死霊魔法のスキルが１００あるんだ？　これって両方のスキルを得ることはできないはずだけど……？）

神聖魔法と死霊魔法は相反するスキルであるため、両方を同時に覚えることはできない。つまり、目の前にいるディーテは、エシャと同じようにスキルのシステムを逸脱していることになる。

「どうして神聖魔法と死霊魔法を使えるのかな？　それって同時には覚えられないよね？」

「そういえばそうだったね。ついうっかりしていたよ。だが、どうだね？　特に弱いスキル構成ではないと思うが？」

さっきからうっかりばかりだが、何をどううっかりすればそういう状況になるのか全く分からない。そして、そのことについてディーテは話をするつもりがなさそうに見える。

ハヤトは考える。

これからの戦いには回復の魔法が使えるメンバーも必要だ。回復手段がポーションだけでは厳しくなる。ならば、スキル構成において規格外のディーテを仲間にするのは悪くない。少なくとも神聖魔法のスキルが１００なら採用候補だ。

隠し事がありそうなので完全には信用できないが、興味がある間はちゃんと働いてくれそうな感じはする。運営と繋がっている可能性は高い。だが、ハヤトは不正なことをしているわけではない。なんとなく怪しいＮＰＣを仲間にすることでゲーム自体が詰むという可能性もあるが、残りのクラン戦争は残り僅かだ。ならば、とディーテを仲間にすることにした。

「ディーテちゃんの強さは分かった。ぜひ、仲間になってほしい」

「信頼はされていないようだが、今後のために戦力を求めるといったところかな。なかなかのギャンブラーだ。だが、いいのかね？　エシャ君のほうはかなり警戒しているようだが」

ハヤトは隣のエシャを見る。確かにクランへ入れることを良く思っていない感じの顔だ。かなり警戒しているのか眉間にしわを寄せている。

「エシャは反対かな？」

「本人を前にして言いたくはないのですが、私の勘がかなり危険だと言っています。確かに強いのかもしれませんが、裏切る可能性があるかと。私もチョコレートパフェが食べられなくなったら裏切りますが」

「安心したまえ、裏切るなんてしないよ。それではつまらないからね」

面白ければ裏切るのか、と思ったが、ハヤトは改めて考える。

エシャとディーテ、どちらを信じるか。

今までのことを考えたらエシャを信じるべきだろう。なんだかんだ言ってエシャは何度も助けてくれた。今日会ったばかりのディーテを戦力になるからと言って、エシャの言葉を無視して仲間にするのは失礼な気がする。

それに今までと違って、エシャがディーテを警戒している。アッシュ達はともかく、ミストをクランへ入れるときはそこまで拒否反応を示さなかったエシャが、今回に限っては明らかに難色を示しているのだ。

戦闘時におけるエシャは信用できる。野生の勘とまでは言わないが、危険を察知する嗅覚については信用しても良いのではないか。

ハヤトはそう考えて結論を出す。

「ディーテちゃん、すまない。やっぱりクランに入れるのは見送りたい。こっちから提案したのに失礼な話なんだけど」

「ふむ、エシャ君を信じるということか――ハヤト君、君は私が思っている以上に素晴らしい人間だよ。安心したまえ、失礼などとは全く思っていない。むしろハヤト君が彼女を信頼していることが分かって喜ばしいくらいだ」

ディーテはその言葉どおり、笑顔のままで怒っている様子はない。

「とはいえ、このまま引き下がるのも悔しい。私も信頼されればクランに入れてもらえる可能性があるのだろう？　しばらくここへ遊びに来てもいいかね？　時間があるなら仕事の依頼をしたいし、逆に私が依頼を受けてもいい。もし信頼を得られたのなら、そのときはクランへ入れてくれたまえ」

「それはもちろん。ディーテちゃんのことを良く知って問題がないと分かれば、ぜひとも仲間に迎えたいと思う。エシャもそれならいいかな？」

「信頼できるなら良いと思います」

「なら決まりだな。次のクラン戦争では無理でも、その次くらいには参加したいものだ。さて、結構時間も経ったし、今日はこの辺で失礼するよ」

ディーテはそう言うと、ハヤト達の返答も待たずに拠点を出ていった。

食堂にはハヤトとエシャだけが残される。

ハヤトは少し困っている。なんとなくだがエシャの方を見たくない。だが、その希望は即座に打ち砕かれた。

エシャはハヤトの横で両手を背中側に組み、軽く腰を曲げて、横から覗き込むようにハヤトを見ている。しかもニヤニヤした感じで。

「クラン戦争のときといい、ご主人様が私にデレているということが証明されてしまいましたね？　私に惚れると火傷(やけど)しますよ、とだけ言っておきます」

デレてはいないが信頼はしている。ただ、それを言ったり認めたりするのは恥ずかしい。ＮＰＣ相手に何を言っているんだとは思うが、それでも照れくさいのだ。

「えっと、別にそういうわけじゃないから」

「そうでしたか。では、私ではなくアッシュ様にデレてください。ツンデレでも可」

「なんでそうなるの。さっきのは単純に自分の勘よりエシャの勘のほうが信用できるっていうだけだよ。ところで真面目な話、ディーテちゃんは危険なのかな？　俺もなんとなく引っかかる感じではあるんだけど」

ハヤトは、ディーテが何か違和感があるようなことを言った気がしている。だが、それがなんなのか明確に分かっていない。そのためにモヤモヤしているのだ。

ハヤトが真面目に考えているのが分かったのか、エシャはニヤニヤしている顔から一転、真面目な顔になって腕を組む。

「実を言うと危険かどうかは分かりません。ただ、あのディーテって子には以前会った気がします。でも、それがいつだったのか、どこで会ったのか、それを全く思い出せないんですよ。それがなんとなく気持ち悪くて。思い出してはいけないような気もしますし……なんでしょうね、これ？」

「それは俺にも分からないけど。ディーテちゃんがここへ来ることも拒否したほうがよかったかな？」

「関わらないほうがベストだとは思いますが、放っておいても問題がありそうです。それなら正体を見極めるためにも話をしてどういう子なのか知っておいた方が良いのでは？　もしかしたら、私も何かの拍子に思い出すかもしれませんし」

「そっか。なら、遊びに来るのはいいとしても、実際にクランへ入れることについてはどう思う？」

「ご主人様が問題ないと思うなら良いのではないですかね。目をつけられた時点でもうアウトっぽいですし、次のクラン戦争には参加しないのでしょう？　その後のクラン戦争が二回だけなら問題ないと思います。それに裏切ったら私が排除しますので。裏切ることを前提に考えておけば、なんとかなりますよ」

エシャがニヤリと悪巧みをするような顔になる。ハヤトは似合っているなと思いつつ、頼もしいなとも思う。

「分かった。ならもう少し話をしてから決めよう。いざとなったらエシャが守ってくれるみたいだしね――もしかして、エシャは俺にデレてる？」

さっきの仕返しとばかりにハヤトもエシャに向かってニヤニヤしてみせる。

だが、エシャには全く効果がなかった。頬を染めて抗議するというようなことを期待したのだが、それどころか真顔だ。なに言ってんのお前、みたいな顔で見つめられてハヤトは胃が痛い。

「私がデレている相手は、ご主人様が作るチョコレートパフェです。あとケーキ」

「ああ、そう。慣れないことはするもんじゃないね、余計なことをしたから胃が痛くなってきたよ」

「さっき銃で撃った後遺症ですかね？　ポーションを飲んだ方がいいですよ」

「そういう意味じゃないから。わざと話の流れを読まずに言ってるよね？　……それじゃまた店番を頼むよ。俺は自室で次のクラン戦争の準備をするから」

なんだか恥ずかしくなったハヤトはエシャを食堂へ残して逃げるように自室に戻るのだった。

## 二　戦力の強化

ディーテがやってきた翌日、昼を少し過ぎた頃にレリックがハヤトの自室にやってきた。

基本的にレリックには買い物を頼んでいる。それはチョコレートパフェの材料であったり、ポーションの材料であったりするが、最安値で売っているところを見つけて買ってきてほしいと頼んである。

レリックは世界中を巡り最安値の材料を買ってきてくれるので、時間はかかるがハヤトはかなり感謝していた。こういう買い出しも以前はハヤトがずっとやっていたことなのだ。

買ってきた物に関してはクランの倉庫へ入れるように頼んであるので、特に手渡しするようなものはない。倉庫へ入れたら音声チャットによる連絡があるだけだ。

レリックが帰るときにはハヤトの方から食堂まで会いに行って挨拶をするのだが、今回はなぜか直接ハヤトの自室までやってきたので、少々驚いたところだった。

「レリックさん、どうかされましたか?」

「はい。実はハヤト様にお願いがあって参りました」

レリックがあまりにも畏まっているので、ハヤトは最悪のお願いをされるのではないかと恐怖した。

レリックにはエシャやアッシュのような強さはない。しいて言えば窃盗スキルが強力だが、戦力としての強さではない。レンの《ドラゴンカース》やミストの吸血鬼のような特殊なスキルもない。

だが、決して弱くはない。

前回の戦いでもレリックの格闘スキルに助けられた。後半は傭兵達との連携もあったが、結局あの大量の悪魔達を一体も拠点へ入れなかった。

それは的確にスキルを使用するなど、戦い方の効率がよかったのだとハヤトは思っている。つまり、攻撃の火力を技術で補っているのだ。そんなレリックが抜けるとなれば、クランの戦力はかなり落ちるだろう。

「ええと、どういったお願いですか？　クランを辞めると言われると困るのですが」

「いえいえ、そんなことはございません。ハヤト様が雇ってくださる間は、私の方から抜けたいなどとは言いませんよ」

ハヤトは胸を撫でおろすが、それならそれでお願い事はなんだろうと興味を持つ。

「ではどういったお願いでしょうか？」

「はい、私向けの武器を作っていただきたいのです」

「武器ですか」

レリックの話では、前回の戦いにおいて自分は戦力として役に立たなかったことを恥ずかしく思っているとのことだった。

拠点の入口において悪魔の侵入を防ぐという役目を果たしていたが、男爵や公爵級の悪魔を倒したのはエシャ達だ。弱い相手にならそれなりの戦いはできるが、強い相手には全くの役立たず。

今はいいかもしれないが、今後の戦いのためにも自分の戦力を強化したいと考えた。

ハヤトとしてはレリックが弱いという考えを否定したいところだが、気持ちは痛いほど分かる。

明らかにエシャの攻撃は規格外だし、アッシュ達も強い。ハヤトは戦えないが、もし普通に戦えたとしたら、あまりの戦力格差にへこむだろうと思っていたからだ。

「大変申し訳ないのですが、スキルの構成を変えることはできません。盗賊系スキルを極めたことに誇りがありますので。それに今から変えたとしても、残りのクラン戦争に間に合わないでしょう」

「もちろんです。お気持ちはすごく分かります。スキル構成を変える必要はありませんよ」

ハヤトも色々な事情はあるが、生産系スキルの構成を変更するつもりはない。

それにクラン戦争に参加するなら戦闘系スキルは100が基本だ。一ヶ月で100まで上げるのは、ある程度スキル上げの方法が確立されているとは言っても厳しいものがある。とくに90以降は上がりにくいのだ。

「ご理解いただけてうれしく思います。ですので、私自身の戦力を上げるためには、装備品を見直すしかないかと考えました」

「なるほど。それは間違いないですね。強さを決める一番の要素は意見が分かれますが、二番目は装備でしょう――お話は分かりました。では、何を作りましょうか？　なんでも言ってください」

レリックは懐から紙を取り出し、ハヤトへ渡した。

「伝説の執事がつけていたという手袋の情報です。買い物のついでに色々と調べておきました」

「伝説の執事って何者って気がしますが、分かりました。ええと――」

ハヤトが見た紙には装備とその材料が書かれていた。

名前は《レクイエム》。材料はユニコーンの角、スノードラゴンの皮、月光草のエキスをそれぞれ一つずつ。ハヤトがそれを確認すると紙が消えた。アイテムを作れるようになったのだと判断する。（裁縫スキルで作るようだ。それは問題ないけど材料を集めるのが大変だな。ユニコーンの角は女性キャラしか採れないし……これはネイに頼むか。スノードラゴンの皮はアッシュ達が持っている気がする。月光草はオークションでもいいけど、採りに行ったほうが早い。アッシュ達と行ってみ

るか）

「作る物と材料は分かりました。次のクラン戦争までには用意しておきますので」

「そうしていただけると助かります。ですが、星五である必要はありませんので、あまり無理はなさらずにお願いします」

「それは約束しかねますね。どうせなら最高品質の物を渡したいので」

職人的に星五以外はあり得ない。それ以外を渡すことはハヤトにとって負けだ。材料はかなり用意して大量に作成すると心に誓った。

「ハヤト様ならそうおっしゃると思いましたが、本当に無理はなさらないようにお願いします。星一だとしても戦力の向上にはなると思いますので」

「時間の許す限りは最高品質を目指しますよ。楽しみにしていてください」

レリックは少しだけ微笑む。そして頭を下げた。

「承知しました。楽しみにしております——では、また買い物に行ってまいります」

「はい、よろしくお願いします」

レリックはもう一度頭を下げてから部屋を出ていった。

ハヤトはまずネイに連絡してユニコーンの角を大量に仕入れてほしいと伝えた。

オークションで買っても良かったが、大量に必要となるため、お金がかかり過ぎる。クラン戦争に勝利したのでゲーム内通貨はかなりある。だが、なにかあったときのために残しておきたいのだ。

だからと言ってネイ達に無料で集めてほしいという話ではない。これは取引だ。

ハヤトが欲しがる素材をネイ達が集め、それを受け取る代わりに武具のメンテナンスや必要なアイテムの作成をハヤトが行っている。お互いの労力が見合っていない場合もあるが、友達ということでどちらも気にしていなかった。

ネイは「すぐに集めるぞ！」と元気よく了承した。

次にハヤトは、アッシュへ連絡してスノードラゴンの皮がないかを確認した。

アッシュ達はドラゴンを狩ることが生業（なりわい）だ。基本的に狩りで得られたアイテムをオークションなどで販売してお金を得ている。とはいえ、全部を売るわけではなく、いくつかは残してあるとハヤトは聞いていた。

アッシュからすぐに持っていくとの連絡と、必要であればもっと狩っておくという連絡を貰った。そして月光草を一緒に採りに行く話もつける。

これなら材料はすぐに集まるだろうと思ったところで、なぜかレリックが戻ってきた。

「レリックさん？　どうかされましたか？」

「メイドギルドのメイド長様がお見えです。拠点の入口でばったりお会いしまして、食堂でお待ちいただいております」

「そうでしたか。すぐに向かいますので」

「よろしくお願いいたします。では、改めて買い物へ行ってまいります」

レリックはそう言うと、ハヤトの自室を出ていった。

そしてハヤトは食堂へ向かう。

向かう途中、ハヤトはメイド長が何をしに来たのだろうと考えた。

現時点で対戦相手は決まっていない。相手の調査をすることはできないので、ここへ来る理由が分からなかった。もしかしたらエシャの指導のために来たのかもしれないが、そんなことでメイドギルドのトップが来るだろうかと疑問に思う。

会えば分かるだろう。そう思って食堂へ急いだ。

食堂ではメイド長が椅子に座っていた。目の前のテーブルにはオレンジジュースが置かれている。

「おまたせしました」

ハヤトは声をかけたが、なぜかメイド長は心ここにあらずという感じだ。オレンジジュースを見つめたまま微動(びどう)だにしていない。どう考えてもハヤトに気づいていない。

「あの？　どうかされましたか？」

エシャに何かされたのかと思うほど動かなかったメイド長の首が、ぐるりと動いてハヤトの方を見る。直後にメイド長が一瞬でハヤトの目の前に現れた。

ハヤトは知らないが、これは一瞬で相手との距離をなくす格闘スキルの技、《縮地(しゅくち)》だ。

「ハヤト様！　お伺(うかが)いしたいことがあります！」

「あの、近いです。あと胸ぐらから手を離して。ＨＰが減っているから。なんでメイドってそういうダメージを与えてくるの」

ハヤトは過去にエシャにも似たようなことをされた。これはメイドの技なのだろうかと本気で考える。

メイド長はハッとして離れた。そして服装を直し、コホンとわざとらしい咳をする。

「失礼いたしました。どうやら我を忘れてしまったようです。今のことはお忘れください」

それは無理だ。そう思いながらもハヤトは頷いた。そして品質の悪いポーションを飲んでHPを回復させる。

「それで本日はどういった御用でしょうか？　クラン戦争の相手はまだ決まっていませんので、調べていただくことはまだないと思っているのですが」

「いえ、今回は謝罪に参りました。前回の戦いではあまりにも情報が少なく、ほとんど意味がなかったと思っています。申し訳ありませんでした」

「そんなことはありませんよ。なにかしらヤバいことをやりそうっていうことは分かっていましたので、それだけでも心の準備ができていたと言えます。何も知らなかったら巨大な悪魔が出た時点でもっとパニックになっていたと思いますので」

ハヤトの言葉にメイド長は驚きの顔をしてから、少しだけ微笑み、頭を下げた。

「さすがは救世主様です。我々のミスをお許しくださるとは」

「その救世主様はやめてくれますか？　それは許せないんですけど」

「本日はさらに調べた情報を持ってまいりました。いまさらと思われるかもしれませんが、ハヤト様には必要だと思いましたので」

（救世主のくだりは無視か。でも、情報ってなんだ？）

メイド長の持ってきた情報は公爵級の悪魔を召喚する方法とサマナー達が見えなくなった理由に

ついてだった。クラン戦争の内容をエシャから事細かに聞き、それを調べてきてくれたのだ。

まずは召喚について。

男爵級の悪魔を召喚するにはサマナー二人の命、そして公爵級の悪魔を召喚するにはサマナー五人の命を捧げる必要があるとのことだった。さらに大量の光吸草（こうきゅうそう）が必要になる。

召喚したサマナー達が倒れてしまうため、公爵級の悪魔は一切命令を聞かないが、大規模戦闘のボスキャラをクラン戦争で使える。召喚さえしてしまえば勝てるとの考えだったのではないかとメイド長は説明した。

（相手クランのサマナー達がいつの間にか七人も倒されていたのはそれが理由か。なら姿を消すのも召喚で倒されたことを相手に知られないようにするためだろう——いや、倒されたことはクラン戦争中の情報で確認できる。どちらかといえば召喚方法を知られたくなかったということかな。三人が残っていたのはクランストーンの防衛か。それに全員が召喚で倒れたらクラン戦争に負けるからだろう）

ハヤトはそう思って考えを述べたが、メイド長はさらに付け加えた。

爵位を持つ悪魔を召喚するためには通常の召喚とは違い、それなりの時間が必要であり、召喚しているということ自体知られたくなかったのではないか。

また、動画のピックアップ対策だろうとのことだった。動画で紹介されてしまうと戦術がばれる可能性が高い。それを避けるための処置ではないか、という意味だ。

これはメイド長の見解なので本当かどうかは不明だが、ハヤトは、確かにそれはあるな、と頷いた。

「そしてこちらも調べてまいりました。お納めください」

メイド長は紙をハヤトに渡す。そこには《インビジブル》と呼ばれるアイテムの製造方法が記載されていた。

「姿を消すアイテムです。製薬スキルで作れるアイテムで、いわゆる魔法の粉ですね。体に振りかけると姿が消え、その場所を動かない限りはずっと周りから見えない状態になります。ただ、その状態でも召喚魔法が使えるように、移動しない行動なら姿を消したままでも可能なようですね」

ハヤトはこれまたずいぶんと物議を醸すアイテムだなと、改めてそのアイテムの材料を確認する。製薬のメニューを表示させると、そこには大量の散光草を使うことが記載されていた。

（散光草を欲しがったのはこのためか……そんなことよりも問題はこの製造方法をあのクランが知っていたということだ。つまり、ＮＰＣの誰かが教えたということだろう。もしかするとあの召喚に関してもＮＰＣが教えた……？）

《悪魔召喚研究会》にＮＰＣがいないことはクラン戦争中の情報確認で判明している。つまりクランに入れることなくどこかのＮＰＣと親しくなり、情報を得たのだろう。もしかしたら何かのクエストで手に入るのかもしれない。

そんなふうにハヤトが考えていると、メイド長がテーブルに身を乗り出してきた。

「こちらからの情報は以上ですが、何かご質問はありますか？」

「え？　いえ、今のところは特にありませんが――」

これらの情報をどうやって手に入れたのかを知りたいと思ったが、何か怖いことを聞かされる可能性もあるのでとりあえずスルーすることにした。重要なのは内容であって方法ではない。

「では私から質問させてもらってもよろしいでしょうか？　嫌と言ったら、このテーブルが壊れるかもしれませんが」

「そういう脅しをしてくるところはエシャにそっくりですね――あの、そんなにショックを受けないでください。質問があるならどうぞ」

ハヤトがそう言うと、メイド長はなぜか頬を染めてテーブルの上に「の」の字を書き始めた。テーブルがダメージを受けているほど指の力が強い。

家具にもＨＰが設定されており、０になると破壊される。勘弁してほしいとハヤトは思った。

「先ほど私をこちらへ案内してくださった紳士的な男性のことなのですが……顔に傷のある素敵なお方と言えばいいでしょうか」

どう考えてもレリックのことである。そしてテーブルに書いた「の」の字。したくはなかったが一瞬で理解した。

「レリックさんのことですか？」

「キュン――レリックさんとおっしゃるのですか。なんと素敵な名前……」

（キュンって口に出して言ったぞ……）

ＮＰＣ同士で恋愛などがあるのだろうかとハヤトは思ったが、よく考えたらＮＰＣには家族という設定のキャラもいる。そもそもアッシュとレンが兄妹だ。もしかするとＮＰＣ同士でも結婚というシステムが存在するのかもしれないな、と考えを改めた。

「ハヤト様。提案なのですが、こういうのはどうでしょうか。エシャを差し上げますので、レリック様をくださいませんか？　等価交換ということで」

「ナチュラルに外道なことを言わないでください。普通に口説いてくださいよ。それに大丈夫ですか？　レリックさんはバトラーギルドに所属していますが」

メイドギルドとバトラーギルドに確執はないと言われているが、覇権を争っているという話を聞いたことがあった。しかも目の前にいる女性はそのトップとも言うべきメイド長。古典の悲劇のようになる可能性がある。

「……運命とは残酷なものですね」

「そんな大層な話ではないと思いますが」

「しかし、私は女である前にメイド。この気持ちは心の奥底にしまっておきます——毎日会いに来てもいいでしょうか？　見るだけですので」

「心の奥底が浅すぎます。もっと奥深くにしまって封印してください。まあ、月一くらいでお願いします。いらっしゃるときにはレリックさんもいるようにお願いしておきますので」

メイド長はスキップする勢いで嬉しそうに拠点を出ていった。

（本当は毎日来てもいいんだけど、メイド長が来るとエシャの挙動がおかしくなるからなぁ）

ハヤトはそんな風に思いながら食堂の椅子に座ってコーヒーを飲んでいると、店舗へ繋がる扉からエシャがこそっと顔を出してきた。そしてキョロキョロと食堂内を確かめてから近づいてくる。

「メイド長は帰りましたか？」

「いま帰ったよ。なにか用事があったの？」

「いえ、用事があっても会いたくはないですね」

「用事があるときは会ってあげて。それじゃ俺に用事？」

「そういうわけではないです。メイド長の気配を感じていたのですが、小言も言わずに帰ったので、どうしたのかと思いまして。さては私が有能なメイドであることをアピールしてくださったとか？」

「有能だとは思ってるけど戦闘面だけかな。まあ、メイド長さんも色々忙しいみたいだから。さて、それじゃ部屋に戻るよ。店で売る物とか作っておかないといけないからね」

「そうですか。では私も店舗のほうへ戻ります。あと、三時になったらおやつをよろしくお願いします」

「はいはい」

エシャが店舗の方へ戻るのを確認してから、ハヤトも自室に戻るのだった。

その日からエシャは毎日メイド長に呼び出されてクランメンバーのことを報告しなくてはいけなくなったらしい。


前回のクラン戦争から一週間が経った。

レリック用の武器《レクイエム》の材料が揃ったのでハヤトは自室で作成に勤しんでいる。

ユニコーンの角に関してはネイが張り切ったようでかなりの数がある。

ユニコーンはモンスターとしては弱い方だ。だが、実際に倒しても角をドロップすることはない。手に入れるには色々な方法があるが、テイムを試みるのが手っ取り早いだろう。動物調教スキルが90以下の場合、ユニコーンはペットにはならず角だけを置いていくのだ。

ネイはそれを何度も繰り返し、大量の角を手に入れた。傍（はた）から見るとなんとも言えないような行為だが、これはゲーム。角を置いていってもユニコーンの角が無くなるわけではないので、よく行われている行為だ。

ハヤトの想定以上の角を持ってきたので、かなりのお礼が必要だと判断した。今度時間があるときに防具のメンテナンスをしてほしいと依頼されて、ハヤトは笑顔で了承する。

（クラン戦争のイベントが終わったら皆にお礼をしないとな。それに色々と振り回してしまったお詫びもしないと）

ハヤトはそう考えながら別の材料も確認する。

スノードラゴンの皮はアッシュ達が大量に持っていたのでそれを受け取った。この皮で加工された防具などは冷気系のダメージを減らす効果があるため、ため込んでおいてハヤトに作ってもらう予定だったらしい。

レリックの武器作成に使いたいと言ったところ、二つ返事で了承してもらえた。しかも無料。ハヤトはお金を払うと言ったのだが、アッシュはクランの戦力を整えるためならお金は不要だと男前なことを言って、持っていた皮をすべてハヤトに渡した。

ハヤトはいつか礼をすると言って、ありがたく受け取った。

そして月光草。

これはハヤトが王都の近くにある《エルドムルの森》でアッシュ達と採取してきた。

（アッシュ達にも世話になりっぱなしだ。いつかドラゴンの話や呪いの話を聞いてクエストを発生させてみよう。俺がそのクエストで役に立つかどうかは分からないけど）

ハヤトはそう考えるが、すべてはクラン戦争が終わってからだ。今はそんな余裕がない。戦力の強化やクラン戦争の準備もそうだが、確実にランキング上位と戦う状況を作り出さなくてはいけない。時間がいくらあっても足りないと言っていい。

（今までは運が良かっただけ。これからも運に頼るしかないけど、やれることはやっておかないとな）

ハヤトはそう思いながらレリック用の武器を作るのだった。


「ご主人様、やんごとなきお方がいらっしゃいました。ぜひとも作ってほしいものがあるということです」

午後三時頃にハヤトの自室へエシャがやってきた。相変わらずノックをしないが、もう諦めている。

「……どんなアイテムか聞いてる？」

エシャの言う「やんごとなきお方」は無視した。それに今はレリックの武器を作っている。材料は大量にあるが、星五で作るにはかなり厳しい確率なのだ。できるだけ早く作りたいので、時間が掛かるような依頼なら断ろうと考えた。

「料理を作ってほしいそうです。材料を持ち込んでいますよ」

「それならいいかな。材料をこっちで用意するようなら断ろうかと思ってたけど」

ハヤトはエシャと一緒に部屋を出て、店舗まで移動した。

「お待たせしました」

店舗にいたのはNPCの女性だった。

茶色の髪をショートカットにしており、活動的で少々露出のある白を基調とした服を着ている。

そしてその肩には猫がいた。おそらく三毛猫と言われる種類だろう。ハヤトは実物を見たことはないが、画像や動画で見たことがあった。

「初めまして！　自分はマリス・ソラと言います！　マリスって呼んでください！　あと、この子はジークフリートです！　ジークと呼んでくださって結構ですよ！」

女性の名前はマリス、そして猫はジークフリートという名前らしい。

「えっと、マリスね。俺はハヤト。こっちのメイドはエシャ・クラウン」

意外にもマリスはエシャの名前に反応しなかったが、あえて説明する必要はないと判断した。

「詳しい話を聞かせてもらえる？　なんでも料理を作ってほしいとか？」

「そうなんです。私はテイマーをやっているんですが、最近、ジークの食欲が落ちてしまいまして。話を聞いたら、もっと美味しい物を所望(しょもう)する、と」

テイマーは動物やモンスターを調教することでペット化し、共に戦う人のことを指す。可愛らしい動物を飼うことができるので、動物調教スキルはかなり人気があるスキルと言えるだろう。

ハヤトはテイムしたモンスターの食欲が落ちるという状況に首を傾げる。

なぜかと言えば、テイマーやペットに関するシステムをよく知らないのだ。同じ食べ物を与え続けると嫌がるなどの機能が盛り込まれているのかと判断した。

ただ、それ以外にも気になることがある。マリスは「話を聞いたら」と言った。動物調教スキルや動物知識スキルに動物と会話できる機能はない。そのため、ハヤトは冗談だと思って流した。

「えっと、分かったよ。材料持ち込みでの依頼ならそれほど時間はかからないと思うから、すぐに取り掛かるよ」

「ありがとうございます！　もちろんそれ相応のお金も支払いますのでよろしくお願いします！」

マリスは相当嬉しいのだろう。飛び跳ねる勢いで喜んでいた。

それを見たハヤトは心の中でほっこりする。マリスのペットに対する愛情が伝わってきたからだ。

「相当好きなんだね？」

「それはもう！　自分、動物好きは誰にも負けませんよ！　ジークを見ながらご飯三杯はいけますし！」

それはどうなんだろうと思った矢先、エシャが鼻で笑った。

「それは聞き捨てなりませんね。私も動物が好きです。好きすぎて動物知識スキルが上限を突破しているほどだと言っておきましょう」

ハヤトはそれを聞いてエシャのスキル構成を思い出す。エシャはなぜか動物知識スキルが２００だ。そしてもう一つ思い出す。エシャの動物調教スキルはマイナス１００だ。

エシャならさもありなんと思いつつもハヤトは不思議に思う。エシャは一体どういうキャラ設定なのだろうかと。ＮＰＣとはいえ、色々と盛り込み過ぎだ。大体、なぜマリスに動物好きで張り合ったのだろうか。

エシャはそんなハヤトの視線を気にせずにマリスのほうへ体を向けた。

「私の実力をお見せしましょう。肩にいらっしゃるおネコ様を床へ置いてください」

（おネコ様……）

「それは私に対する宣戦布告ですね！　いいでしょう！　動物好きの勝負で負けるわけにはいきません！　私の力をお見せします！」

マリスはそう言うと肩からジークフリートを降ろした。何となくではあるが、ジークフリートは動きに気品がある。毛並みもいいし、王族と言っても良さげな佇まいだ。猫に王族がいるのかどうかは分からないが。

「なんで動物好きの戦いになってるわけ？」

「ご安心ください、ご主人様。絶対に私のほうが動物好きであることを証明してみせます」

「すごくどうでもいい」

どうやって動物好きなのを証明するのかは分からないが、マリスはジークフリートに「お手」と言い出した。ジークフリートは右の前足を出す。

「どうですか、ちゃんとお手もしてくれるんですよ！」

「……あのさ、それってマリスがジークにお手をしてるんじゃないの？」

ジークフリートの前足にマリスが手を乗せている。ハヤトの知識だとお手は逆だ。

それはともかくとして、確かにテイマーをやりたくなる気持ちは分かる。このゲームでは単に猫や犬を飼いたいだけのプレイヤーも多いと言われているが、それは正しい情報なのだろう。

「お手くらい私にだってできます」

エシャはそう言うと、その場で今日のおやつであるチョコレートパフェを食べ始めた。

「何やってんの？」

「何事にも準備が必要なのです」

お手をするのにチョコレートパフェを食べる必要があるのかと聞かれたら間違いなく必要ないと答えられるが、エシャには必要なことらしい。ハヤトはそれ以上、何も言わなかった。

マリスは羨ましそうにエシャを見ていたが、気を紛らわせるためなのかジークフリートを撫で始めた。チラチラとパフェの方を見ているのはパフェを食べたいのだろう。

エシャはパフェを食べ終わると「準備完了」と言ってジークフリートに近づいた。そして「お手」と言いながら右手を差し出す。

刹那、見事に爪でひっかかれた。

猫パンチではない。ガチのひっかき攻撃だ。エシャのＨＰが減った。

だが、エシャは全く動じない。しかもドヤ顔だ。

「どうですか？」

「なにが？　どう見ても嫌われているよね？」

「違います。これはお手。絶対に嫌われてなんていません」

「それでいいなら別にいいんだけど、ダメージを受けてるからポーションを――ああ、このためにパフェを食べたのか」

スイーツ系のアイテムはＨＰとＭＰを徐々に回復させる。ジークフリートのひっかき攻撃によりダメージを受けたエシャのＨＰは徐々に回復した。

エシャはＨＰが全快するとさらにお手をしようと右手を出す。

今度は噛まれた。しかも噛まれたままなので継続的にダメージが発生している。

「どうですか？　甘噛みされるほどです。私の勝ちですね」

「どう見てもそれはマジ噛みだから。というかＨＰの減りが回復を上回っているから気を付けて」

「ジークは大人しい猫なんですけどね？」

（テイマーのマリスでもなんでこんなことになっているのかは分からないのか。調教スキルがマイナスだと動物に嫌われるのかな……？　もしくは本能的な何か……？）

エシャは噛まれつつも嬉しそうだった。右手を噛まれたまま、左手でジークフリートの頭を撫でている。

ゲームなので血が出るわけでもなく、痛そうにしているわけでもないので、見た目には猫とじゃれ合っているように見える。ダメージを受けているのが悲しいところだが、それでもエシャは構わないのだろう。いい笑顔でジークフリートの頭を撫でていた。

しばらくはこのままのようなので、ハヤトはマリスに話しかけた。

「それでどんな料理を作ればいいかな？」

「ああ、そうでした！　《猫まんまデラックス》をお願いします！　それ以外は食わぬ、と怒ってました」

「……怒ってるの？　でも、その料理でいいんだ？　猫まんまだよね？」

「ドラゴンにあげても喜ばれる最高級の食べ物ですよ！」

（アッシュ達にあげても喜ぶのか……？）

そんな疑問がハヤトの頭をよぎるが考えるのは止めた。そして《猫まんまデラックス》の材料を確認する。材料はお米、カツオブシ、魚の骨、そして味噌汁。

マリスはそのすべてをハヤトに渡した。材料がなくなるまで作ってほしいとのことだった。

（スキル上げには使えないし、《黒龍》ではテイマーがいなかったから知らなかったけど、思いのほか料理スキルが必要なんだな。今の状態でも作成できる確率は80％くらいだ。星五の確率は20％と結構高いけど）

今のままでは１００％にならないので自室で装備を取り替えてから作ることにした。その旨をマリスに伝えてから自室へ移動する。

「さて、それじゃ作るか」

ハヤトは料理の作成成功率が上がる装備をしてから《猫まんまデラックス》の作成に取り掛かった。

「それじゃこれね。全部で十個。星五は四つ、星四は二つ、星三は四つね」

五分ほどで店舗へ戻ってきたハヤトは料理をマリスに渡した。思いのほか星五の作成率が高かったのでハヤトは満足している。

だが、マリスはそれを受け取りながらも首を傾げた。

「材料って十個出来る分しか渡してないのに、なんで十個あるんです？　料理スキルが100でも作成成功率は80％しかないはずなので変ですよね？　それに星一と星二がないのもおかしくないですか？」

「それは秘密。料理スキルを極めるとそういうこともできるってこと」

スキルを極めるというよりは装備品を整えたことが理由なのだがハヤトはそう言っておいた。

そして内心はかなり得意げになっている。自分以外でも同じことをできるプレイヤーはいるだろうが、料理スキルにおける最高の装備を持っているプレイヤーは少ないだろうと思っているからだ。

「報酬に関しては材料持ち込みだからタダでいいよ。十個だけだったし」

ハヤトのその言葉にマリスは驚く。そして慌てた感じになった。

「そういうわけにはいきませんよ！　せめてこの10万Gを受け取ってください！　これだけの品質なら足りないかもしれませんが！」

「ご主人様、そういう報酬をちゃんと受け取ってください。技術を安売りするのは、他の職人に対しても失礼ですよ」

ジークフリートに噛まれたままのエシャがそう言った。HPが半分を切っているが、いまだに噛まれている手を離そうとしていない。

ずっとそのままだったのかと思いつつも、確かにエシャの言う通りだと納得する。

技術にはそれ相応の対価が必要だ。安売りするということは他の職人の腕も安いと言っているようなものだろう。

「確かにそうだね。分かった。ならそのお金を受け取るよ」

ハヤトはマリスからお金を受け取った。10万Gは決して安くはない。マリスはペットのためにそれほどの財産を簡単に出せるような人なのだと感心する。

（まあ、人って言うか、ＮＰＣなんだけど）

マリスはその場で食事を与えても良いかと聞いてきたのでハヤトは許可を出した。自分の作った料理をちゃんと食べてくれるか気になったのだ。

マリスが恐る恐るジークフリートの前に最高品質の《猫まんまデラックス》を置いた。

ジークフリートはエシャを噛むのを止め、ふんふんと食べ物の匂いを嗅いだ後、勢いよく食べ始める。

「おお、やりましたよ！　すごい食べっぷりです！　ハヤトさんに、大儀である、って言ってます！」

「良かった。これで食欲も戻るといいね」

「はい！　ありがとうございます！　助かりました！　……あの、よかったらまた料理を作ってもらってもいいですか？」

「もちろん。材料持ち込みならさっきの値段で作るから。ただ、クラン戦争が近いときは断るかもしれないけど」

「もちろんです！　時間があるときで構いませんので！」

その後、マリスは食事を終えたジークフリートを連れて帰った。

「ああ、ジーク……！」

「感情移入しすぎじゃない？」

「あれほどなついてくれたおネコ様は初めてだったので身が引き裂かれるような思いです。また店に来るときは連れてきてもらいましょう。ジーク同伴でないと店に入れません」

「なついていたって言うか、ＨＰギリギリまで噛まれていたよね？」

「普通のおネコ様なら首を狙ってきます。指を噛むだけなんてなついている証拠です」

「前世で猫になにかしたの？」

そんな話をしてから、ハヤトはレリックの武器を作るために自室へ戻るのだった。


翌日、ハヤトはテイマーギルドの施設へやってきた。

テイマーギルドとは、その名の通りテイマー達が所属するギルドで、レアモンスター情報の確認や、ペットの強化、売買、交換などを行っている施設だ。またここには厩舎（きゅうしゃ）というものがあり、テイマーはペットを預けることができる。一度に連れ出す数には制限があるが、何体ものペットを預けておくことが可能なのだ。

そんな場所へハヤトが来た理由はマリスだ。テイマーのマリスに相談したいことがあってここまで足を運んだ。

その相談とはクラン戦争のベッティングマッチにある。

現在ランキング三位の《ブラッドナイツ》がとあるペットを賭けてベッティングマッチを行っているのだ。

ハヤトにはそのペットの価値がよく分からない。何を賭ければ釣り合うのかを確認するためにマリスに意見を聞こうとやってきた。

(初めて来たけど結構熱気があるというかなんというか。周囲から聞こえてくる内容は自分のペット自慢をしているだけみたいだけど。しかし、大型のペットもいるからか、施設がかなり広い。この中からマリスを見つけ出すのは無理じゃないか?)

ハヤトはそう思い、施設の奥にあるカウンターへ近づいた。おそらくペットを預けるための受付なのだろうが、マリスを知っているかもしれないと思ったからだ。

ハヤトは受付の女性に声を掛けた。

「すみません、マリス・ソラさんと言う方をご存じないですか?」

ハヤトの言葉になぜか周囲が沈黙する。ハヤトの目の前にいる受付嬢も笑顔のまま、固まっていた。だが、すぐに動き出した。

「はい、マリスさんならこのギルドをよく利用されていますので、存じてはおりますが」

「今日はいらしてないですか？　話をしたいと思っているのですが」

「ええと、ジークフリートさんと話をしたいのですか？」

「は？　いえ、マリスさんとですが」

なぜこの受付嬢はジークフリートと話をしたいなどと言い出したのかは分からないが、少なくともハヤトが話をしたいのはマリスだ。

「そうでしたか。マリスさんならすぐにいらっしゃると思います。あの、差し出がましい話ですが、レアモンスターを譲ってくれというお話でしょうか？」

「いえ、単にペットのことで相談したいことがあるだけで」

自分のペットではなく、クラン戦争の賭けに出されているペットの価値についての相談だが、間違いなくペットの相談ではあるだろう。

「ああ、そういうことでしたか。てっきり、マリスさんのペットを譲ってほしいという話だったのかと――申し訳ありません」

「ああ、いえ。詳しくは知らないのですが、そういうお話が多いのですか？」

受付の女性は少しだけ迷った顔をした後に、マリスの基本的なことを話した。

マリスはテイマー界隈ではかなり有名とのことだった。マリスはレアな動物やモンスターをペットにすることが上手いテイマーとして名前が売れている。だが、そのペットを譲ることは絶対にない。1億G積まれたこともあったのだが、考えることなく断ったのは語り種になっている。また、ペットを強化することが上手く、マリスにペットを預けるとかなり強くなるので預けたいという人が多いとのことだった。ただ、最近はそういうことをあまりしなくなった。

そしてマリスが有名な理由はもう一つある。

「動物と話ができる？」

「本人はそう言っていますね。それが本当なのかは本人以外には分かりませんが、実際にまるで言葉が分かっているようにペットの問題を解決するんですよ。だから周りも、マリスさんが動物と話せるのは本当なんじゃないか、と」

（そういえば、ジークがこう言ってます、とか昨日も言ってたな……あれって本当なのか？）

現実なら笑い話となるが、ここは仮想現実だ。そういうＮＰＣがいてもおかしくはないとハヤトは考えた。

（でも、それを期待して相談に来たわけじゃないし、どうでもいいかな）

「あれ？　ハヤトさんじゃないですか。どうしてここに？」

背後からマリスの声が聞こえたので振り向く。そこには肩にジークフリートを乗せたマリスがいた。

「こんにちは。ちょっとマリスに相談があって来たんだよ。テイマーの知識を少し分けてもらえないかな？」

「そうなんですか！　分かりました！　料理のお礼もありますし、どんな相談にも乗りますよ！」

ハヤトは受付の女性にお礼を言ってから、マリスと一緒にテイマーギルドの施設にある個室へと移動した。

ここはペットの取引などをするときに話をする場所だ。防音されているので、それ以外にもよく使われる。マリスがテイマーギルドに所属しているため、ハヤトでも利用することができた。

そしてハヤトはマリスに事情を説明する。

「それで、その《ブラッドナイツ》が賭けに出しているのが、三毛猫のオスなんだけど、どれくらいの価値なのかな？　それに見合うだけの金額を教えてほしいんだけど」

「三毛猫のオス……？　ちょっと待ってください。ジークに聞いてみますね」

（なんで？　いや、ジークが三毛猫だから？　というか、ジークも三毛猫のオスなのか？）

マリスとジークフリートがお互いに首を縦に振っている。それを見る限り本当に話が成立しているように見える。そして話が終わったのか、マリスはハヤトを真剣な眼差しで見た。

「多分、その子はジークのお婿さんかと」

「俺の質問を聞いてた？」

三毛猫のオスがどれくらいの価値なのかを聞いたのに、返ってきた答えがジークフリートのお婿さん。色々ツッコミたいところはあるが、まず、ジークフリートという名前のメスなのかよと、心の中でハヤトはツッコミを入れた。

「ハヤトさん、これは内密にしてほしいのですが、ジークはにゃんこキングダムの王女様なんです。国が滅んでしまったので、正確には亡国の王女というのが正しいのですが」

「……その話、長い？」

「ジークは生き別れとなったお婿さんを探して放浪していたところ、数年前に私と運命的な出会いを果たしました。それ以来ずっとジークのお婿さんを探しているんです」

「俺をその運命に巻き込まないでね」

「ようやく見つけたジークのお婿さん。ぜひとも取り戻してほしいとジークが言ってます」

「その話を信じるには俺の心が狭すぎるかな」

だが、ハヤトはふと思う。信じなくてもいいんじゃないか、と。話は簡単だ。ハヤトはクラン戦争に勝ち、ランキングを上げたいだけなので、賭けで三毛猫のオスを貰ってもあまり嬉しくはない。もし勝てたら、三毛猫のオスはマリスにあげればいい。

そもそも今の問題は三毛猫のオスに匹敵(ひってき)するものを用意できるかということだけ。そして利害が一致しているなら、マリスに協力を仰ぐことも可能だ。

「にゃんこキングダムの話は別として、もし、クラン戦争に勝って三毛猫のオスを受け取れたら、マリスに渡してもいい――あ、うん、ジークに渡してもいい。ただ、その前にまずは相手と戦えないといけないんだよね。それに協力してほしいんだ」

「もちろんです！　何でも協力しますよ！」

「それなら、最初の質問に戻るんだけど、三毛猫のオスってどれくらいの価値なのかな？　お金で言うとどれくらい？」

「だいたい1億Gくらいですね！」

「い、いち、おく……？」

詳しく話を聞くと、三毛猫のオスはかなりのレア動物ということだった。三毛猫のメスは町のその辺に沢山いるが、オスはほとんどいない。そのため、それなりの値段で取引されているとのことだった。

（参ったな。さすがに1億Gは持っていないぞ。拠点を賭けてもいいんだけど、相手はランキング三位。向こうもいい場所に拠点を持っているだろうから、さすがに食いつかないよな）

ハヤトの困った顔を見て何かを感じたのか、ジークがマリスの頭に右前足を乗せた。そうすると、マリスは驚いた顔をしてからハヤトを見た。

「ハヤトさん、ジークが我が配下を賭けの対象にしていいと」

「……配下？」

「はい、三毛猫のオスに匹敵するレアな動物がいるので、その子を賭けの対象にしてクラン戦争を申し込んでほしいと言ってます」

「俺としてはありがたいけど、マリスはいいの？　ペットを賭けの対象にするわけなんだけど」

「個人的には嫌ですが、それでジークのお婿さんを取り戻せるならやるべきかと。でも、交渉はこれからですね。賭けの対象にすることを説得しないと」

（説得するんだ？）

マリスはそう言うと個室から外へ出て受付の方へ移動した。厩舎に預けているペットを引き出すのだろうとハヤトはコーヒーを飲んで待つ。

マリスはすぐに個室に戻ってきた。だが、ハヤトが見る限り、マリスはジークを左肩に乗せているだけで、他にペットは連れていない。

「ペットを引き出しに行ったんじゃないの？」

「あ、はい。この子です」

マリスはテーブルの上に黒い何かを置く。

「……これ何？」

「カブトムシですよ！　ヘラクレスオオカブト！　にゃんこキングダムの防衛隊長です！」

「ああ、カブトムシ……もしかしてこのカブトムシが1億Gってこと？」

「はい、レア中のレアですよ！」

（納得いかない）

ハヤトが納得いかないとしても、金銭的に間違いなく釣り合うことは、テイマーギルドの受付で確認をした。ペットのオークションによる最終落札金額がその値段だったのだ。

そしてマリスとジークはヘラクレスオオカブトを説得していた。ハヤトに言葉は分からないが、色々と難航しているようだ。だが、十分ほどで賭けの対象になることを了承したらしい。ただ、毎日メロンを食べたいということで、それはハヤトが用意することになった。

（それくらいなら平気かな。拠点でメロン栽培もしよう。エシャのジュース用にも必要だし）

マリスに相談をしようと思って来ただけだったが、思いのほか、賭けの対象まで用意してもらえた。ハヤトとしては最良の結果だったと言えるだろう。だが、それだけでは終わらなかった。

「あの、ハヤトさん、実はジークが私もクラン戦争に参加するようにと言っています。クランの枠に空きが二つくらいありますかね？　私とペットの枠になるのですが」

（マリスとジークって主従関係が逆転してないか……？　ジークはマリスのペットなんだよな？）

ハヤトはそう思ったが、口には出さなかった。

「枠はあるけど、マリスとそのペットは強いの？」

「安心してください。なんと言っても私はにゃんこキングダムの突撃隊長ですから！」

（弱そう。でも、テイマー本人はあまり強くないって聞くから問題はないのかな。ペットが強力ならクランに入ってもらうのもアリだ）

「ペットの方は強いのかな？」

「実はそれに関して、ハヤトさんに相談がありまして」

「相談？」

「ハヤトさんに協力を依頼してもいいですか？　グリフォンをテイムして仲間に加えたいと思うのですが、そのお手伝いをしてもらえないかな、と」

グリフォンとは鷲の頭と翼をもつ胴体がライオンのモンスターだ。

ハヤトはテイムが可能なモンスターのことに詳しくはないが、グリフォンなら知っている。

このゲームには馬やロバなどの騎乗用動物がいるが、それはあくまでも地上での乗り物。グリフォンは違う。空を飛べる騎乗用のモンスターなのだ。空を飛べる騎乗用モンスターは何種類か存在するが、このゲーム内で一番有名なのがグリフォンだろう。

グリフォンを従えるには高い動物調教スキルが必要だが、乗るためには高い騎乗スキルも必要になる。ハヤトは実際に飛んでいるのを見たことはないが、憧れてはいた。

「ああ、グリフォン、いいね。生息地とかは知らないけど、マリスは知ってる？」

「はい。いつかテイムしたいと思っていましたので場所には詳しいです！」

ハヤトはそれなら仲間にするのもアリかと思い始めた。クランのメンバーに求めるものは純粋な強さだけでなく機動力や支援なども考えるべきだからだ。グリフォンという機動力に長けたメンバーを増やすのも悪い手ではない。

ハヤトはそう考えて、マリスとそのペットをクランへ入れる決意をした。

「なら仲間に連絡しておくよ。すぐに連絡はつくと思うからちょっと待ってて」

その後、テイマーギルドにやってきたアッシュ達にマリスとジークを紹介してから生息地へ向かってもらった。そのとき、たまたまカブトムシを見たレンがちょっと気絶したが、体に別状はなかったようだ。

（呪いは大丈夫なのに、虫はダメなのか……それ以前にドラゴンだよね？）

ハヤトはそんなことを思いながら、拠点に戻るのだった。


翌日、拠点へアッシュ達がやってきた。

アッシュ、レン、マリス、そしてジークフリートの三人と一匹だ。三人とも少し困った顔をしているので、グリフォンのテイムで何か問題があったのかと推測する。

「えっと、何か問題？」

「問題というか、ちょっとハヤトの手を借りたいと思ってな」

「え？　俺の？」

「実はグリフォンのレアモンスターがいるんだ。エルダーグリフォンと呼ばれるかなり強いモンスターなんだが……そいつをマリスにテイムしてもらいたいとジークが言ってる――らしい」

「エルダー……先輩とか年長者って意味のグリフォンってことか？　それをテイムするのに俺の力が必要ってどういうこと？」

　アッシュの話では一部のレアモンスターは特定のアイテムを用意することで強制的に呼び寄せることが可能とのことだった。

　問題になるのがエルダーグリフォンを呼び出す手段だ。これはドラゴンステーキをとある山の頂上に供えることで可能なのだが、その頂上でドラゴンステーキを作る必要がある。

　山頂に行くまでに《腐敗の沼》と呼ばれる場所を通る必要があり、そこを通ると料理がすべて腐る。つまり、事前に用意して持っていくことができないのだ。

　沼を抜けた後に、その山にいるドラゴンを倒した上でドラゴンステーキを作り、さらにそれを供えて初めて対峙できるという仕組みだった。

「ずいぶんと手間のかかる方法だね。でも、そういうことか。なら一緒に山頂まで行って、そこでドラゴンステーキを作ればいいんだな？」

「大丈夫か？」

「もちろん。でも、アッシュ達と俺だけで大丈夫か？　クラン総出で行く？　エルダーグリフォンって強いんだよな？」

「目的はテイムだからそれほど戦力は必要ないと思う。いざとなったら俺がドラゴンになって倒すから不要だ。問題は回復だな」

テイムはモンスターのヘイト値を稼ぐ。テイム中はマリスが攻撃される可能性が高い。その攻撃で減ったＨＰを回復させる手段が必要だ。

「一応俺の《ウォークライ》でヘイト値を稼ぐこともできるが攻撃ができないからあまり稼げない。マリスもダメージを受けることが多いだろう。レンの《ドラゴンカース》で攻撃力を半減させても結構厳しいと思う。レアモンスター相手ならポーションでの回復も限度がある……ハヤトには治癒の魔法が使える知り合いがいるか？」

ハヤトは心当たりがあった。

前に所属していた《黒龍》にも回復魔法が得意な聖職者や聖騎士をロールプレイしていたメンバーがいたが、そのメンバーではない。ハヤトの心当たりは最近知り合ったディーテだ。彼女の強さや仲間との連携などが可能なのかを知るいい機会だと考えた。

「連絡してみる。手伝ってくれるかどうかは分からないけど。今すぐでいいんだよな？」

ハヤトはそう言ってからディーテに連絡を取るのだった。


ディーテはハヤトの申し出を快諾（かいだく）した。

「君の信頼を得られると言うならやぶさかではないね。すぐに行こうじゃないか」

その言葉通り、ディーテはすぐにやってきた。

そしてハヤト、アッシュ、レン、マリス、そしてディーテの五人パーティでエルダーグリフォンのいる山、《バリトア山》までやってきた。

王都のさらに北にある山で動物系のモンスターがよく出現するエリアだ。

山道を歩いたとしても疲れることはないので、ハヤトは普通に登山を楽しんだ。滅多にない経験なので、ピクニック気分と言ってもいいだろう。

モンスターも出てくるが、アッシュ達の敵ではない。もっと頂上の方へ行けば強いモンスターも出てくるとのことだが、たとえ強くてもこのパーティが苦戦することはないだろう。ハヤトはそう思って呑気に山道を歩いていた。

とはいえ、ただ山道を歩いているだけではない。マリス、そしてディーテの戦い方をよく見ていた。

マリスは物理攻撃で戦う。丸い小さな盾、そしてそれなりに長い槍であるランスという武器を持っていた。マリス曰く、グリフォンをテイムしたら、グリフォンライダーとして戦います、とのことだった。

テイマーはモンスターをけしかけて戦うだけではない。騎乗することでモンスターと一体となり連携の攻撃が可能だ。それを一番上手くやっているのが、今度戦う予定の《ブラッドナイツ》だろう。

（マリスは単体だとスキル構成のせいで現時点ではあまり強くない。でも、エルダーグリフォンに騎乗すればかなり強くなるはず。ぜひともテイムを成功させてもらおう。そしてディーテちゃんは――）

仲間とディーテが上手く連携できるかとハヤトは心配していたが、不要な心配だった。

ディーテの支援がとにかく的確なのだ。支援魔法から回復魔法、ときには攻撃魔法も使うが、モンスターのヘイト値を稼ぐこともなく、パーティ全体を円滑に回していると言ってもいいくらいだった。

「ディーテちゃんは強い、というよりは上手いね」

「そうかね？　効率のいい方法をとっているとは思っているが」

「ハヤトの言う通りだ。何も気にせずに戦えるというのは前衛職にとってはありがたい」

「そうですよね！　支援魔法が切れることもないし、回復も常に状況を見てくれますし、いつも以上に戦えていると思います！」

「……ちょっと私と役目が被ってませんか……？　呪いのパワーは私の方が上ですよ！」

アッシュ、マリスは絶賛しているが、レンだけは対抗意識を燃やしている。

「なに、これもハヤト君達の信頼を得るためだよ。さあ、頂上へ行こうじゃないか。エルダーグリフォンをテイムするのだろう？」

ディーテが機嫌よくそう言うと全員が頷いた。

（問題はなさそうだな。エシャはあまりディーテちゃんのことを良く思っていない感じだけど、アッシュ達はそんなことなさそうだし）

ハヤトはそんなことを考えながら山道を登るのだった。

三時間後、ハヤト達は山頂に着いた。

《腐敗の沼》を渡り、山頂付近でドラゴンを倒し、骨付きドラゴン肉も手に入れた。あとはドラゴンステーキを作り、祭壇に供えるだけだ。

だが、その前に山頂からの景色にハヤトは驚いていた。現実でも滅多に見ることができない景色に感動していたのだ。

眼前に広がる果てしない大地。遠くに見える王都。東には巨大な海が見え、少しではあるが雲も下に見える。山頂は岩ばかりの場所だが、そこから見える景色は絶景とも言える場所だった。

「ハヤト君、ここからの景色をどう思うかね？」

ハヤトは一度だけ大きく息を吐くと、ディーテの方を見る。

「素晴らしい景色だね。秋になれば紅葉するし、冬になれば雪で白くなるんだろう？　何度でも来たいって思うような景色だ」

「ハヤト君ならそう言うと思っていたよ。そう、この世界は素晴らしい。ぜひともここだけでなく、色々な場所に行ってその目で確認したまえ」

上機嫌なディーテを不思議に思いながらも、ハヤトはもう一度周囲を見渡した。

（生産ばかりやっていたから、あまりどこへも行かなかったんだよな。クラン戦争が終わって余裕ができたら、みんなで旅行というのもアリかもしれない。賞金が得られなかったら仕事を探さないといけないけど）

現実的なことを少しだけ思い出してから、そうならないためにも頑張ろうと気合を入れた。

そしてドラゴンステーキを作る準備を始める。ハヤトは拠点の外にはあまり持ち出さない料理装備を取り出してからそれらを装備した。残念ながら《腐敗の沼》があるため、《サンマの塩焼き》はないが、問題はないだろうと料理を開始する。

「ハヤト。言いにくいんだが、すごく変な恰好だぞ？」

アッシュの言葉に、レンやマリスもうんうんと頷く。ディーテだけは特に何の感想もなさそうだった。

《シェフの帽子》、《パティシエのエプロン》、《すし職人の下駄》、他にもＤＥＸが上がる装備を身に付けている。確かに変な恰好ではあるが、これが料理を作るときの最強装備なのだ。

「仕方ないだろ、料理の作成成功率を上げるために必要なの。俺だって自室以外でこんな格好はしたくないよ」

ハヤトはそう言いながら、愛用の包丁を取り出して、メニューからドラゴンステーキを選択した。

数分後、結果的にドラゴンステーキが五個出来た。品質は星五が一つ、星四が一つ、星三が三つだ。

「とりあえず、五回はチャンスがあるってことだね」

「ドラゴンステーキを１００％で作るって変だよな？　一個出来ればいいと思っていたんだが」

「この変な恰好のおかげなんだよ。まあ、それはいいから早速呼び出そう」

ハヤトは普通の装備に戻してからマリスにドラゴンステーキを渡した。

マリスは頷くとドラゴンステーキを石に囲まれた祭壇のような場所に置く。

「来ます！」

マリスがそう叫んで空の方を指すと、何かが高速で空を飛んでいるのがハヤトにも見えた。それは徐々に近づいてくる。

間違いなくグリフォンだ。

ハヤトがそう思った直後、飛んできたグリフォンの体当たりがマリスに直撃した。

マリスは盾で受け止めたが、ノックバックという表現が生ぬるいくらいに吹っ飛ばされる。明らかに十メートルくらい飛んだ。

そしてマリスのＨＰは０。一撃で倒された。

「うお、マジか――アッシュ！　どうする⁉」

ハヤトはアッシュに確認する。マリスがいなくてはテイムができない。撤退、もしくはアッシュがドラゴンに変身して戦うかのどちらかだろう。

だが、アッシュはドラゴンに変身することなく、《ウォークライ》というヘイト値を稼ぐスキルを使ってグリフォンの気を引いていた。

「レン、《ドラゴンカース》でグリフォンのＳＴＲを下げてくれ！　ディーテはマリスに蘇生の魔法を！　ハヤトはその辺に隠れろ！」

その言葉を聞いてハヤトは思い出す。ディーテは神聖魔法が１００。蘇生の魔法も使えるのだ。拠点や教会に戻ることなく、その場で復活が可能ということになる。

自分の扱いが雑ではあるが、当然と言えば当然だ。ハヤトは大人しく岩陰に隠れることにした。

「アッシュ君、今は蘇生の魔法を使えない。もう少しヘイト値を稼いでくれ。グリフォンが私に向かってきたら困るからね」

蘇生の魔法はかなりヘイト値を稼ぐ。今の状態で使えばグリフォンはディーテを攻撃するようになる。そうなると立て直しができなくなるため、ディーテの意見はもっともだろう。

アッシュはディーテの方を見ずに、「分かった！」とだけ言葉を返した。

アッシュはその後も《ウォークライ》やダメージは低いがヘイト値を稼げる技を定期的に使っている。ある程度ヘイト値を稼いだところでディーテが蘇生の魔法を使った。

マリスが倒れている場所に薄い光の魔法陣が現れて、羽のようなものが空から落ちてくる。そんなエフェクトの後、マリスが立ち上がった。そしてキョロキョロと周囲を見る。

「まさか一撃で倒されるなんて！　すごいグリフォンですね！」

「倒されたんだからあまり嬉しそうにしないで。えっと、ちょっと強めのポーションを飲む？　スーパーポーションならすぐにHPが全快すると思うよ」

ハヤトがそう言うと、ディーテが「やめたまえ」と言い出した。

「回復力の高いポーションを使うと必要以上にヘイト値を稼ぐ。HPを回復させるならただのポーションにするべきだ」

「それもそうですね！」

マリスはそう言うと持っていたポーションを飲み出した。クールタイム無しの最高品質ポーションだ。

ハヤトはなるほど、と思う。さすがに戦闘に関しては自分よりもみんなのほうが知識は上だ。ここは大人しくしておこうと改めて岩陰に隠れた。

その後は余裕をもって対応できているように見える。

アッシュがグリフォンの気を引き、マリスがテイム、レンがグリフォンのＳＴＲをさげて、ディーテがアッシュとマリスを回復という形だ。テイムのせいでたまにマリスが攻撃を受けるが、皆のおかげで倒されることはない。

であれば、あとはテイムの問題だろうとハヤトは安心する。このままなら時間はかかってもいつかテイムが可能だろうと思ったからだ。

だが、それから三十分、マリスのテイムは一向に成功しなかった。

「えっと、もしかしてエルダーグリフォンをテイムできないとかある？」

ハヤトは岩陰から一番近いディーテにそう問いかけた。他の仲間は全員忙しそうだ。

「いや、それはない。単にマリス君の運が悪いだけだろう。とはいえ、確率的には１％あるかどうかだろうから運が悪いというわけではなく、普通なのかもしれないがね」

なんでそんなことを知っているんだという気持ちもあるが、ハヤトとしては少し安心した。無駄なことをしているわけではないからだ。もしテイム成功率が0ならくたびれもうけなだけだ。

ディーテは何も問題はないかのように回復魔法や支援魔法を使って仲間をサポートしている。ここに来るまでにも思ったが、正確無比だと言っていいだろう。

だが、それ以外にも気になることがある。ディーテはＭＰ切れを起こしていないのだ。ＭＰを回復する手段はいくつかある。ジュース類を飲むのが一番手っ取り早いだろう。しかし、この場所には料理の類を持ってくることはできない。そもそも何かをしている素振りもない。

「MPは大丈夫なのかな?」

「安心したまえ。瞑想にチャクラ、それに精霊信仰のスキルを持っているからMPの自然回復は早い。この状況ならMP切れはないだろう」

ディーテは平然とそう言った。

確かにそういうスキルがあることはハヤトも知っている。どれもMPの自然回復量を増やすスキルで魔法使いには必須と言われているものだ。とはいえ、ハヤトは不思議に思う。

(見せてもらったスキルにそんなのあったかな……?)

ハヤトはディーテのスキル構成にそれらがあったのか思い出せない。死霊魔法と神聖魔法という相反するスキルを持っていたので、他のスキルに関しては忘れてしまった。魔法使い系のスキルだったことは覚えているが、そのすべてを記憶してはいなかった。

悩んでも仕方のないことなのでハヤトは考えるのをやめる。

そしてマリスの方を見た。

何度もグリフォンにテイムを仕掛けているが、全くというほど無視されている。アッシュがヘイト値を稼いでいるのであまり攻撃はされていないようだが、テイムを使い過ぎて疲れているような感じだ。

肉体的には疲れていないだろうが、精神的に疲れていると言っていいほど顔が辛そうな表情になっている。だが、次の瞬間にマリスは自分自身の頬を挟み込むように叩いた。

「気合注入！　この子を仲間にするって決めました！　みなさん！　大変ですけどお付き合いください！　うぉおぉお！　一緒に冒険に行こう！　強襲部隊隊長の座を用意するよ！」

マリスは気合を入れてテイムを開始した。

（なんだか熱血だ。レンちゃんも影響されて「うぉぉおお！」とか言ってるし。アッシュも微笑ましい感じで笑っているから少しだけ雰囲気が戻ったかも。ディーテちゃんはよく分からないけど）

とりあえずハヤトは心の中で頑張れと応援を始めた。

さらに十五分経った頃、グリフォンが輝きだした。

これはテイムが成功したときのエフェクトだ。グリフォンはアッシュへの攻撃をやめて、マリスへ近づくと頭をこすりつけた。

「や、やりましたー！」

マリスもグリフォンの首に抱き着く。そしてぎゅっと抱きしめた。

もう危険はないだろうと、ハヤトはマリス達に近づく。

「えっと、おめでとう。ようやくテイムが成功したね」

「はい！　みなさんのおかげです！　これでクラン戦争でも戦力になると思います！」

「期待してるよ。さて、それじゃ《転移の指輪》で拠点に戻ろうか」

ハヤトが指輪を使おうとしたところでディーテがそれを止めた。

「待ちたまえ。グリフォンの強さを確認しておくべきではないかね？　モンスターがあの強さのままペットになるとは思えない。それにマリス君も騎乗して戦ってみたいのでは？」

「俺もそう思うな。グリフォンをけしかけても強いとは思うが、騎乗したマリスがどれくらいの強さになるのかこの目で見ておきたい。次のクラン戦争では連携をしないといけないだろうし」

ディーテの言葉にアッシュも同意する。確かにそれはハヤトも確認しておきたいと、マリスの方を見た。

「それじゃ近くにいたドラゴン相手に戦ってみましょう！　えっと、強硬派のドラゴンなら倒してもいいんですよね？　骨付きドラゴン肉を手に入れるときそんな話をしていたかと」

「そうだな。この山には強硬派のドラゴンしかいないから倒しても大丈夫だ」

アッシュとレンはドラゴン界隈では穏健派に所属している。強硬派のドラゴンしか倒さないのだ。穏健派のドラゴンとは話をするだけと言っていた。

アッシュの許可を得たマリスはグリフォンに跨る。

ランスと盾を持ち、それなりに様になっている姿だ。グリフォンライダーと言えるだろう。

そしてハヤトには気になることがあった。

「聞きたいんだけど、その騎乗って二人乗りできる？　もしかして俺も一緒に乗れるのかな？　空を飛ぶならぜひお願いしたいんだけど」

グリフォンは空を飛べる騎乗モンスターだ。ハヤト自身に騎乗スキルはないが、二人乗りなら空を飛べるのかもしれないと期待する。

「無理ですね。馬でも二人乗りはできませんから」

マリスの言葉に、ゲームの仕様上無理なのかとハヤトは少しがっかりした。ぜひとも二人乗りを実装してほしい。今度、ゲームの運営に要望を出してみようかと思ったほどだ。

「ハヤト君は面白いことを考えるね」

「え？　そうかな？　空を飛んでみたくない？」

「いや、そっちではなく、二人乗りだよ」

そうだろうかとハヤトは不思議に思った。これだけリアルな仮想現実なのだ。それくらいできても問題ないように思える。

（でも、よく考えたらここにいる皆はＮＰＣだ。仕様がみんなの生きる世界の理なんだ。俺の意見が面白いと思うのも不思議じゃないんだろうな）

「ハヤト、ディーテ、そろそろ行こう。マリスがウズウズしていて暴走しそうだ」

アッシュの声に我に返ったハヤトは、ディーテと共に山頂から移動することにした。

そして数分後、マリス達とドラゴンの戦いを見て驚く。

「マリスさん、すごいですね！」

レンが驚くのも無理はない。マリスは初めて乗ったとは思えないほどの上手さでグリフォンを操り、ドラゴンを翻弄していた。特にドラゴンへ与えるダメージが高く、このまま一対一で倒せそうな勢いなのだ。

そもそもエルダーグリフォンは普通にドラゴンを倒せるほどの強さだった。騎乗せずにけしかけたらすぐに倒してしまった。

そして今はマリスが騎乗して戦っているのだが、それでも強い。マリスのランスによる攻撃に加えて、グリフォンは爪によるひっかきや、くちばしによる突っつきで追撃する。

「騎乗スキルが高いのだろう。あのスキルは騎乗中の攻撃にダメージ補正を与える。10毎に1%、100あるなら10%威力が上昇する。それに槍術のスキルも100あるのだろうし、他にもダメージを上昇させるスキルはあるだろう。エルダーグリフォン自体にも騎乗攻撃の補正がある。合算すれば相当なダメージ補正がかかっているだろうね」

「ずいぶんと詳しいね？」

ディーテの説明にハヤトが感心する。

スキルの基本的な知識はハヤトも持っているが、クラン戦争が始まった頃からネット上にそういった情報は存在しないし、ゲーム中のスキル説明にも明確には書かれていない。今では過去の情報かプレイヤー自身が検証した結果の情報くらいしか存在しない。

そのような貴重な情報をディーテは持っている。NPCなら当然なのかもしれないが、ハヤトは素直に感心した。

「詳しかったとしても試したことはないがね。あくまで知識だけということだよ」

ゲームにおいてその知識が一番重要なのだが、ディーテはあまり誇らしげではない。知っていて当然という顔をしている。

「た、倒せましたー！」

マリスの勝利宣言が山に木霊(こだま)する。本当にマリス一人でドラゴンを倒してしまったのだ。ランスを掲げて勝利のポーズをとるマリスにレンが拍手をしていた。アッシュも感心している。

ハヤトはこれなら十分な戦力になると喜んだ。傭兵団のメンバーもいるが、アタッカー不足だと感じていたので、ここで強い前衛が入るのはありがたい。

それにマリスの武具は普通だ。鍛冶スキルでもっといい装備を作れば、さらに戦力の増強につながる。ハヤトはそこまで考えてから、心の中でガッツポーズをした。

その後、ハヤトは《転移の指輪》を使い拠点へと戻ってきた。拠点では店番をしていたエシャが出迎えてくれる。

残念ながらハヤト達を出迎えたというよりは、マリスがテイムをしたグリフォンのほうを出迎えたようだ。グリフォンを見ると、くわっと目を見開き、ふらふらと近づく。

「なんと素晴らしい毛並み。マリス様、触ってもよろしいですか？　嫌だと言っても触りますが」

「それはいいんですけど、エシャさんの場合、死んでしまいませんか？　攻撃力が半端ないですよ？」

エシャは猫のジークフリートにずっと噛まれていた。攻撃力が低いのでエシャでも耐えられたが、グリフォンの攻撃力は高い。おそらく耐えられないだろう。

「拠点で復活するので別に構いません――と言いたいところですが、よく考えたら復活はメイドギルドでした。こんな時間に戻ったらメイド長に何を言われるか分からないので止めておきます。ご主人様、防御力の高いメイド服を作ってくれませんか。アダマンタイト製で星五をお願いします」

「そんなメイド服はないよ。手っ取り早くディーテちゃんに防御力を上げる支援魔法でもかけてもらったら？」

エシャとディーテが見つめあった。

「お願いできますか？」

「エシャ君は面白いね。まあ、構わんよ」

そんなこんなでエシャはグリフォンにくちばしで突かれながらもその毛並みを堪能(たんのう)していた。とはいえ、その一撃は重い。一度撫でるたびに瀕死(ひんし)になるエシャにディーテが回復魔法を使っている。それが十分ほど続いた。

明らかにマリスとディーテはもう勘弁してくれという顔をハヤトに向けている。自分にじゃなくてエシャに直接言ってほしいとは思ったが、クランリーダーとして何とかしようと行動に出る。

「エシャ、ディーテちゃんのＭＰが切れそうだからそろそろやめてあげて」

「倉庫に沢山のメロンジュースがあるので持ってきてください」

「あれはクラン戦争用だから」

わがままを言うエシャをアッシュと共に引き離してようやく落ち着いたのだった。


マリスがエルダーグリフォンを仲間にしてから一週間が過ぎた。

ハヤトはその間にレリックへの武器《レクイエム》を完成させていた。今日渡す予定なのだが、なぜかレリックではなく、マリスが怒った感じで拠点の食堂に来た。

また、その場には最近ずっと遊びに来ているディーテもいるため、三人で話をすることになった。

「ええと、怒っている理由を詳しく教えてもらえる？」

「聞いてくださいよ！　確かにテイムしたモンスターは戦うことで私達みたいにステータスやスキルを上げることができますよ！　でも、効率のためにわざと無抵抗で突撃させるなんて可哀想じゃないですか！　オレンジジュースをもう一杯ください！」

やけ酒ならぬ、やけジュース。マリスの前にオレンジジュースを出すと、それを一気に飲み干した。そして左肩にいるジークフリートもなぜか頷く。

「えっと、よく分からないんだけど、どういうこと？」

テイマーなら分かる話なのだろうが、ハヤトにはよく分かっていない。マリスから聞くのは難しいと思い、ディーテに確認しようとした。

「テイムしたモンスターは今以上に強くすることができる。というよりも、テイムした直後の状態ではそれほど強くないのだ」

「え？　グリフォンはテイムした直後でもかなり強かった気がするけど？」

ドラゴンを単騎で倒せるモンスターなどそうはいない。明らかにエルダーグリフォンは強い部類のモンスターだと言えるだろう。

「確かに初期状態から強いモンスターもいる。つまり鍛えればそれ以上に強くなるのだよ。モンスターにもステータスやスキルは存在する。それらは戦うことによって向上させることができるのだ。その辺りは我々と同じということだな」

「なるほど。それでマリスが怒っているのはなんで？」

「スキルを上げるのに効率のいい上げ方というものがあるだろう？　テイムしたモンスターでも同じようなことができるわけだ。そのやり方が気に入らないといったところではないかね？」

ディーテがマリスのほうを見てそう問いかけると、マリスは大きく息を吐いてから頷いた。

「モンスターには耐性スキルと言うものがあるんです。武器や防具を装備できないペットへの恩恵というか、素の状態で炎とか氷に耐性をつけることができるんですけど、それって対象の攻撃を受けることでスキルを上昇させることができるんですよね」

炎の耐性スキルを上げたければ、炎の攻撃を受けるといった具合だ。何度もそういう攻撃を受けることで耐性スキルは最終的に１００まで上がる。１００になればその攻撃を無効化できるといった仕様だ。

もちろんすべての耐性スキルを１００にすることはできないので、どれか一つだけ１００にすることが主流だ。複数のペットを使い分けて戦うのがテイマーの醍醐味(だいごみ)と言えるだろう。

「ペットのスキルについては分かったよ。それで、やり方が気に入らないっていうのは？」

「テイムしたモンスターを弱いモンスターが大量にいる場所へ突撃させて反撃させないようにしていたんです……可哀想じゃないですか！　たとえダメージがほとんどなくても、あんなボコボコにされているペットを見て怒りがわいてきちゃいましたよ！」

モンスターには大きく分けて二種類いる。プレイヤーを見ても何もしてこないモンスターと、襲ってくるモンスターだ。

マリスの見たペットは襲ってくるモンスターの群れにぽつんといた。そして周囲のモンスターにボコボコにされていたのだ。それはペットの耐性スキルを上げるときによく見かける方法ではある。

（なるほど。やっていたのは効率重視のプレイヤーだったんだろうな。ペット大好きなマリスとしてはその行為が嫌だったと。でも、どうなんだろうな。時間短縮のために人道的ではない戦い方をするのも必要なんだろう。それに今はクラン戦争のイベント中だ。可能な限り早めに強くしたいというのはあるかもしれない）

どう言ってやるのがベストなのかハヤトには分からない。悩んでいたところにディーテが顔を覗き込んできた。

「ハヤト君はそういう行為をどう思うかね？」

難しい質問ではある。現実なら間違いなくしないだろう。だが、これはゲームなのだ。ペットに痛みがあるわけではないし、それでペットが怒るということもない。見た目はともかく、やり方としては悪くない。とはいえ、たとえゲームでもハヤトはしないだろうなと思った。

「効率のためとはいってもペットをモンスターの群れに突撃させるのはちょっと嫌だね。ただ、俺も生産系スキルを上げるために大量のモンスターを狩ってもらったわけだし、他の人のことを非難はできないんだけど」

ハヤトの言葉に、マリスも、そしてなぜかディーテも嬉しそうだった。

「何言ってるんですか！　モンスターとペットは違いますよ！　仲間かそうじゃないかで明確に分けておかないと！　でもハヤトさんがそういう考えで嬉しいです！」

「私も同じ意見だ。敵か味方かできちんと区別しておかないといけない。敵だとはしてもいたぶるような真似(まね)はしないでもらいたいがね」

二人にとっては同じモンスターだとしても明確に違いがあるらしい。ハヤトはペットもモンスターも同じ括(くく)りで見ていたので、素材を大量に得るために間接的にでもモンスターを倒しまくった行為は嫌われるような答えだったかもと内心びくびくしていたが、そんなことはなかった。

ハヤトは気に入られるように答えたわけではない。本心でそう思っている。そもそもこのゲームは現実と思えるほどリアルだ。たとえペットに痛みがなく、スキル向上のためだとは言っても、自分のペットがボコボコにされていたら、いい気分はしない。

(モンスターを複数人でボコボコにするのは特に何とも思わないんだけどね。クラン戦争で相手を倒すのも特になんとも思ってない。この違いはなんだろうね?)

考えても答えが出るとは思わないので、ハヤトはその思考を放棄(ほうき)した。

直後にマリスが立ち上がる。

「なんか話をしてたら気分がすっきりしました!」

「それは良かった。えっと、どこかに行くのかな?」

「はい! 私もランスロットを鍛えようかと思います! もちろんああいうやり方がじゃなくて私なりに愛情をもって鍛えますから!」

ランスロットとはマリスがつけたグリフォンの名前だ。そしてにゃんこキングダムの強襲部隊に所属している。

「では行ってきます！」

マリスはそう言うと食堂を飛び出していった。相変わらず元気だなと思いつつ、ハヤトはディーテを見る。

「えっと、ディーテちゃんはまだここにいるの？」

「いては悪いのかね？」

「そんなことはないけど、ここにいるだけじゃつまらないんじゃない？」

「いや、そんなことはない。ここには多くの人が来るからね。彼らと話をするのは楽しいよ。とくにエシャ君とはもっと話をしておかないとね。私を警戒しているようだから。それにここにいるとコーヒーが無料だからね。気に入っているんだよ」

「それならいいんだけど」

相変わらず不思議な感じがするディーテだが、クランの仲間とも打ち解けているように見える。アッシュ達に聞いても悪い感触はないようだった。

エシャも今ではそれほど気にしていないようだった。おそらくランスロットを撫でたときにディーテが治癒魔法を使ってくれたのが効いているのだろうとハヤトは考えている。

そんなこともあって、もう一度ディーテをクランに誘ったのだが断られてしまった。

ディーテ曰く、次のクラン戦争には参加しないとのことだった。理由を聞いても答えはない。

「私のことは気にしないでくれたまえ。ところで次のクラン戦争では誰と戦うのかな？　確かベッティングマッチを選んでいたと思ったが」

「一応、ランキング三位の《ブラッドナイツ》ってクランと戦おうと思ってるよ。ただ、相手が選んでくれるかどうかはまだ分からないね。賭けの対象はお互いに同じくらいの値段なんだけど」

すでに相手クランへ賭け試合を申請しているが、その返信はない。

「ふむ。そういった情報を簡単に教えてくれるくらいには信頼されているようだね？」

「……どこかに情報を売ったりしないでね？」

「信頼ではなく、うっかりか。ハヤト君はたまに抜けているね。安心したまえ。そんなことはしないよ。だが、そうか申請しても返信がないか」

「えっと、何か問題がある？」

「いや、ない。そのクランと戦えるように祈っておこう。では、邪魔したね」

ディーテはそう言うと、拠点を出ていった。

（相変わらず不思議な感じだな。みんなに聞いた限りでは特に問題なさそうだからクランに入ってもらいたいんだけど……まあ、仕方ない。まずはレリックさんを待つか）

ハヤトはそう思いながら、コーヒーを飲んだ。

それから三十分ほどでレリックがやってきた。

まずは買ってきた物を倉庫に入れるとのことで、ハヤトは出鼻をくじかれたが、それはすぐに終わり、レリックは食堂へ戻ってきた。

「レリックさん、お待たせしました。ご要望の武器になります」

ハヤトはそういいながら、伝説の執事が着けていたという白い手袋である《レクイエム》をレリックに渡した。

「ハヤト様、ありがとうございます。しかし、これは――」

「それは最初にできた最高品質のものです。もし気に入らないと言うことであれば作り直しますが」

「そんなことはございません。あまりにも強い性能でしたので驚いてしまいました」

ハヤトが作り出した《レクイエム》は通常の性能であるアンデッドへのダメージ三倍のほかに、格闘スキルのクールタイムを半分にするという明らかにおかしい性能を持っている。

（クールタイム半分ってありえないよな）

ハヤトがそう考えている間に、レリックは今までの手袋を外して《レクイエム》を装備した。そしてシャドーボクシングのようにその場でパンチを繰り出す。さらには自分の頭の高さまで届くようなハイキックをしてみせた。風を切る音がハヤトの耳に届く。

（手袋の装備でなんで蹴りの攻撃力も上がるのかな……）

そんなゲームあるある的な疑問を思いつつ、ハヤトはレリックに調子を尋ねた。

「どうでしょう？　私の目にはいい感じに見えましたけど」

「はい、動きが良くなった気がします。もちろん、この装備にそのような性能はありませんが、ハヤト様が私のために作ってくださったという事実が動きを良くさせてくれるようです。若返った気分ですよ」

笑顔で恥ずかしいセリフを言われて、ハヤトのほうが照れてしまった。負けじとハヤトも笑顔で返す。

「気に入ってもらえたのなら作った甲斐があります。次のクラン戦争では頼りにしてますよ?」

「もちろんでございます……それでは早速ですが、試し斬り――ではなく、試し殴りをしてまいりますね。実戦でどれくらいの強さになるのか確認しておきたいと思いますので」

「ええ、どうぞ。買い物のほうは問題ありませんので、存分に確認してきてください」

「はい、では行ってまいります」

レリックは頭を下げると拠点を出ていった。

## 三　ブラッドナイツ

クラン戦争一週間前になると、対戦相手が決まった。

ハヤトの希望通り、現在のランキング三位である《ブラッドナイツ》と見事にマッチングした。

ただ、ハヤトには気になる点がある。

実は《ブラッドナイツ》は対戦相手にハヤトのクランを選んでいなかった。別のクランを選んでいたのだが、なぜかハヤトのクランと戦うことになった。ハヤトとしてはありがたい話だが、どうしてこんな状態になったのかは分からない。

「はぁ、なるほど。それで私を呼び出したと」

「ええ、昼間なのにすみません」

「いえいえ、大丈夫ですよ。そもそもアンデッドなので睡眠欲はないんです。健康に良いから寝てますけどね！」

相変わらずのアンデッドネタではあるが、吸血鬼のミストは元クラン管理委員会のメンバーだ。今回の状況について何か知っていることはないか確認するため、昼間に拠点へ呼んだのだ。

ミストは、基本的に昼間は寝ており、夜になると活動する。ハヤトからの依頼で夜間に木材の調達をしている。ミストは以前、自分で棺桶を作ろうと伐採と木工のスキルを鍛えていたが挫折。スキル上げをするために棺桶以外の家具を作るのが面倒になったらしい。

それでも伐採のスキルは上げ続けて100となっている。ハヤトはその話を聞いて木材の調達を依頼した。代わりに必要な家具や健康グッズなどはハヤトが作るという形だ。

「屋敷にも品質の良い家具が増えて嬉しい限りですよ。それに健康グッズも増えて召使達にも評判がいいです」

「そうですか。それは何よりです」

ミストは魔国と呼ばれる国に住んでいる。

魔国とは魔族や不死者達が住まう国ではあるが、国として機能しているかどうかは不明だ。

基本的な理念は「自由」のみ。何をしてもいいが、何をされても仕方ないという考えであり、弱い者は生きられない場所となっている。とはいえ、そこには自由がある。秩序を持って弱き者を保護するのも自由だ。

ミストは魔国に家を建てて、何人かの召使と共に住んでいた。

「さて、ハヤトさん、聞きたいことはクラン戦争での対戦相手についてですよね？」

「対戦相手のことというか、なんでマッチングしたのかよく分かってなくて。前日まで対戦するような状況ではなかったんですよ。その事情をクラン管理委員会のメンバーだったミストさんなら知っているかと思ったんですが」

「なるほど。そういうことなら相手が選んでいたクランが対戦相手として認められなかったんでしょうね。その後、賭け試合をしているクラン同士でランダムマッチが行われたというだけだと思いますよ」

「そういう仕組みなんですか？」

「ええ。八百長（やおちょう）防止のためにランクがあまりにも違うときなど、賭け試合が認められない場合があります。その場合、ベッティングマッチをしていて相手が決まっていないクランとランダムマッチになるんですよ」

「ということは、マッチングしたのは運ですか？」

「まあ、そうですね。もちろん戦力というか、ランクや賭けている物の値段などでも似たようなところとマッチングするようになってますけど」

ハヤトは自分の運に少しだけ怖くなる。

相手は指定したクランと戦うことが認められずに、ハヤトのほうは希望したクランとの戦いになった。しかも相手はランキング三位。正直できすぎている。

「ミストさん、一つ聞きたいのですが、そのマッチングに介入することってできるのですか？」

「それは無理でしょう。大体、マッチングを決めているのは神ですから。私達はその手伝いをしているだけで、選考にはノータッチです」

「マッチングって神が決めているんですか？」

「ええ、まあ。ある程度の情報は用意しますが、基本的にはすべて神の判断ですよ」

（神ってゲームの運営のことなのか？　アッシュ達は名前のない神がいるって言ってたけど、同じ概念なのかな……？）

ハヤトがそこまで考えたところで、拠点の入口が勢いよく開いた。

入口から見知らぬ男達が入ってくる。三人とも黒い革製の装備で、威圧的な態度をとっている。

「おい、ここが《ダイダロス》の拠点で間違いないか？」

リーダーと思しき男がハヤト達に話しかけた。どちらかといえば怒っているような印象を受けるが、それを差し引いても初対面の相手にするような話しかけ方ではない。

ハヤトは立ち上がると、リーダーと思しき男の前に立つ。

「ええ、間違いありませんよ。ところで貴方達は？」

こういう場合に同じような口調で返すのは悪手。こちらはあくまでも冷静な言動で対応するのがベストだ。ハヤトはそう考えて事務的に回答した。

「俺達は《ブラッドナイツ》だ。ここのクランリーダーであるハヤトっていう奴を出せ」

「ハヤトは私ですけど」

「そうか、お前か……一体何をした？」

ハヤトは訝しがる。色々と端折りすぎて何を言っているのか分からないのだ。もしかすると今回マッチングした件なのかもしれないが、いきなりそれを言ったら余計な勘繰りをされる可能性がある。

「えっと、なんのことでしょう？」

「しらばっくれるんじゃねぇよ。俺達は賭け試合でお前のクランは選んでねぇ。なんでお前らと戦うことになってんだ。てめぇがなにか介入したんだろうが！」

言いがかりにもほどがあるが、事情に関しては間違いないようだ。

「ああ、そのことですか。自分も不思議に思って確認したんです。憶測でしかないのですが、《ブラッドナイツ》さんが指定した相手との対戦が認められなかったようですね。その場合、ベッティングマッチをしているクラン同士でランダムマッチになるそうですよ」

ハヤトはミストから聞いたことをそのまま説明した。そもそも、クラン戦争のマッチングに介入すること自体不可能なのだ。そんな言いがかりをつけられても困る。

だが、たとえ説明したとしても納得できるかどうかは別。相手のリーダーは納得しなかった。

男はハヤトの胸ぐらをつかむと、顔を近づける。

「おい、兄ちゃん。それくらいの仕様は俺も知ってる。問題はなんで俺達と相手の対戦が認められなかったかってことなんだよ。相手はAランクで賭けていた物も同額程度だ。そっちは認められねぇのに、なんでお前のクランとは認められるんだよ、あぁ？」

「それを聞かれても分かりませんよ。クラン管理委員会に確認してもらえませんか？」

どう考えてもその理由をハヤトに聞くことは間違っている。誰もが思う回答をそのまま言った。

「いいだろう。なら、てめぇも来い。潔白だって言うなら来るのは問題ねぇよな？」

潔白だったとしてもハヤトが行く理由は全くないが、行かないと言えば逆に話が長引くと考えたので一緒に行くことにした。

ハヤトはミストと店番をしているエシャに事情を説明する。

その説明にエシャは呆れた。

「なんで行くなんて言うんですか。放っておけばいいんですよ。ただの言いがかりなんですから」

「行かないと逆に長引きそうなんだよ。居座られてグダグダ言われるのも嫌だしね」

「あの手の人達に話が通じるとは思いませんけどね。まあ、お気をつけて」

エシャはそれだけ言うと店舗の方へ戻ってしまった。

「私もそう思いますけどね」

「ミストさんもそう思いますか？」

「ええ、ただの言いがかりです。多分ですが、ああやって相手を威圧して脅しているんですよ。クラン戦争の戦闘が始まる前から戦いを始めるようなものです。前のクラン戦争でもよくありました」

（そういうものか。でも、プレイヤー同士はクラン戦争以外で戦うことはできないし、たとえ攻撃されても痛みはない。脅しにならないと思うんだけど。まあ、見た目は厳ついから怖い感じはする

けど、それだけかな）

プレイヤーの容姿に関しては、ある程度カスタマイズが可能だが基本的には現実と変わらない。髪型を変える、もしくは色を染める、できるのはその程度だ。

個人情報の観点からすると危険な気はするが、ゲームを始める前の契約で同意しなくてはいけない。なお、名前も現実のものと同じだ。ハヤトの本名は隼人。このゲームでは容姿と本名、それに性別を偽れないのだ。

最初はそれに反感を持つ人もいたが、そのことについて運営からの発表は全くなかった。つまり「同意できないならやるな」というスタンスなのだ。

そのため、名前と容姿以外の個人情報は絶対に言わないのが鉄則だ。ところが、《黒龍》のクランリーダーだったネイはさらに生年月日まで言ってしまい、周囲を驚かせたことがある。

ハヤトはそんなことを思い出しながら、拠点の外へ出た。

外には《ブラッドナイツ》のメンバーが乗っていると思われるモンスター達がいる。フェンリル二体とドラゴンが一体だ。

フェンリルとは三メートルほどの大きな狼（おおかみ）。エルダーグリフォンと同じようにドラゴンを単体で狩れるほどの強さを持ち、魔法も行使できる。テイマー界隈では一番人気のペットであると言っても過言ではない。

人気の理由は強さもあるが、犬のような容姿に惚れる人が多いのだろう。だが、一番の理由は移動速度だ。

フェンリルは騎乗できるペットとしては最も速い。移動速度を向上させていないプレイヤーの速度が一だとすると、フェンリルの移動速度は四。通常の騎乗用ペットでも二程度なので、フェンリルはさらにその倍のスピードで移動できるのだ。

このゲームの戦闘はアクション要素が高いと言ってもいい。移動速度が速いのは、かなりのアドバンテージと言えるだろう。

そのフェンリルとドラゴンに乗っている《ブラッドナイツ》に囲まれて王都へ向かって歩き出した。

少し時間が経てばハヤトでも分かる。明らかにクランの申請ができる施設には向かっていない。どちらかといえば、王都の中でもスラムと言われる盗賊ギルドや暗殺者ギルドなどがある無法地帯に向かっている。

「どこに向かっているのかな？」

「余計なことはするなよ？　ここで騒いだりしたら面倒なことになるとだけ思っておきな」

「面倒なことって？」

「お前の想像の十倍くらい酷いことさ」

面倒くさいことになりそうだなと、ハヤトは思いつつも何も言わずについて行った。

「ここだ、入りな」

木製の建物で三階建てくらいだが、かなりボロい。寂れた木製の館といった感じだろう。だれかが住んでいるようには思えないほどだ。

ここまで来て拒否しても仕方がないので入った。そもそもこんなことをしても意味があるようには思えない。逆に何をするのか興味があるくらいだ。

中には三人ほどいた。全部で六人になるが、一人はフードを深く被っていて顔は見えない。体つきから考えて男性だろう。気になるのはそのフードを被った男がＮＰＣであることだ。

ハヤトは全体を確認する。外観もそうだが、中もボロい。

「ずいぶんと余裕があるようだな？」

リーダーの男はニヤニヤしながらハヤトを見る。

「いや、内心ドキドキしているよ」

「そう言えるところが余裕あるって言うんだ。ああ、まずは名乗っておく。ガルデルだ」

「よろしく」

「いいねぇ。度胸のある奴は好きだぜ？　だが、言うことを聞いてくれたらもっと好きになるかもしれねぇ。俺がアンタを嫌いにならないように、言葉には気を付けてくれよ？」

（ゲーム内で度胸とか関係あるかな？）

「さて、話は簡単だ。次のクラン戦争で負けろ」

そんなことだろうとは思ったが、本当にこういう交渉というか脅しをかけてくるとは思っていなかった。八百長が判明したらゲームにログインできなくなる可能性があると分かっているのか。

確かにランキング上位に支払われる賞金は魅力的だが、あまりにもリスクがある行為だろう。

なんて答えるべきか迷っていたところでガルデルが口を開いた。

「もちろん、タダとは言わねぇ。現実の世界で俺らが得た賞金の一部をくれてやるよ。俺らに勝つよりも賞金は減るだろうが、リスクなしで金が入るなら問題ないだろ？」

そんな口約束に誰が乗るんだと思いつつ、ネイの顔が浮かんだ。こういう不正なことは嫌うので話に乗ることはないだろうが、不正なことでなければいくらでも話に乗りそうだと溜息をつく。

「おいおい、その溜息はどういう意味だよ？　俺達を怒らせたいって意味か？」

「いや、全然違うよ。ちょっとした思い出し溜息。えっと、次の試合で負けろって話だね？　リスクなしで賞金を得られるから俺にもメリットがあると」

「その通りだ。あと三試合でクラン戦争アニバーサリーの賞金が得られる。いま、どこかに負けるわけにはいかねぇんだよ」

「悪いね、俺もそれを狙っているんだ。わざと負けるつもりはないよ。賞金が欲しいなら実力で勝ってくれないかな？　俺もそうするし」

「まあ、待てって。これはかなりいい提案なんだぜ？　そもそも俺達に勝てるのか？」

「負ける理由がないかな」

「てめぇのところのクランは一度も動画にピックアップされてねぇから実力は知らねぇ。だが、俺達よりも強いと思ってるのか？」

「そう思わなきゃ言わないかな」

エシャを筆頭にかなり強いメンバーを揃えているとハヤトは自負している。それは今までの対戦を見て確信した。今のメンバーに勝てるならそれはさらに強力なＮＰＣ達くらいじゃないかと思っているほどだ。

「そうかよ。なら仕方ねぇな――おい」

ガルデルはフードを被った男性の方を見る。するとフードの男は頷いた。

だが、特に何かが変わったわけでもない。

「それじゃ、気が変わったら連絡してくれ」

ガルデル達はニヤニヤしながら外へ出ていった。この場に残ったのはハヤトとフードの男だけだ。

「え？　これで終わり？　もう帰っていいの？」

フードの男は何も答えない。入口を指さしてからハヤトに背を向けて二階の方へ移動してしまった。

ハヤトは不思議に思いながらも外へ出る。

わけが分からないが、ここにいても仕方がないので帰ることにした。

《転移の指輪》を使って拠点に戻ろうとしたところで音声チャットが入った。エシャからだ。

「ご主人様、何かされました？」

「えっと、なんの話？」

「拠点が嫌がらせされてますよ。面倒だから撃っていいですか？」

（もしかしてさっきの提案を断ったからか？　面倒なことになったな）

ハヤトはそう思って《転移の指輪》を使い拠点へ転移した。

拠点に戻ると、大量の人が拠点を取り囲んでいた。店舗への入口付近などに大量に人がいて通行を妨(さまた)げているようだ。

見る限り、プレイヤーもいればＮＰＣもいる。こんなところにたむろするのは嫌がらせ以外の何物でもないが、ただいるだけなら別にどうでもいい。

ハヤトは無視して拠点へ入ろうとした。だが、あまり身なりが良くないＮＰＣに止められる。

「待ちな。ここを通るなら通行料を貰おうか」

「はい？」

「この場所は俺達の縄張りだ。通りたければ金を払えって言ってんだよ」

「いくら？」

「……えっと、いくらだ？」

「馬鹿野郎！　通すつもりはねぇんだから値段なんかねぇんだよ！」

ハヤトを止めたＮＰＣは隣にいるＮＰＣにそう聞いて怒られていた。

「ああ、そっか――というわけだ。いくら払っても通すつもりはねぇ。帰りな」

「いや、そこの拠点が俺の家なんだけど。帰らせてくれない？」

「……どうする？」

「え？　それは俺も知らねぇ。住人なら通していいのか？」

（ずいぶんとほのぼのとした奴らだな。悪に徹しきれてない。いや、悪じゃなくてももっと上手くやるような気がするんだけど）

「おい、お前がハヤトだな？」

今度は名前表示が青色になっているプレイヤーがやってきた。

先ほどのボロい館で見たメンバーとは違うようだが、似たような黒い革製の装備に身を包んでいて、なんとなく《ブラッドナイツ》の仲間のように見える。

「そうだけど。これはなに？　宴会でもするのかな？」

「ガルデルさんが言ってた通り面白い奴だな。だが、ビビッてるのが透けて見えるぜ？　お前が次のクラン戦争を負けると言うまでここはこのままだ。金なんか入らなくても楽しくやってりゃそれでいいだろ？　いちいちガルデルさんの手を煩わせるなよ」

「ああそう。なら負けるから解散してくれる？」

当然、ハヤトにそんなつもりはない。はっきり言って今まで以上に勝つ気マンマンだ。面倒なのでそう言ったまで。

「物分かりがいい奴は好きだぜ。そんじゃ詫びに金を全部渡しな。クラン共有の金だけじゃなくて個人の金も全部だ。ガルデルさんに忠誠を誓うならそれくらいできるよな？」

なぜか忠誠を誓う話になっているのでハヤトは驚いたが、理論的に話をしようとしても無駄なことは理解した。

「悪いけど、個人の金はないよ。全部クラン共有のお金にしているから、クラン戦争で自動的に手に入るはずだ。それで諦めて」

「ちっ。なら店に売ってる物を全部渡しな。店の売り物を見たら結構な物が揃っていたからな。あれはお前が作ったんだろう？　貢物として渡せば、お前も《ブラッドナイツ》傘下のクランとして威張れるぜ？」

ハヤトは《ブラッドナイツ》傘下のクランという言葉に引っかかった。

クランは十名で構成されるが、それだけではあまりにも人数が少ない。そのため、複数クランで手を組んでいることがある。システムとしては存在していないが、同盟を組むのだ。

クラン戦争ではその辺りが考慮されているのか、システムで明確に決まっていないものの、交流のあるクラン同士で戦いは起きないと言われている。

通常であれば同盟を組んだクランは同列であるが、《ブラッドナイツ》の場合はなんらかの理由でクランを傘下、つまり支配しているのだろうとハヤトは考える。

目の前にいるプレイヤーもなんらかの理由で《ブラッドナイツ》傘下のクランに所属していると推測する。服装が似ているのはその影響だろう。

そしてハヤトはここまでだな、と早々に諦めた。

なんとかこの場を切り抜けようとしたが、手間暇かけて作ったアイテムを寄越せと言われたことに、ハヤトはかなり怒りを覚えている。

マリスにペット用の料理を作ったときは無料であげようとした。それは材料を持ち込んできたからだ。エシャに言われて他の職人のためにもお金を取ることにしたが、基本的にハヤトは自分の技術に値段をつけてはいない。礼儀正しくお願いされれば技術を無償で提供するのもやぶさかではない。

自分の技術を無料で提供しろと言われただけなら、怒ることはなかっただろう。だが、作ったアイテムにはハヤトの生産系スキルだけではなく、材料を揃えてくれた人達の手間暇がある。それを寄越せと言われてハヤトは今までにないくらい怒っていた。

「俺が作ったアイテムが欲しいなら、土下座して頼んでもらえます？　それなら考えてあげますよ。

まあ、考えるだけで渡すつもりはありませんけどね」

「……あ？」

ハヤトに絡んでいた男は何を言われたのか分からずに反応が遅れた。だが、意味が分かってきたのかハヤトを睨む。

「言い方が悪かったですね。本当に土下座されても困るので、ちゃんと言っておきましょう。ガルデルに渡すアイテムは一つもないからお引き取り願いますと言ったんですよ」

「おいおい、分かってないな。《ブラッドナイツ》傘下のクランがどれくらいあるのか知らねぇのか？　それが全部敵に回るってことなんだぜ？」

「さあ、知りませんね。どれくらいですか？」

「二十以上はある。つまり、二百人以上を敵に回すってことだ。それに見たろ、このＮＰＣ達の数を。こいつらは盗賊ギルドの奴らだ。あまり舐めたことを言ってると、大変なことになるかもしれないぜ？　拠点をボロボロにされたくはないだろ？」

（盗賊ギルド……そうか、館にいたフードの男は盗賊ギルドのＮＰＣだったのか。いや、それはどうでもいいな。問題は今の状況だ）

明確に脅してきている。これなら運営に言えばアカウントの停止ができるんじゃないかとハヤトは思った。

「今までも似たようなことをしてきたが、どのクランも最初はお前みたいに強がっていたよ。だが、結局は折れた。あまり無駄なことはしないほうがいいぜ？」

男は下品な笑みでハヤトを見ている。勝ち誇った顔だ。そんなことよりもハヤトには気になることがあった。

(今までも似たようなことをしてきた？　こんなことをしているのにお咎めなしってことか？　それはどうなんだろう？　運営に言っても意味はないってことか——それとも嘘をついているのか？)

ハヤトは考えても仕方ないと諦めた。まずはログアウトして運営にメールを送ろう、そう思った直後だった。

「ハヤト様、これは一体どうしたのでしょうか？」

いつの間にかハヤトの背後にレリックが立っていた。おそらく買い物から帰ってきたのだろう。

一瞬だけ迷ったが、事情を説明することにした。

「次のクラン戦争の相手から嫌がらせと言うか、脅されていまして」

「なるほど。よくある話ですね」

(よくあるんだ？)

「さて、そういうことならお引き取り願いましょうか。邪魔ですからね」

「なんだコイツ？　ＮＰＣか？　おいおい、こっちは盗賊ギルドの奴らが何人いると思ってんだ。プレイヤーからプレイヤーには攻撃できないが、ＮＰＣにその制限はないぜ？　ボコボコにされたくなかったらとっとと消えな」

「一部、何を言っているのか分かりませんが、消えろという言葉は分かりました。答えとしてはお断り、ですね。私はこのクランで執事をしているレリック。主人を置いて消えることなどできません」

「ちっ。面倒だな。おい、お前ら、こいつらを痛めつけろ」

男は盗賊ギルドのＮＰＣ達にそう命令した。だが、ＮＰＣ達はひそひそと話をしているだけで動こうとはしない。

「どうした！　ギルドに金は払っているだろう！　早くやれ！」

「悪いな。俺らは抜けるわ。レリックさんがいるクランに嫌がらせしてたなんてバレたら俺らが殺されちまう」

「……あ？」

「おや、皆さんは盗賊ギルドの方でしたか。ギルドマスターはお元気ですか？」

「ども、こんちはっス。はい、元気です。でも、最近、レリックさんが来ないので寂しそうにしてますよ。またチェスの相手をしに来てくださいよ。ボスも喜ぶと思うんで」

「ええ、なにやらお仕事の邪魔をしてしまったご様子。近日中にお詫びも兼ねて伺うとお伝えしてください」

「そうしてもらえると助かります。そんじゃ、俺達はこの辺で。クラン戦争、頑張ってくださいね。応援してますんで」

「ありがとうございます」

盗賊ギルドのＮＰＣ達はレリックに頭を下げながら去っていった。残ったのは十人程度のプレイヤー達だけだ。

「お、覚えてろよ！」

この状態でも脅しは可能なのだろうが、見事なまでの捨てゼリフを吐いてプレイヤー達はいなくなった。

「レリックさんのおかげで助かりました。ありがとうございます」

「お力になれたのなら何よりです」

「でも、どうして盗賊ギルドの人達はレリックさんのことを知っているんですか？　ギルドマスターと知り合いのような話をされていたようですが」

ギルドマスターとは、そのギルドのトップを指す。メイドギルドの場合はメイド長と言われているが、言い方が違うだけで同じ意味だ。

レリックは少しだけ恥ずかしそうにしながら口を開いた。

「盗賊ギルドのギルドマスターは、私が盗賊をしていたころの相棒なのですよ。最近は忙しいのであまり行っていませんでしたが」

「ああ、買い物のお願いをしていたからですね。すみません」

「いえいえ、これは私の仕事ですのでお気になさらずに。ですが、今度お詫びも兼ねて顔を出してこようかと思います」

「そうしてください。今度、私からもお詫びとしてお茶菓子を作っておきますので――いけね、大丈夫だと思うけど、エシャが中にいるんだ。ちょっと見てきます」

「私も参りましょう」

プレイヤーの男は拠点にハヤトが作ったアイテムがあることを知っていた。つまり中に入ったことがあるのだ。エシャは戦闘力もあるので危険ではないと思うが女性だ。それにＮＰＣはクラン戦争でなくとも攻撃ができるとの話があった。

ハヤトとレリックは急いで店舗の入口から中に入る。そこにはスイーツを食べまくっているエシャがいた。

エシャはハヤトと目が合うが、特に気にせず、食べかけのショートケーキを口に入れた。そしてよく噛んでいる。

「何してんの？」

「おまちくらはい……いえ、アイテムを奪う話が聞こえてきたので、そうなるくらいなら私が食べてしまおうかと思いまして。おいしゅうございました」

エシャは無事だったが、食べ物が無事じゃなかった。明らかに品質が高い物からなくなっている。

「来月に支払うお金から差し引くからよろしくね」

「そんな！　ご主人様は甘ちゃんですから、アイツらにあげてしまうかと思ったんですよ！」

「もしそんなことしたらエシャが俺を止めたでしょ。俺を倒してでも死守したと思うけど」

「さすがは私のご主人様です。主人がメイドを理解してくれていると思うと嬉しいですね」

「理解したくなかったけど、まあいいよ。でも、そのエクレアからは手を離して。何どさくさに紛れて食べようとしてるの……エシャがスイーツ系の料理を食べた以外は特に問題なさそうだね。あれだけの人がいたから中で暴れるくらいしたかと思ったんだけど」

「そういう手がありましたね。料理が無くなったのをアイツらのせいにすればよかったと後悔しています。ギリギリまで食べ過ぎました」

「もっと他のことに後悔して」

そんなエシャとのやり取りを止めてハヤトは考える。

（とりあえず次のクラン戦争は相手が悔しがるくらいボコボコにしないと気が済まないな。あと、念のために運営に連絡しておこう。八百長を持ちかけられたんだ。何かしらの処罰があってもいいはず。もしかしたら不戦勝で勝てるかもしれない。今までも似たようなことをやってきたという話だからダメかもしれないけど、それ自体が嘘ってことも考えられるからやるだけやっておこう）

「ご主人様はずいぶんといい顔をされていますね？」

「え？」

「いえ、今までと違ってかなりやる気になっている顔かと——まさか私が危険に晒されたと思って怒っているのですか？　やはりデレましたか」

「ごめん、エシャのことは微塵も考えてなかった。むしろ、高額なスイーツを食べたことに怒りは覚えているけど」

「またまた。私には分かってますから」

「無敵だね。何も分かってないと思うけど、まあ、それでもいいよ。次のクラン戦争では相手をボコボコにするつもりだから、今まで以上に本気でやってもらうよ。食べたスイーツ分は頑張って」

ハヤトはエシャにそう言った後、レリックの方を見た。

「レリックさんもお願いしますね」

「かしこまりました。どうやら相手クランは盗賊ギルドを使って嫌がらせをしている様子。仕事を受けるほうも受けるほうですが、このようなことを盗賊ギルドに依頼しているというのは少々気に入らないので全力であたらせていただきます」

少々と言いつつかなりの怒りがその笑顔からあふれ出ているように見えた。これは期待できそうだとハヤトは嬉しくなる。

（さて、それじゃクラン戦争までの一週間。こちらも色々準備しておこうか）

ハヤトは全員に連絡をしてから、次のクラン戦争のための準備を始めるのだった。

## 四　クラン戦争四

クラン戦争開始前、いつもの通り、メンバーが拠点の食堂に集まっていた。

エシャ、アッシュ、レン、レリック、ミスト、そして新規に加入したマリスとグリフォンのランスロットだ。

ランスロットはマリスのペットだが、クラン戦争に参加するためにはクランの枠を使う必要がある。ハヤトを含め八枠を使っているため、残りの二枠をアッシュの傭兵団員が埋めている形だ。

対戦相手は当然《ブラッドナイツ》だ。

ハヤトは八百長を持ちかけられた日にログアウトした後、運営向けにその旨のメールを送った。

だが、返ってきた答えはこうだ。

「ゲーム内で可能な行為は本人の責任においてすべて許容されます」

ハヤトはメールを送る前からなんとなくそんな回答が来ると思っていた。つまり八百長をするのも、脅しをかけるのも、自分の責任でならやっていいという内容だ。

やってどうなるかはゲーム内のＮＰＣ達が判断するのだろう。クラン管理委員会などもそのために存在している。極端なことを言えば、ＮＰＣ達にばれなければやってもいいのだ。

ミストを通してクラン管理委員会には連絡した。今はその調査をしている段階。それが証明されれば不戦勝で勝つこともできただろうが、残念ながら証明される前にクラン戦争が始まってしまった。

とはいえ、ハヤトはそれほど残念に思っていない。自身に直接的な戦闘力はないが、クランとして《ブラッドナイツ》を倒したかったのだ。

今回に限ってはハヤトもかなり怒りを覚えている。

脅しをかけられたこともそうだが、アイテムを寄越せと言われたことが主な原因だといえるだろう。

さらにはあの後も色々と嫌がらせを受けている。《ブラッドナイツ》傘下のクランメンバーが嫌がらせのように拠点の前でたむろし、客に買い物をさせないようにしていた。

また、客として入ってきて無理難題を吹っ掛けたり、大声でエシャを恫喝したりするなどの行為を繰り返していた。エシャは別に何とも思っていないと言っていたが、たとえＮＰＣだとしてもエシャは女性だ。ハヤトとしてはかなり憤慨している。

ゲームの運営では話にならないと、王都の衛兵にもそのことを訴えたが動きは悪かった。

メイドギルドにそれを調査してもらうと、どうやら衛兵の一部は《ブラッドナイツ》から賄賂を受け取っており、ある程度のトラブルは見逃されているとのことだった。NPCに賄賂が有効なのかと驚いたが、このゲームは何でもありだなと少しだけ感心したほどだ。

そんなこともあり、この一週間でハヤトはかなり鬱憤が溜まっていた。自室でクラン戦争の準備をしていても外で騒がれ、店には客が来ない。挙句の果てには、王都でこの店について品質が悪いなどの噂を流された。

ハヤトは滅多に怒る方ではないが、これにはさすがに怒りを覚えた。自分の作った物に対して不当に評価されたのだ。許せるわけがない。

ハヤトの気持ちが表に出ているのか、食堂の雰囲気が少し悪い。

「ご主人様、少し落ち着いてください」

だが、そんな状況でも空気を読まないエシャは、ハヤトにそう言いながら、ベルゼーブの銃口をハヤトに向けた。

「……銃口を向けられて落ち着くのは無理だと思うけど？」

あまりにも突飛な行動にハヤトは少しだけ落ち着いた。いつものような雰囲気になる。

「気持ちは分かります。私のようなか弱い女性が店で恫喝されていた。許せないのは分かりますが、そういうのはお似合いになりませんので、いつも通りゆるく行きましょう」

「エシャが脅されたことはどうでもいいんだけど、作った物を不当に評価されることが許せないんだよね——なんでまた銃を構えたの？」

「私はご主人様のその言葉が許せないんですが撃っていいですか？　大丈夫です、ちょっと自室で復活するだけですから」

「ごめんなさい。冗談だよ、エシャへの恫喝についても怒ってる。クラン戦争に勝つためとはいえ、何をしてもいいってわけじゃない。正々堂々でなくてもいいけど、あそこまでやるのはやりすぎだよ。みんな、今日はいつも以上によろしくたのむよ」

ハヤトのその言葉に全員が頷く。

その直後にバトルフィールドへ転送された。

全員まずは砦の屋上へ行くことにした。今回のフィールドを確認するためだ。

屋上から周囲を見渡すとそこは一面の砂漠（さばく）だった。さらに日差しも強く、かなり暑い。このゲームに汗という概念はないが、ハヤトは大量の汗をかいているような錯覚に襲われた。

（砂漠か。遮蔽物（しゃへいぶつ）がほとんどない場所だけど、移動速度がかなり落ちると聞いたことがある。それにランダムでサソリやヘビが出現して毒のバッドステータスを与えてくるとかだったか？　熱さで火傷も発生するはず。面倒だな）

「みんな、日焼け止めを塗っておいて。それで火傷のバッドステータスを回避できる。あと毒消し用のポーションも携帯しておいて、サソリやヘビの毒ならすぐに消せるから」

「あ、あの、ハヤトさん、すみません……」

「ミストさん？　どうかされましたか？」

ミストがなぜかかなりグロッキーな状態でハヤトに近づいてきた。今にも倒れそうで顔色が悪い

――いつも顔色は悪いが、今日はより悪かった。

「ひ、日差しが強くて、日焼け止めでも大幅な弱体化が免れません……外や屋上は無理なので拠点の中で防衛していていいですか……？」

吸血鬼のミストはいつもより強い日差しを受けてかなり弱っていた。夜にほぼ無敵の強さを誇る吸血鬼で、日中もある程度は平気だが、砂漠のような場所での直射日光はさすがに耐えられない様子だ。

そして今は昼間。クラン戦争が終了する一時間後でも夜になることはない。ミストを戦力として考えるのは厳しいだろう。

ハヤトとしてはかなり困る状況だが、拠点の防衛も必要なのでアッシュと相談して拠点内の防衛はミストに任せることにした。

ミストはそれを聞くと頷いてからフラフラと階段を降りていく。

「ミストさんのことはかなり予定外だったけど、大丈夫かな？」

「まあ、仕方ないだろうな。拠点内の防衛ならいつも通りだろうからそれほど心配はしていない。それに今回はマリスやグリフォンがいる。砂漠で空を飛べるテイマーがいるのはかなりのアドバンテージだ。メイドギルドの情報だと相手はドラゴン三体にフェンリル二体なのだろう？　ならなんとかなるんじゃないか？　それにこれなら開幕に俺のドラゴンブレスも可能だ。上手くいけばそれで終わる」

遮蔽物もなく、デコボコしていない場所ならアッシュはドラゴンに変身してドラゴンブレスを放てる。さらにここは砂漠。移動速度が遅くなっているので突撃してきてもアッシュには届かず、場所によっては拠点まで逃げきることもできない。それはたとえペット最速のフェンリルに乗っていても同じことだろう。

「そうなってくれればいいんだけどね」

「上手く行くように祈っててくれ。それじゃ俺達は配置につく」

アッシュは団員達をつれて階段をおりていった。

「では私も配置につきましょう」

「レリックさんは大丈夫ですか？　こんな砂漠では移動も大変なのでは？」

「ご安心ください。格闘スキルには色々と便利な移動スキルがありますので。それにハヤト様に作っていただいたこの《レクイエム》もあります。戦闘でも必ずやお役に立ちましょう」

「そうですか。分かりました、期待しています。お気をつけて」

レリックはお辞儀すると階段をおりていった。

残ったのはハヤト、エシャ、レン、そしてマリスとランスロットだ。

「マリスは遊撃みたいな感じでお願いするよ。たぶん、アッシュ達だとドラゴン達はともかく、フェンリルのスピードについていくのは難しいかもしれない。まずは牽制しながら相手の動きを見てくれる？」

「分かりました！　ランスロットの格好いいところを見せますのでご期待ください！」

「期待しているよ。ここならランスロットがかなり活躍できるだろうからね」

視界が悪い森のような場所なら厳しいかもしれないが、砂漠ならランスロットの独壇場と言えるだろう。

「エシャとレンちゃんは拠点の防衛でお願いするよ。状況に応じて色々と動いてもらうけど」

「分かりました。お任せください。今日もすっごく呪います！　うひひひ……！」

レンが嬉しそうに五寸釘とワラ人形を取り出した。明るい呪術師ってなんだろうとハヤトが不思議に思っていると、エシャが少し渋い顔をしていた。

「えっと、エシャはどうかした？　もしかして暑いのは苦手？」

「いえ、そういうわけではないのですが、今回、もしかすると私の弱点をさらすことになるかもしれません」

「というと？」

「それは今の時点ではちょっと説明できないですね。実際にどうなるかは私でも分からないところでして。ですが、私の弱点がバレたとしてもご主人様には屈服しないとだけ言っておきましょう」

「わざと誤解があるような言い方をしてるよね――レンちゃんもマリスもそこでひそひそ話さないで」

エシャの弱点。そんなものがあるのかとハヤトは首を傾げる。だが知ることができるなら今後のためにも知っておきたい。

そう思った直後、相手から音声チャットの申請が届いた。

ハヤトはその申請を許可する。するとすぐに声が聞こえてきた。

「よお、元気か？　怯えて棄権するかと思ったぜ」

声の主はガルデル。挑発をするために申請してきたのだろう。だが、ハヤトとしても望むところだった。やられっぱなしでは相手を調子づかせる。それは意外と戦いに影響するのだ。

可能な限り相手を怒らせて判断を鈍らせる。ハヤトに戦闘力はないがそういう戦いならスキルもステータスも関係ない。

「すこぶる元気だよ。そっちはどう？　嫌がらせが通じなくて地団駄でも踏んでた？　ああ、そうそう、盗賊ギルドからもう仕事はしないと言われたんだって？　お金だけとられた気分はどうかな？　今後の参考に聞きたいんだけど」

盗賊ギルドはレリックの知り合いがギルドマスターをやっている。その理由から手を引いた。ただ、手を引いてもお金は返さない。そもそも契約書なんてものは無い。通常であれば、ギルドの信用面を気にするだろうが、盗賊ギルドにとってそんなものはどうでもいいらしい。

「てめぇ……！　言っておくが、負けたらそれで終わりだと思うなよ？　俺に逆らったんだ。嫌がらせはこれからも続くぜ？　お前がゲームを辞めるまでな！」

「ああ、そうなの？　じゃあ、こっちが勝ったら嫌がらせはやめてくれるかな？　ゲームは辞めなくてもいいけど、ここまでやって負けたら恥ずかしくて嫌がらせどころかゲームなんかやってられないよね？　それとも恥をさらしながらゲームを続けるのかな？」

「このガキ……！」

たぶん挑発勝負は勝てた。ハヤトはそう思って音声チャットを切る。そして音声チャットの申請を拒否の設定にした。

（さて、これでいい感じに怒ってくれただろう。しかし、俺って性格が悪いのかな。ああいう言葉がスラスラと出てくるんだけど……）

少しだけ自分のことにショックを受けつつも、ハヤトはクラン戦争が始まるのを待った。

数分後、クラン戦争が開始される。

メイドギルドが調べてくれた通り、相手のエリアには五人のプレイヤーと五体のテイムしたモンスターがいた。五人ともそれぞれテイムしたモンスターに騎乗している。

そして最初は様子見なのか、相手は砦の近くに配置されていて、今のところは動く様子がない。

（怒らせたつもりだったんだけど、意外と冷静だな。いきなり突撃してくるかと思ったんだが……近くまで寄ってくれれば、アッシュのドラゴンブレスで一撃だったんだけどな）

「ハヤト、聞こえるか？」

「アッシュ？　どうかした？　むこうがこっちの陣まで近寄ってきたらドラゴンブレスをお願いしたいんだけど」

「いや、それなんだが、ちょっと困ったことになった」

「困ったこと？」

「ああ。あのドラゴン達は穏健派のドラゴンだ。俺のドラゴンブレスで倒すわけにはいかない」

「はい？」

「すまん。たとえクラン戦争でも穏健派のドラゴン達には攻撃できないんだ。俺だけじゃなくてレンや団員達も同じだ。本当にすまん」

ハヤトは慌てた。それは想定していなかったからだ。

「えっと、フェンリルへの攻撃はできる？」

「それは可能だがドラゴン達が割って入ってくる可能性を考えると防御するだけだな」

ドラゴンがいる間は防御のみ。ＨＰを回復させるポーションはかなりある。だが、攻撃できない状態でクラン戦争に勝つことは不可能だ。

「ご主人様」

エシャがフィールド上を見ながらハヤトへ話しかけた。

（そうだ、エシャなら攻撃が可能だ。ドラゴンを倒してもらおう）

「エシャ、すまないけど、ドラゴン達を倒して――」

「申し訳ありません。今回、私は戦えないようです」

「はい？」

「あの立派なモフモフ。あれを倒すなんて私には無理です。良心は捨てたと思っていたのですが、私にも人の部分が残っていたんですね……甘ちゃんな女だと笑ってください」

「どこも笑えないんだけど」

立派なモフモフ。それはおそらくフェンリルのことを言っているのだろうとハヤトは思った。

「えっと、ならドラゴンを撃ってくれないかな？」

「あのおイヌ様に当たったらどうするんですか！」

「狼でしょ。というか、前に俺のことは撃ったよね？　俺ってあのフェンリル以下なの？」

「あれは過失的なものなので。でも、ご主人様がどうしてもあのモフモフを撃てと言うなら――ご主人様を撃ちます」

「そんな決意に満ちた瞳で言わないで。というか、これがエシャの弱点なの？　思ってたのと違うんだけど」

モフモフを撃てない。それがエシャの弱点。知ったところでどうしようもないのだが、そんなことよりも状況が最悪だ。

主力メンバーが軒並み戦えなくなった。

まともに戦えそうなのは、レリック、そしてマリスとグリフォンのみ。

これは無理かもしれない。ハヤトはそう思って頭を抱えた。

ハヤトがどうするべきか迷っていると、アッシュ達が後退を始めた。

「いったん撤退する。防衛だけなら砦のほうがいいだろうからな」

「分かった。砦の中なら一対一で戦える状況を作れると思う。一度引いてくれ」

アッシュ達がドラゴン相手に戦えないというのはキャラ設定による制限なのだろうとハヤトは諦めた。エシャも同様だ。そもそもあれほどの強さを誇るＮＰＣが無制限に戦えるのはおかしい。どこかでバランスをとるのが普通だ。

それがこのクラン戦争で一気に来てしまった。アッシュ達、エシャ、どちらかが戦闘できないだけならともかく、両方戦えないとなるとかなり厳しい。さらにはこの場所や天候のせいでミストも弱体化が激しくなっている。

このままでは負ける。とはいえ、相手もこちらの行動を警戒しているのか、すぐに攻め込んでくることはしないようだ。

ハヤトは音声チャットの拒否を解除して、こちらからガルデルに申請を出すことにした。少しでも時間を稼ぎたいからだ。会話をすることでこちらに作戦があるように思わせる。そして相手の侵攻を遅らせるのだ。

ハヤトの申請にガルデルはすぐ許可を出した。

「おいおい、戦ってもいないのに撤退するなんてどうしたんだよ？」

「いや、ちょっと問題が起きてね、今は戦えないんだよ。対戦は始まっているけど、こっちの準備が整うまでもうちょっと待ってくれる？」

「てめぇ、馬鹿か？　そんなミエミエの嘘に騙（だま）される奴はいねぇよ。俺達を誘い込もうって魂胆（こんたん）か。迂闊（うかつ）に攻められねぇな！」

（まあ、そう考えるよね。よし、これでとりあえず時間が稼げた。この間になんとかしよう）

ハヤトは騎乗しているテイマーのことについて考えることにした。アッシュ達はドラゴンを倒せない、エシャはフェンリルを倒せない。だが、騎乗している奴はどうだろうか。

戦いにかなりの制限がかかるだろうが、テイマーが倒されれば、ペットは勝手に動くという仕様を聞いたことがある。それにテイマーの動物調教スキルはペットを強化する効果がある。テイマーを倒せば、ペットとの戦いも楽になるし、ペットを倒さなくてもクラン戦争には勝てるかもしれないと考える。

騎乗しているプレイヤーだけを倒すならアッシュ達でもなんとかなるのではないか、ハヤトはそう考えてマリスに確認する。テイマーのことならテイマーに聞くのが一番だ。

「マリス、騎乗している奴だけ倒すって可能なのかな？」

「騎乗しているときに攻撃されると、ダメージを受けるのはペットの方です。騎乗しているほうだけを狙うことはできないですね！」

「ダメか」

（ゲーム的な仕様で騎乗しているほうだけを狙うのは無理ということか。二人乗りもできないし、微妙なところで現実的じゃないな。ゲームなんだから当然と言えば当然なんだけど。となると、このクラン戦争に勝つには相手のクランストーンを破壊する以外にないか……）

そう思ったところで、アッシュが砦の屋上にやってきた。

「すまない、ハヤト」

「ハヤトさん、ごめんなさい」

アッシュ、そしてレンが申し訳ない感じで頭を下げた。ハヤトは慌ててそんな二人に頭を上げるように伝える。

「いや、こればかりは仕方ないよ。でも、負けるつもりはないんだ。戦えなくても知恵を貸してほしい」

「もちろんだ。それで何か作戦があるのか？　エシャが《デストロイ》を放つとか？　できればドラゴンは倒さないでほしいんだが」

「アッシュ様、実を言うと私も今回は戦えないのです。相手におイヌ様がいます。射撃の腕に自信はありますが、間違っておイヌ様に当たったらと思うと、ショックで拠点にある食べ物を食い尽くす可能性があるかと」

それは甚大な被害だとは思いつつ、ハヤトは考えたことを口にした。

「さすがにレリックさんとマリスだけで相手を倒すのは無理だと思う。だからクランストーン狙いでやろうと思うんだ。どうやってクランストーンだけを狙うのかは考えてないんだけど」

「俺達の状況を考えるとそれが一番だろうな。なら、一番いいのは相手を自陣に誘い込んでいるうちに誰かがクランストーンを壊しに行けばいい」

「でも、兄さん。相手にはフェンリルがいるよ？　自陣に誘い込んでも追いかけられたら終わりじゃないかな？」

フェンリルの移動速度は人の四倍。よほどの差がない限り必ず追い付かれる。

「まあ待て。幸いなことにここは砂漠のフィールドだ。フェンリルもそれほど速くは移動できない」

「それは私達も同じだと思うけど？」

「砂漠を歩けば確かに移動速度は落ちる。だが、マリスなら影響されない」

アッシュがそう言ったところで、全員がマリスのほうを見る。マリスとその隣にいるグリフォンのランスロットが一緒に首を傾げた。

「えっと、どうしてでしょうか？」

「グリフォンは飛行できるだろう？　砂漠での移動に影響を受けないだろうが」

「あ！　そうでした！　空を飛んで戦うくらいしか考えてなかったので気づきませんでした！　ランスロットすごい！」

マリスがランスロットを撫でると、嬉しそうに鳴き出した。

ハヤトとしては少々心配だが、その方法が一番いいというのは理解した。

「ちなみにランスロットの速度ってどれくらいなのかな？　フェンリルよりも速い？」

「ええと、大体、人の二倍の速さで飛べますね！　見ていないから分かりませんけど、フェンリルが砂漠を走る速度もそれくらいになるんじゃないですかね？」

同じ速度であれば、追いかけられてもなんとか先にクランストーンに辿り着ける。ランスロットならクランストーンを破壊するのにそれほど時間は掛からない。

ハヤトはそう考えて、この作戦で行くことにした。他にいい作戦が思いつかない。ただ、一つだけ気になることがある。

「アッシュやレンちゃんはドラゴンになると飛べたりするのか？　そもそもレンちゃんのドラゴンは見たことないけど」

「いや、翼はあるが、飛べるタイプではないな。レンは飛べるのは飛べるが――」

レンはなぜか顔を赤くしてから、ローブについているフードで半分くらい顔を隠した。

「あ、あの、私は人前でドラゴンになるのはちょっと……」

「えっと？」

なにか聞いてはいけないような雰囲気を出すレン。

ハヤトは触れてはいけないことなのだろうかと思いつつも空を飛べるなら戦略に幅が出るため、もう少し聞いてみようかと思ったとき、アッシュが口を開いた。

「俺達はドラゴンのとき、簡単に言うと裸なんだ」

「……はい？」

「レンも年頃だからな。最近はドラゴンに変化しないようにしてる」

レンはフードで顔を隠したまま震えていた。おそらく羞恥で震えているのだろう。

「あ、あの、レンちゃん、ごめんね。もう聞かないから」

「いえ、大丈夫です。でも、兄さん、後でお話があります」

「そ、そうか。でも、どうしてワラ人形を出した？」

仲のいい兄妹の関係が崩れないといいなと思いつつ、ハヤトは心の中でもう一度レンに謝った。

「とりあえず、砦の中での防衛は俺達で何とかしよう。エシャも狭いところでは戦えないだろうから屋上で待機していてくれ」

「分かりました。デリカシーのないアッシュ様の指示に従います」

「……よろしく頼むぞ」

アッシュとレンは階段を降りていった。

途中、レンがアッシュの脇腹を突くように攻撃していた。なんとも微笑ましいが、自分のせいだなとハヤトはアッシュにも心の中で謝る。

「それで、セクハラ野郎様はどうするんです？　音声チャットで相手を挑発して呼び込みますか？」

「それ、俺のこと？　名誉のためにいいわけするけど、本当に知らなかったんだって――マリスもランスロットとひそひそ話をしない」

余計なことを言ったばかりに自分の信用度が落ちている。あとで機嫌取りになにかスイーツを渡さないとダメだなと思いつつ、これからどうするべきか考えた。

ガルデル達はこちらを警戒しているのか、あまり動いていない。徐々にこちらへ向かってはきているようだが、まだ敵陣だ。

誘い込みさえすれば十分程度で片が付くだろう。時間はまだまだある。とはいえ、何か問題が起きる可能性もある。早めに決着をつけたほうがいい。

ハヤトはそう思い、さらなる挑発をしようと、ガルデルに音声チャットを送る。

「いつまでそこにいるのかな？　罠を張って待ってるんだから早く来てくれない？」

「罠だと分かってて行く馬鹿はいねぇよ」

「そうだね、でも、それ自体が罠かもしれないよ？　時間をかけることでこっちが有利になる可能性は考えた？　それともこのまま引き分けを狙うのかな？」

クラン戦争でお互いが何もせずにタイムアップになった場合、引き分けということになる。その場合は両方にポイントが入らない。引き分けという形にはなるが、ランキングを考えればどちらも負けと言っても間違いではないだろう。

「ちっ、仕方ねぇな。てめぇらみたいな雑魚(ざこ)とにらめっこしているのも飽きたところだ。希望通りこっちから攻め込んでやるよ。頼むから罠があってくれよ？」

ガルデルからの声が届くと同時に、相手が動き出した。

フェンリル二体がかなりのスピードで砂漠を移動している。残りのドラゴン三体はゆっくりだ。砂漠フィールドで移動速度が遅くなっているにもかかわらず、そのスピードは人が普通に移動するよりも遥かに速い。

ガルデルが騎乗しているのが銀の毛並みをしたフェンリルのようで先頭を走っていた。ガルデルは長めの槍を持っていて、それを振り回すのだろう。

(本来ならあの倍のスピードで戦えるってことか。脅しとかしているようだけど、結構プレイヤーとしての実力もあるんだろうな……ありがたいことに、このフィールドはこっちにとって有利なんだろう。なんだろうな、あまりにもこっちが有利すぎないか？)

アッシュ達が戦えなくなったのは偶然だろう。そのおかげでプラスマイナスゼロくらいにはなっているが、それでもこちらに有利すぎるフィールドであるように思える。

(誰かの意図が絡んでいるのかね……可能性があるならディーテちゃん、か？　いや、いくらなんでも特定のクランに肩入れするようなことなんてあるわけがないか。ゲームとはいえ、お金が掛かっている。どこかのクランに贔屓(ひいき)していたとしたら大変なことになりそうだ)

「おいおい、ここまで来てやったのに出迎えもなしか？　どこまで行けば罠があるんだよ？」

ガルデルからの音声チャットで思考が中断されたハヤトは、慌ててフィールドを見る。

そこには自陣の半分ほどまで来ていたガルデルがいた。ただし、いるのはフェンリルに乗っている二人だけで、ドラゴンはちょうど自陣へ入ってきたところだった。

「ああ、悪いね。お茶菓子を用意してあるから拠点まで来てくれる？　もてなしには自信があるよ？」

「……クソが」

（いい感じにイラついているみたいだ。揃ったら全員で突撃してくるかな？）

それから数分後。相手が全員、自陣の半分あたりまで移動してきた。

「それじゃ、もてなしてもらおうか。つまらねぇもてなしだったら、覚悟しとけよ？」

フェンリルとドラゴン達が動き出す。だが、ガルデルの乗っているフェンリルは動かなかった。

自陣の半分あたりで待機しているようでこちらへ向かってくる様子はまったくない。

「来ないのかな？　もてなしてあげたいんだけど？　そこ、暑いでしょ？」

「気にしねぇで俺の部下達をもてなしてくれよ。それに俺は菓子が嫌いでね。酒があったら行ったんだがな」

（思ったよりも冷静だったか？　罠があるのを見越して自分だけは残ったか……参ったな。フェンリルが残るとなると、マリスが飛び出してもクランストーンまで先に着けない。それともこちらの作戦を見抜いている？　面倒だな）

ハヤトは改めてどうするべきか考えなくてはいけなくなった。

「一人、残ってますね。銀の毛並みを持つフェンリル。レアカラーですよ！」

ハヤトがどうしようか悩んでいる時にマリスが自陣中央にいるフェンリルを指して興奮していた。

そしてその隣ではエシャも頷いていた。そしてグリフォンのランスロットは少し拗ねている感じがする。

　マリスの言うレアカラー、それは出現率の低い色違いのモンスターだ。種族そのものが違うレアモンスターとは異なり、同じ種族のモンスターで色が違っているというだけで強さはほとんど変わらない。

　そして、その出現率は一定ではなく、確率が低い色が存在していた。

　フェンリルの銀色はレア中のレア。出現率は1％未満と言われている。

　とはいえ、そんな情報は今の時点では関係ない。色が違うことで強さが変わるわけではないのだ。

　それに問題はあの場所に待機していることに尽きる。

「マリス、ここからランスロットで飛び出して先に相手のクランストーンに着ける？」

「それは無理ですね！　あれはこちらの意図を分かっている顔です！　たぶん、飛び出したと同時に引き返すと思いますよ！」

「なんでそんなに元気よく言うの。なら、あのフェンリルと男に勝てる？」

　クランストーンへ直接行けないのなら戦って勝つという方法がある。あの場所にはガルデルとフェンリルだけ。マリスが勝てるなら、その後にクランストーンまで行けばいいのだ。

「相性が悪いですね。フェンリルは魔法も使えるので、空へ逃げても攻撃が届くんですよ。それにそもそも戦ってくれるかどうか分かりません。砦まで戻っちゃうかも」

「こっちの作戦がばれているならその可能性はあるね。向こうもこっちにグリフォンがいるのは分かっているはず。どうしたものかな」

「レリックに頼めばいいと思いますよ」

いきなりエシャが話に割り込んできた。

「レリックさんに？　どうして？」

「格闘のウェポンスキルの中に騎乗を解除するものがあったと思います。それでおイヌ様から叩き落とせばマリス様のほうが早く相手の砦に着くかと」

「そんな技があるんだ？　でも、ガルデルのところまで行けないいんじゃや？」

砂漠では移動速度が半分になる。レリックがガルデルのところまで行くにはそれなりの時間がかかるだろう。

それに格闘は近接攻撃の中でも攻撃範囲が一番短い。砂漠であってもガルデルは騎乗をしているため動きは速く、武器も長めの槍だ。攻撃を当てられるのかどうかが微妙だ。

「そこは大丈夫です。格闘スキルには相手との距離をゼロにするスキルがあるので距離やフィールドなんて関係ないですよ。うちのメイド長もよくやります。それにレリックですよ？　はっきり言って普通に戦ったって勝てますよ」

メイド長がなぜそんなことができるのかは分からないが、それならとアッシュとレリックに連絡を取る。そして事情を説明した。

アッシュとレリックはそれを了承して、レリックだけが砦の屋上にやってきた。

「マリスが砦に行く間、あそこにいるガルデルをフェンリルから叩き落としてもらいたいのですがお願いしてもいいですか？」

「お任せください。このいただいた手袋にかけて必ずやご期待に応えましょう」

レリックは手袋を改めて手に合うように引っ張り手をグーパーする。そしてエシャの方を見た。

「しかし、エシャ。私をずいぶんと買ってくれますね？　普通に戦っても勝てると言ってくれたそうで」

「前のクランメンバーの実力は知ってます。派手さはないですけど、堅実な戦い方はレリックが一番だと思ってましたからね。熱血勇者とかコレクター女なんかよりも遥かに強いですよ。アイツらは派手なだけで強くはないです」

「……そんなことはないと思いますが、あの二人よりも強いと言ってくれるのは嬉しいですね。では、もう一度作戦を確認しましょうか」

作戦としては簡単だ。

ガルデル以外を砦に誘い込み、アッシュ達が相手をする。アッシュ達は攻撃できないので、防御をして相手を砦に引き付けておくだけだ。

その後、レリックがガルデルに近づき、フェンリルから叩き落とす。

騎乗を強制的に解除させられた場合は十秒ほど騎乗できない状態になるので、その間にマリスがグリフォンに乗って相手のクランストーンを目指すという作戦だ。

至って単純だが、それゆえに分かりやすい作戦。アッシュ達がポーションで耐えるだけなので、できるだけ短い時間で対応しなくてはならないが、問題はそれくらいだろう。

「ハヤト、敵が侵入してきた。こっちは任せてくれ。そっちは頼んだぞ」

「分かった。まあ、俺は何もできないんだけどね」

「実は私もそうです。たまにはこんなのもいいですね。メロンジュースだけ飲みたい」

（よくないけど、まあいいや）

「えっと、それではレリックさん、お願いします」

「かしこまりました。私の攻撃が肝になるというのは嬉しいものですね。エシャばかりにいい格好はさせられません」

レリックはそう言うと、砦の手すりに軽やかに飛び乗った。そしてガルデルを見つめる。

次の瞬間にはその姿が消えてガルデルのいる場所にいた。

「え？　なにあれ？」

「格闘スキルが１００で使える《縮地》というスキルです。ターゲットにしている相手の目の前に瞬間移動するというとんでもないスキルですね。うちのメイド長の得意技。あれさえなければ私の勝率も上がるんですけど」

「ああ、よく考えたら、俺も拠点でやられたよ。距離が短いから高速移動したのかと思ったらこれは瞬間移動なんだね。たしかにこれなら砂漠でも関係ないか」

メイド長にレリックのことを聞かれたときに使われた。

「ご主人様がメイド長に？　なぜです？」

「……まあ、色々あって。それよりもまずはレリックさんを見よう。あとマリスもいつでも行けるように準備してて」

「分かりました！」

レリックとガルデルが戦っている。いきなり現れたレリックに驚いたのか、それとも勝てると思ったのか、ガルデルは逃げずにその場でレリックと戦い始めた。

ガルデルはフェンリルに乗りながら槍を振りまわす。さらにフェンリルのひっかきや噛みつきによる追撃がある。だが、レリックには全く当たらなかった。

（すごいな。ガルデルもかなり強いんだろうけど、レリックさんはそれ以上だ。このゲームに回避とかのスキルはないから、あれは本人の身体能力だけのはず——ＮＰＣだから身体能力がそもそもないんだけど、ＡＩの身体能力って高そうだよな）

レリックはガルデルとフェンリルの攻撃を華麗に躱す。躱すだけでなく、ときには攻撃をしてガルデルの体勢を崩していた。

そして数秒後、レリックがガルデルの突きを右回転しながら躱し、その勢いで裏拳を放った。

《バックハンドブロー》と呼ばれるウェポンスキルは単体攻撃の中ではかなりの攻撃力を誇り、様々なバッドステータスを相手に与える。一時的に行動不能にするというスタンのステータス異常もあるが、今回のメインは騎乗解除だ。威力の高い攻撃ということで、相手の騎乗状態を無理やり解除できる。

その《バックハンドブロー》が見事に決まり、ガルデルはフェンリルから叩き落とされた。

ハヤトはそれを確認した後、マリスを見る。

マリスはすでにランスロットに乗っており、ランスと盾を構えていた。そしてハヤトに頷く。

「行きます！」

マリスはランスロットに乗ったまま屋上から飛び出した。そして空中をかなりのスピードで敵陣の方へ飛んでいく。

（ガルデルはフェンリルに乗っていない。改めて乗るには時間がかかるはずだ。マリスのほうが早く着くはず――しまった。単純なことを忘れてた……！）

ガルデルは口笛らしきものを吹くと、フェンリルが砦に向かって走り出した。おそらくクランストーンを守りに行ったのだろう。ガルデルが騎乗せず、フェンリルだけに守らせるということをハヤトは全く考えていなかった。

（騎乗しているって先入観でフェンリルだけ行動させることを考えてなかった。当たり前のことなのに……！）

「マリス、フェンリルだけが砦に戻ろうとしている。ランスロットと一緒なら勝てる？」

ガルデルとフェンリルの組み合わせには勝てないという話は聞いている。フェンリルだけなら勝てるかもしれない。ハヤトはそれに期待した。

「勝てるかもしれませんが、時間がかかるかと……」

「そっか、なら色々考えてみるから無理はしないで。マリスが倒されたら勝てなくなるから」

「りょ、了解です！　まずは拠点を目指しますけど、フェンリルとは戦いません！」

（さて、どうする？　マリスは相手の砦にすぐに着く。だが、フェンリルもほぼ同時に到着しそうだ。それまでに考えないと）

なにか作戦を考えようとしたところで、ガルデルからの音声チャットが届いた。

「ハッ！　そんな作戦だとは思ってたよ！　こっちはお見通しだ！　残念だったな！」

「ああ、無様にフェンリルから落っこちたガルデル君か。今忙しいから後にしてくれる？」

「このガキィ！」

相手をしている場合ではないので、繋げたままのチャットを切る。そして改めて考えようとした。

「私の見せ場を作ってくれるとはありがたい話ですね」

「エシャ？」

いきなりエシャが屋上の手すりに近づいて左足をかけた。そしてベルゼーブを構える。

「レリックはその男とおイヌ様を足止めしてください。私は男の方をやります。絶対におイヌ様を近づけないようにしてくださいよ」

「ええ、お願いします。主人のいないフェンリルなら私でも何とか足止めできるでしょう。ガルデルの方はお願いしましたよ」

「まさかとは思いますが、巻き込まれたりしないでくださいね。あと、おイヌ様を止めるのはいいですけど、倒したりしたら次のターゲットは貴方ですよ？」

「あのクランで《デストロイ》に巻き込まれたことがないのは私だけだと自負していますので。もちろん、フェンリルの方もご安心ください。では、いつも通りに」

レリックはそう言うと、ガルデルに対してウェポンスキルである《ローキック》を放った。一時的に相手を行動不能にする攻撃により、ガルデルはその攻撃を受けてその場から動けなくなる。

直後にレリックが消えた。

ハヤトは何が起きたのか分からなかったが、レリックがフェンリルの目の前に移動したのを見て理解する。《縮地》によって拠点に向かうフェンリルの目の前に移動したのだ。

そしてフェンリルに今日二度目の《バックハンドブロー》を叩きこんだ。その攻撃によりフェンリルも一時的に動けなくなる。

「《デストロイ》」

近くからエシャの声が聞こえたと思ったら、直後に大砲のような音が聞こえ、銃から放たれた光の弾が十個の魔法陣を突き破ってガルデルに向かった。

ガルデルは一瞬でその光に貫かれて光の粒子となって消えてしまう。

主人がいなくなったことで、フェンリルの能力が下がることになった。この状態であれば、レリックでもフェンリルの足止めが可能になる。レリックはそのままフェンリルの相手を始めた。とはいっても、倒すわけではなく、クランストーンへ行かせないための足止めだ。

エシャは銃口へ顔を近づけ、フッと息を吹きかける。そしていつの間にか持っていたメロンジュースを飲み始めた。

(火薬で撃ってるわけじゃないのに何で煙を吹くようなポーズをしたんだろう？)

そんなハヤトの疑問はすぐに忘れた。それよりも確認したいことがあったからだ。

「さっきの連携はなんなの？　もしかして練習してたとか？」

「ああ、あれは前のクランでよくやっていただけですよ。レリックが動きを止めて私が倒す。久し

ぶりでしたが上手くいきました」

「そういうことか」

（エシャやレリックさんがいた前のクランでやってたってことか……あれ？　それって単なる設定じゃないのか？　連携で相手を倒していたなんて設定まであるかな？）

ハヤトの頭の中に疑問が浮かぶ。だが、それはエシャの言葉でかき消された。

「マリス様が向こうの拠点に着いたみたいですね」

ハヤトが相手の拠点を見ると、マリスが砦の屋上にいるのが見えた。そして屋上の中央にあるクランストーンに攻撃を開始する。

しばらくすると敵のクランストーンが破壊された。それと同時に紙吹雪が舞って花火が上がる。

ハヤト達のクランは戦いに勝利したのだ。

「思ったよりも簡単に勝てましたね」

「最初はどうなるかと思ったけどね。みんなのおかげだよ」

「なら次の祝勝会は期待してます。マリス様のジークフリートも呼びましょう。おネコ様を見ながらならいくらでも食べられますから」

「クランが破産するから止めてくれる？」

（よし、これでランキング五位以内に入ったはずだ。残りの戦いは二回。必ず賞金を手に入れよう）

ハヤトは砦の屋上でそう決意するのだった。

# 五　絶景スポット

《ブラッドナイツ》を倒してから二日後、ハヤトがログインすると、朝早くからディーテがやってきた。

同時に店番をするためにエシャもやってきて、拠点の食堂にはハヤトを含めた三人が集まっている。挨拶を交わしてからハヤトはディーテにここへ来た理由を聞くことにした。

ディーテは普段から拠点に出入りしているが、こんなに朝早くから来ることはない。何かしらの事情があるのだろうと思ったからだ。

「今日は早いね。なにか急ぎの用事？」

「何を言っているのだね？　私をクランへ入れてくれるのだろう？　クラン戦争も終わったから早速入れてもらおうと朝早くから来たんじゃないか。昨日は祝勝会をしていたようだし、遠慮したのだが、今日なら平気だろう？　いてもたってもいられなくて来てしまったよ」

そんな理由で朝早くから来たのかと思ったが、クランに入ることを楽しみにしていた感じが表情からよく分かるので嘘は言っていないのだろう。

ハヤトとしては最初からそのつもりではあったが、エシャが警戒していたので一度はクランへの加入を見送った。その後、ある程度メンバーとの交流を経てハヤト自身は問題ないと判断している。

クラン戦争前に一度誘ってみたが、そのときはディーテの方から断られた。クラン戦争が終わったので改めてやってきたのだろう。

ハヤトはエシャを見た。

エシャはハヤトがディーテを信用できるなら入れてもいいのではないかという旨の発言をしていたが、今はどう思っているのだろうか。最初に会ったときよりも警戒しているわけではなさそうだが、改めて確認することにした。

「エシャはどう思う？　まだディーテちゃんを信用しきれないかな？」

「いいえ、私よりもご主人様の気持ちを優先してください。前にも言いましたが信用できると言うならクランへ入れてもいいと思いますよ。あれから色々思い出そうとしているのですが、結局思い出せませんし、私の気のせいかもしれませんから。それにマリス様のランスロットを撫でるにはディーテ様の回復魔法が必須なので」

「エシャ君は私をそんな理由で認めるつもりかね？」

冗談か本気かは分からないが、エシャからの許可は得たようなものだろう。

アッシュ達にもすでに一通り確認しているが、特に難色を示してはいない。であれば問題はない。

「えっと、ディーテちゃん。それじゃクランへ加入をお願いするよ。残りのクラン戦争はよろしく頼むね」

「任せたまえ。あらゆるサポートをしようじゃないか――ああ、そうそう。以前も言ったが私を仲間にするために、何か作ってほしいと頼んだと思うのだが覚えているかね？」

「そうだったね。それじゃ、クランへ入るのはその後かな？」

「いや、クランへ入ること自体は今で構わない。ただ、いくつか行きたいところがあるのでね。一緒について来てもらえるかな？」

「えっと、どこに行くのかな？　俺は生産系スキルしか持ってないからモンスターがいる場所へ行くのは無理だよ？」

「そこはアッシュ君達に護衛してもらえばいい。別にハヤト君と私の二人きりで行きたいというわけではないからね」

「そういうことならアッシュ達にお願いしておくよ」

「決まりだな。今日はその準備をしておくから明日にでも頼むよ。時間が経つとクラン戦争で忙しくなるだろうからね」

ディーテはそう言って、拠点を出ていった。

「言いたいことだけ言って帰っちゃったよ」

「いいんじゃないですかね。たぶんですが無駄話とかが嫌いなんだと思いますよ。明日、どこかへ行くなら、お土産をお願いします。もちろん食べ物で」

「どこに行くか分かんないいんだけどね。何かあれば持ってくるよ……それじゃアッシュ達に連絡しておくか。エシャは店番をよろしくね」

ハヤト達はその場で別れてそれぞれの対応を始めた。

翌日の昼、ハヤト、アッシュ、レン、マリス、そしてグリフォンのランスロットは、拠点のすぐそばでディーテを待っていた。

そろそろ来る予定なのだが、いまだにディーテは現れていない。少し暇になってしまったので、マリスとレンはランスロットをブラッシングして遊んでいる。

そしてハヤトはアッシュと話をしていた。

「ハヤト、今日はどこへ行く予定なんだ？」

「昨日の夜に連絡があったときは《オルガ・ドムスの滝》ってところへ行くって言っていたかな」

「ああ、空から水が落ちてくるあれか。絶景スポットと言われている場所だな」

「空から水？」

「どうなっているのかは分からないが、かなり上空から滝のように水が落ちてくる場所だ。落ちてきた場所は湖になっていて、釣りスポットらしいぞ。まさかとは思うが、釣りに行きたいって話じゃないんだよな？」

「どうだろう？　可能性はあるかもしれないけど、釣りの用意なんてしてないけどな」

アッシュとそんな話をしていたら、ディーテがやってきた。

「待たせてしまったようだね。では、さっそく行こうか」

「それはいいんだけど、なんで釣り竿を装備しているの？」

ディーテの右手にはまぎれもなく釣り竿が装備されていた。しかもただの釣り竿ではなく、神樹(しんじゅ)

を材料にした星五の釣り竿だ。

「釣りをするからに決まっているからだろう。これでモンスターを倒すとでも思ったのかね？」

「釣りに行くなら、言ってくれれば色々用意したのに」

釣り竿は木工スキルで作ることができる。釣るための魚の餌も料理スキルで作ることが可能だ。ハヤトが事前に知っていれば色々と準備をすることができた。

「……うっかりしていたよ。ハヤト君は釣りスポットであることを知らなかったようだね。まあ、竿は折れてもいいようにいくつか持ってきているから安心したまえ。それじゃ皆で釣ろうじゃないか。さっそく行こう」

ディーテが歩き出したので、ハヤト達もそれについて行くことにした。


目的地である《オルガ・ドムスの滝》は精霊の国にある。

エルフ、ドワーフ、獣人、それに妖精達が住むこの国には名前がない。精霊の恩恵を受けやすい種族が集まっているだけで、国家という形は成していなかった。

精霊とは気まぐれな存在であるため、人間が住むには厳しい場所だ。一日ですべての四季が訪れることもある。天気も一日同じであることのほうが稀だろう。また精霊は敵意に対してかなり敏感であるため、侵略戦争を仕掛けようものなら天変地異を起こすとも言われている。

そんな理由からこの場所に侵攻してくる人間は過去百年くらいいない——という設定だ。

ハヤト達はその精霊の国にある巨大な森の中を目的地へ向かって歩いていた。

（そういえば、プレイヤーが選べる種族は人間だけであって、エルフとかドワーフは選べないんだよな。ゲーム開始直後はそういう要望が多かったらしいけど、運営からはなんの反応もなかったってネットで見たことがある。色々と面倒なのかね）

このゲームは一人一体のキャラしか作ることができず、削除することもできない。最初に作られたキャラでずっと遊ぶしかない。

（まあ、キャラを作るとは言っても、容姿や性別は変えられないし、ステータスは最低値、スキルは全部0だ。作るって言うよりも、最初から用意されているキャラでしかないんだけど）

ハヤトはそんなことを考えながら歩いていると、なにやら音が聞こえてきた。言葉にすれば、ドドドドという感じだろう。なにか大量の物が動いている、そんな感じの音だ。

最初は小さな音だったが、今ではかなりの音量となっていた。

そして前には開けた場所が見えた。そこまで行くと、ハヤトは息を呑む。

遥か上空から大量の水が巨大な滝のように湖に落ちている。あれに巻き込まれたらまず助からない。そう思わせる景色だった。

そして目の前には巨大な湖がある。水が落ちている場所からは五キロ以上は離れているにもかかわらず目視するのが簡単なほど巨大だ。

「ここが《オルガ・ドムスの滝》だ。直径十キロの水柱がはるか上空から落ちている……どうだね、ハヤト君。ここは絶景だろう？」

「そうだね。これほど大きい滝だとは思わなかったよ。そもそもこの水はどこから来てるものなの？」

「上空に別の大地があってそこから水が落ちているという話はあるが、誰も確認したことはないよ。ハヤト君ならいつかそこへ行けるかもしれないがね」

ロマンのある話だ。ハヤトはそう思いながら水の始点を探そうと首を上に向けていく。残念ながら始点の大地を見つけることはできなかったが、これぞゲームの世界だな、とハヤトは楽しくなった。

「さて、滝を見るのもいいが、今日来たのは釣りが目的だ。皆も手伝ってくれたまえ」

ディーテはそう言いながら一人一人に釣り竿を渡していく。

「目的は《虹ウナギ》だ。レアだから釣るには根気がいるだろう」

「それはいいんだけど、そのウナギを何に使うの？」

「綺麗だという話だからハヤト君に見せたいと思っただけだよ。まあ、たくさん釣れたら蒲焼(かばやき)にでもして食べようじゃないか。ハヤト君なら簡単に作れるだろう？」

それを聞いたレンとマリスがいきなり釣り竿をもって釣りを始めた。

ハヤトも、まあいいか、と釣りを始める。

釣りはスキルが関係ないアクションゲームだ。

浮きが沈んだらタイミングよく引き上げればいい。ステータスなどは全く影響せず、影響があるのは釣り竿と餌、そして一部の装備だけだ。装備によってはレアな魚を釣る確率を増やせるが、ハヤトは持っていなかった。

（今度釣り用の装備も作っておこうかな。ディーテちゃんが釣り好きなら喜ぶかも）

ハヤトは巨大な滝を見ながら、釣りを始めるのだった。

## 六　困った客

ハヤトは自室でこの一週間のことを考えている。

ディーテが加入してから一週間、ハヤトは毎日のように色々な場所へ連れて行かれた。

そのすべてが絶景スポットと呼ばれる場所で、いわゆるファンタジー色の強い場所だった。現実ではあり得ない景色にハヤトはどれも感動したものだったが、さすがに一週間連続はつらい。

アッシュ達にずっと護衛をさせるわけにもいかず、クラン戦争の準備をする必要もある。しばらくはディーテとの冒険は休むことになった。

ディーテは少々不満そうだったが、一応は納得してくれた。

（しかし、ディーテちゃんは何をしたいんだろう？　俺を色々なところへ連れて行くけど、やることと言えばキャンプみたいなことだけ。特にレアなアイテムを作ってほしいってわけでもなく、その場で簡単な料理を依頼されるくらいで、いまいち目的が分からないんだよな）

簡単に言えば、絶景スポットに遊びに行っているだけで特に何もしてないのだ。エシャから「私は店番しているのに、皆さんは遊びですか」と嫌味を言われるほどだ。お土産として作った料理を渡したらすぐに機嫌を直したが。

（もしかして、単に絶景スポットを見に行きたいだけか……？　いや、ディーテちゃんはその場所を見たことがあるように言っていた。となると、目的は俺に見せること、か？　でも、なんで？）

目的が分からないので、今度本人に直接聞いてみようと思ったときだった。

いきなり自室の扉が開いたのだ。最近では驚くようなこともなくなったが、いつものようにエシャだった。

そのエシャがなぜか眉を八の字にしている。

「ご主人様、お客様が来ているのですが、対応してもいいか確認してもらえますか？」

「それはいいんだけど、なんでそんなに困った顔をしてるの？」

「少々問題のあるお客様なので。どこで聞きつけたのか、わざわざ私を訪ねてきたんですよね」

「そうなんだ？　えっと、どんな人？」

「すごく困った人です」

なんの情報も得られなかったが、エシャの知り合いで思い当たるのは、エシャが以前所属していた勇者クランのメンバーだ。

上手く交渉すればクランに入ってくれるかもしれない。そんな期待をしながら、ハヤトはエシャと共に店舗の方へ移動した。

店舗には店の商品を眺めている人がいた。

真っ赤な鎧（よろい）に全身を包まれていて、口元以外はいっさいの肌が見えない。体つきやしぐさ、そして背中まである銀髪の長さから女性の印象を受けるが断定はできない。身長がハヤトと同じかそれ以上に見えたので、女性だとしたらかなりの長身だ。

ヘルムで目元が覆われているので分からないが、なんとなく目が合っているような気がする。だが、言葉を発することはなくジッと立ったままだ。

ハヤトはこちらから話しかけるべきだなと口を開いた。

「いらっしゃいませ。本日はどういった御用件でしょうか？」

ハヤトが話しかけると、赤い鎧の人が少しだけ頭を下げた。だが、それだけで何かを言うことはない。これでは埒(らち)が明かないと判断してエシャに助けを求めた。

「えっと、エシャの知り合いなんだよね？　前のクランの方？」

「いえ、違います。それに知り合いというよりも、知っているだけですね。ただの他人です」

「え？　知り合いじゃないの？　というか、この人、ショックを受けてない？」

赤い鎧の人は肩を落としている感じだ。

そしてエシャを見ながら、両手の人差し指をちょんちょんと突き合わせている。少々あざとい感じがする行動だが、相手はエシャのことを知り合いか、友達だと思っていたのだろう。

そんな鎧の人の行動にエシャは少し溜息をつく。

「特に話したことはないはずですが……まあ、いいです。ご主人様、紹介しますね。この方はルナリア・フレイレ様。職業は魔王です」

「そうなんだ――魔王？」

「はい。壊れた剣を修理してもらいたいと来たらしいんですが――」

「エシャ、ちょっと落ち着こう。何を言っているか分かってる？　いや、分かっていないよね？」

「私は落ち着いてますが？　何を言っているかもきちんと理解しています。むしろ落ち着くべきはご主人様では？」

「逆だった。この人が魔王ならもっと慌てて。なんで普通にしているの？」

「たとえ王様であろうと店の入り口をくぐったらただの客です」

「そういう矜持（きょうじ）を聞きたいわけじゃない」

魔王を前にして落ち着いているのは、頼もしいのか、それとも役に立たないのか。判断は難しいところだが、色々と諦めたハヤトは、これまで一度も言葉を発していない魔王とコミュニケーションを取ろうと考えた。

そもそもエシャが自分を驚かせるために言っているだけなのかもしれない。まずは事実確認をしよう。ハヤトは何かにすがるような気持ちで口を開いた。

「ええと、名前はルナリアさんで間違いないですか？」

ハヤトの言葉にルナリアは頷く。

「職業は魔王で間違いないですか？　エシャが勝手にそう言ってるだけじゃなくて、本当に魔王？」

その言葉にもルナリアは頷いた。

「なんで魔王が剣を直しに人間の国へ来ているの？」

率直な疑問を思わず口にした。

その言葉にルナリアはさらにがっくりと肩を落とす。そして膝を抱えて床に座ってしまった。その鎧の可動領域でどうやって座っているんだという疑問もあったが、そんなことはすでにどうでもいい。

もっと大事な問題があるからだ。

以前は魔王のような強いNPCも仲間にできるかもと思ったことはあったが、よくよく考えるとそんなことをしたらゲームが詰みそうなのだ。

ハヤトは魔王のことをよく知らない。エシャが勇者を巻き添えにして魔王を倒したことは知っている。他に知っていることと言えば、ネイから聞いたメインストーリーの話くらいだ。前回のクラン戦争の後、クランメンバーを引き連れて姿を隠したという程度だろう。

その姿を消したはずの魔王が目の前にいる。「何してんだ、この魔王は」と言いたくもなる。

今のところ魔王は人間と争うことはしていない。しかし、ハヤトを魔王とつながりがある人間だとNPC達が認識してしまったら何が起きるか分からない。店に来た時点でアウトっぽいが、ハヤトはどうしたものかと頭を悩ませた。

「ご主人様。少々よろしいですか？　なぜ、そんな恨みがましい目で私を見るのか分かりませんが、まずは話を聞いてください」

「……分かったよ。なに？」

「ルナリア様は対人恐怖症でして、かなり親しくないと話をすることができません」

「そんな魔王がいてたまるか——あ、すみません。大丈夫です。よくある話ですから」

そんなわけはないが、かなり落ち込んでいる感じのルナリアに追い討ちをかけないようにハヤトは気を使っている。もし何かの拍子で暴れられたら困る。

これはもうとっととお願いを聞いて帰ってもらおうとハヤトは考えた。

「えっと、エシャに詳しい事情を伝えてもらえますか？　エシャとなら話ができるんですよね？　その上で私の力が必要なら手助けしますので」

少しだけ持ち直したように思えるルナリアは、なんとなく嬉しそうに立ち上がり、エシャの方へ近づいた。

「じゃあ、エシャ、あとはよろしくね」

「酷い丸投げを見ましたが、仕方ないですね。ご主人様が魔王でもお願いを聞くと言うなら客として対応いたします。個人的には追い返すかと思っていたのですが――あの、ルナリア様、メイド服を引っ張らないでください。話を聞いてあげますから」

（追い返してもよかったのか。というか、なんで魔王がエシャになついているんだろう？）

もしかしたら選択を間違えたかもしれないと少し後悔したが、この状態からやっぱりなしとは言えないので何とか秘密裏に対応しようと考えるのだった。

魔王ルナリアが来た翌日、ハヤトは自室で折れた魔剣を眺めていた。

魔剣の名前は《アロンダイト》。魔国を象徴すると言ってもいい剣で、勇者が持っている《エクスカリバー》と対になっている代物だ。

エシャがルナリアから聞いた話では、ルナリアが《アロンダイト》の耐久力の確認を怠って折ってしまったとのことだった。これが折れたとなると魔国が大変なことになるらしい。

バレたら皆に怒られる。バレる前に直したい。でも、魔国で直したらバレる。なら人間の国だ。でも、人間の国にいる知り合いなんていない。そうだ、エシャちゃんなら知ってる。力を貸してもらおう。そんな理由でここまでやってきたとのことだった。

（そもそもエシャが店で働いていることは知らず、この店で直せると聞いたときはかなり喜んだとか。渡りに船だったんだろうな。でも、皆に怒られたくないって理由がなぁ。魔王って偉いんじゃないの？）

ルナリアは魔国でかなり慕われているが、本人の性格が災いして、魔王としての自信はないというのがエシャからの情報だ。

なんでそんな情報を知っているのかと聞いたら、魔国にはエシャの知り合いがいるらしく、そこからの情報とのことだった。その知り合いとは前のクランメンバーらしい。

それはそれで気になったが、今は聞いている暇がない。今は《アロンダイト》を手早く修理することが重要だ。

折れているとはいえ魔国を象徴する剣。それを持っていることがバレたらどんなことになるか。はっきりとは分からないが、どう考えても楽しい状況にはならない。

（直すときに持ってきてくれればよかったのに。《アロンダイト》の製造方法と一緒に置いていくなんて……）

信用しているのか、それとも何も考えていないのか分からないが、ルナリアは折れた魔剣をエシャに預けて魔国へ帰った。

自分もその場にいればよかったと後悔したが、すでに手遅れなので、できるだけ早く返すことを考えている。

クラン戦争の準備もあるのに余計な仕事を引き受けてしまったが、悩んでいても仕方がないとさっそく直すのに必要なアイテムの確認を始めることにした。

《アロンダイト》の製造にはそれなりのアイテムが必要になる。

まずは、《折れたアロンダイト》、そして大量のアダマンタイト。ほかに、《深淵(しんえん)のダイヤ》、《鮮血(せんけつ)のルビー》、《深海(しんかい)のサファイア》、《樹海(じゅかい)のエメラルド》という宝石類が必要になる。

宝石類に関してはすでに持っている。これらの宝石を使って作る指輪や腕輪などの装備品は、結構な効果を持つため、ハヤトは常に用意していた。

（問題はアダマンタイトだな。大量に使いすぎるからオークションで買ったら相当な額になるだろう。買えなくはないけど、クラン共有のお金が減りすぎると、現実で貰える賞金まで減るから、できるだけ使いたくない）

クラン共有のゲーム内通貨は、クラン戦争で勝ったときの現実の賞金に影響する。ゲーム内通貨を減らすのは、賞金を減らすことに直結するため、ハヤトは極力減らしたくなかった。

そこから導かれる答えは、自分で採掘する、だ。

ハヤトはアッシュ達に連絡して、アダマンタイトが掘れる鉱山へ一緒に行ってほしいと連絡した。そして拠点にやってきたアッシュ達に事情を説明する。

受け入れてもらえるかどうかは分からないが、黙っているわけにもいかないので、事情を全部話した。

何か文句を言われるかと思ったら、そんなことはなかった。

「今の魔王か。平和主義と聞いているから別にいいんじゃないか？」

「すっごい美人だって聞いたことがあります！　私も会いたかった！　どんな人形が好きですかね⁉」

「はぁ、魔王っていたんですね。そんなことよりもジークフリートとお婿さんがいい感じなんですよ！」

「ハヤト君は面白いね。偶然とはいえ、魔王まで呼び寄せたのか。いや、これはエシャ君のほうが面白いのかな？」

今までの悩みはなんだったんだというくらい拍子抜けした。

アッシュ達はなんとなく分かる。そもそもドラゴンなのだ。勇者とか魔王とか関係ないのかもしれない。マリスも動物大好きっ子なので他のことにはあまり興味がないのだろう。

ただ、シスターであるディーテまで、どうでもいい感じに言ったのは驚いた。魔王と神が敵対している感じではあるし、教会は勇者を祝福している。どちらかと言えば魔王とは敵対関係だ。

具体的なことは知らないが、魔王は世界の支配を目論んでいたり、人間を滅ぼしたりするんじゃないかと思っていたからこそ、可能な限り内密に進めようとしたのだ。

それを伝えると、ディーテは少し笑った。

「なるほど。だが、そんなことは関係ないよ。魔王や勇者という旗印(はたじるし)を使って何かを目論む人は多いだろうが、当の本人達は特に何も思っていないはずだ」

「そういうものなの？」

「そういうものだね。そもそもハヤト君は神を勘違いしている。神はすべてを管理しているだけだ。魔王側でも勇者側でもない。むしろ両方の側と言ったほうがいいね。どちらかと敵対するようなことはないよ。イメージ的に勇者側のように思われているが、あれは教会に属している人間が勝手にやっているだけだね」

教会が勇者を祝福している理由は、勝手にやっているだけ。その情報をなぜディーテが持っているのかは分からないが、勇者は教会にいいように使われているのだろうと判断した。

そんなんでいいのかとは思うが、そもそもゲームの設定上、そういうものなのだろうと勝手に納得した。

だが、そうなってくると話が違ってくることがある。

魔王をクランに入れてもいいんじゃないか。教会に所属するＮＰＣ達からは嫌われる可能性はあるが、それくらいなら構わない。そもそもハヤトは教会の世話になっていないし、ディーテも魔王に対してなんとも思っていないのだ。

どれほど強いのかは知らないが、間違いなく強いだろう。クランへ入れることができたなら相当な戦力アップとなる。

「皆に聞きたいんだけど、もし魔王をクランに入れるって言ったらどうする？」

ハヤトの質問に全員が、別にいいんじゃないかと回答した。

（俺が今まで悩んできた意味がないな……念のためにレリックさんやミストさんにも聞いてみるか。特にミストさんは元クラン管理委員会のメンバーだ。良い悪いの判断ができるはず。まあ、魔王が実際に仲間になってくれるかどうかは分からないけど、できることならお願いしたい。幸い、クランの枠はあと一つあるし）

クランの枠は十。現在は、ハヤト、エシャ、アッシュ、レン、レリック、ミスト、マリス、ランスロット、ディーテの九枠だ。

今まで空いた枠にはアッシュの傭兵団員達に入ってもらっていたが、もし魔王のルナリアが入ることになればちょうど十枠になる。ハヤトが知る限り、最強のクランと言えるだろう。

《アロンダイト》を直す条件に関しては特に決めていない。それなりのお金を貰うことにはなっているが、さらに追加で何かを貰うことになっている。これはエシャが交渉というか、勝手に結んだ条件とも言えるのだが、ルナリアは了承しているとのことだった。

ハヤトは追加条件に期待しながら、アダマンタイトが採掘できる場所へと移動した。


ハヤト達が来たのは《ロダ鉱山》と呼ばれる場所だ。

この鉱山の奥深くにアダマンタイトが掘れる場所がある。もちろん絶対に掘れるという訳ではなく、鉱石知識というスキルに影響される。ハヤトはこの鉱石知識スキルが100だ。細工スキルの補助スキルなので上げない理由がなかった。

「それじゃ悪いんだけど、護衛をよろしく頼むね。そうそう、今回は皆にも採掘してもらうからよろしくね」

「ハヤト、採掘に関しては鉱石知識が必要だろう？　俺はそのスキルを持っていないからアダマンタイトは採掘できないぞ？　できてもアイアンくらいだ」

「まあ、そこは奥の手があるんだ。これを見てもらえるかな？」

ハヤトは腕輪をアッシュ達に見せた。それは鉱石知識スキルを20上げる腕輪だ。20上げるとは言っても、素のスキル値と合計で50までしか上がらない代物で、鉱石知識スキルが80のキャラが身に付けても100になるわけではない。今回のようにスキルが0の人用だ。

「これがあれば低い確率だけどアダマンタイトが掘れるからよろしくね。ちゃんと人数分あるから安心して」

「よく人数分用意できたな……もしかして《黒龍》の頃にも似たようなことをしていたのか？」

「そうなんだよね。ここの奥にはモンスターが湧かないから、これを付けて皆で掘ったんだよ。確率は低いけど、それなりの量になるからね」

全員から少々呆れた顔をされたが、効率を考えたら悪くない方法だとハヤトは思っている。それに今回かなりの量が必要だ。できれば一回だけで指定量を集めて帰りたい。

「それじゃ行こうか。いつも護衛をさせて申し訳ないんだけど、帰ったらなにか美味しい物を作るからよろしくたのむよ」

レンとマリスがハイタッチしてから、ずんずんと奥へ進んでいった。

ハヤト達も遅れないように先へ進むのだった。

# 七　勇者と魔王

鉱山から帰ってきた翌日、ハヤトはアダマンタイトの鉱石に囲まれた自室にいた。

採掘で掘りだしたアダマンタイトを必要以上に手に入れることができた。これはハヤトが用意したスキルを上げる腕輪のおかげでもあるが、ディーテの活躍もあるだろう。

ディーテはなぜか鉱石知識スキルが１００あった。ハヤトと同じスピードでアダマンタイトを掘り続ける姿に皆が驚いた。だが、ハヤトは驚きよりも不思議に思った。

（あり得ない。ディーテちゃんのスキルは見た。うろ覚えのところもあるけど、生産の知識系スキルは一つも持っていなかったはずだ……魔法の威力を上げる魔法知識スキルはあった気がするけど、鉱石知識スキルはなかったはずだ）

ハヤトがディーテのスキルを見たときに余計なスキルはなかったと記憶している。そもそも魔法使い系のスキル構成をしていれば、生産の知識系スキルを入れる余裕はない。

アダマンタイトを掘り出しているときにその指摘をするのもどうかと思ったので、その場では何も言わなかったが、これは明らかにおかしいとハヤトは頭を悩ませていた。

（今度聞いてみるか）

ディーテも神聖魔法と死霊魔法を同時に覚えるような規格外のＮＰＣではある。どこまで突っ込んで聞いていいか分からないが、このままにしておくのもなんとなくまずい。ハヤトはそう考えた。

とはいえ、今は魔王ルナリアの剣、《アロンダイト》の修復が優先だ。

魔王と懇意にすることに危険がないことは確認してある。鉱山から帰ってきてすぐにレリックとミストに尋ねた。

レリックのほうはルナリアに対して懐かしいというような感想しか抱かず、ミストに至っては魔国に住む者として歓迎の意を表した。

（この世界の魔王ってなんなんだろう？）

普通のゲームであればラスボスだ。世界を滅ぼそうとか考えている危ない人。それを勇者が倒す。大体のゲームであればこれが王道だろう。だが、このゲームにおいて、魔王はいちキャラクターでしかない。どういう役目が与えられているのか分からない。

単にストーリーがない、ということも考えられるのだが、仮にも魔王を自由に徘徊させていいのだろうか、とも思う。魔王城とかで待機しているべきではないだろうか。

（まあ、俺がそんなことを思っても意味はないよな。重要なのは魔王がクラン戦争に参加してくれるかどうかだ）

ハヤトがそこまで考えたところで、店舗の方から大きな声が聞こえてきた。男性の声で何か騒いでいる。

迷惑な客が来たのかと思い、ハヤトは部屋を出て店舗に駆けつけた。

そこには髪が暗い赤色の二十代後半くらいの男性がいた。二の腕が露出しており、黒いインナーに銀色の鎧を身に付けている。

男はカウンター越しにエシャに詰め寄っていた。

「エシャ！　ここにルナリアが来ただろ⁉　会わせてくれ！」

「相変わらずうるさいですね。他のお客様に迷惑ですので、とっとと帰ってください」

「俺以外に客はいないだろ！」

ルナリアに会わせろ、つまり魔王に会いたいということだ。この男性が何者なのかは分からないが、エシャは知っているようなので危険はないのかな、と思いつつも割り込むことにした。

「あの、お客様、うちの店員に大きな声を出さないようにしてくれますか？」

「ん？　おっと、これはいけねぇ。ちょっと興奮しちまったよ。この店の店長さんか？　大きな声を出して悪かったな」

口は悪いが意外と話が通じることに安心したハヤトは、事情を聞くことにした。

「どうされました？　事情があるなら伺いますが？」

「俺は勇者なんだけど、ここにルナリアっぽい奴が来たって話を聞いたんで来たんだよ」

「ああ、そうなんですか――勇者？」

「おう、勇者イヴァン・フォルカロだ。よろしく頼むぜ。で、どうなんだ？　ルナリアはここへ来たのか？」

（魔王の次は勇者が来たよ……なるほど、だからエシャと知り合いなんだな）

エシャは三年前のクラン戦争で勇者のいたクランに所属していた。なぜか勇者と魔王の両方を倒すという暴挙をしているが、それでもこのようにつながりがあるところを見ると、勇者と敵対関係にはなっていないのだろうとハヤトは思う。

ハヤトはエシャの方をちらりと見た。明らかに面倒くさそうな顔をしている。そしてエシャはハヤトの視線に気づくと、イヴァンに気づかれないくらいの小さな動作で首を横に振った。

これはルナリアのことをイヴァンに言ってはいけない、そういう動作なのだろうとハヤトは認識した。

「すみません。ルナリアという人は来ていませんよ。もし来ていたとしても守秘義務があるので言うつもりはありませんが。お客様のプライバシーは大事ですので」

「そ、そうなのか……まあ、言われてみたらそうかもしれないな……分かった、今日は帰る。邪魔したな……」

イヴァンはがっくりと肩を落として店を出ていった。

そして一分ほど沈黙。イヴァンが店のすぐ外にいないことを確認してからハヤトは口を開いた。

「えっと、どういうこと？　勇者が魔王を探しているのは間違ってはいないと思うけど、言っちゃいけなかったんだよね？」

「ええ、私の意図が伝わってくれて良かったです。私とご主人様との関係も一ランク上がったということですね。記念におやつを増やしてください。杏仁豆腐を希望」

「変なこと言わないで。それでどういうことなのかな？」

「私の口から言うことでもないのですが、簡単に言うと、イヴァンはルナリア様に惚れているんです」

「はい？」

「結婚を前提にお付き合いしたいんじゃないですかね。私の目の前でいちゃついたら《デストロイ》をぶっぱなすつもりです」

「まさかとは思うけど、前のクラン戦争で両方倒したのって――」

「さすがにそれはありませんよ。イヴァンはクラン戦争に勝ったら告白するとか言ってましたし、あの時点ではいちゃつきようが――」

なぜかエシャは途中で言葉を止めてしまった。

「どうかした？」

「いえ、あの頃の記憶が少し曖昧で……二人を倒したのは戦闘中に話し合いをしていたからなんですが、そういう作戦だったような気も……それにベルゼーブで撃ったというよりは、上空から――うっ」

「エシャ!?」

急にエシャがカウンターの中でうずくまった。そして両手で頭を抱えながら、眉間にしわを寄せている。

ハヤトは慌ててカウンターの中へ入り、エシャのそばに寄った。

これでいいのかは分からなかったが、うずくまるエシャの背中をさする。

（何が起きた？　このゲームでは痛みなんてないはず。エシャはＮＰＣだ。そんなことまでＡＩにプログラムされているなんてあり得るか？　……いや、それとも何かイベントが発生してるのか？）

ＡＩで動いているはずのＮＰＣが痛そうにする。そんなことはあり得ない。以前、エシャは毒針の罠がある箱を開けて、ＨＰは減っていたが毒状態で普通にしていたのだ。それにマリスのジークフリートに噛まれていてもなんともなかった。プレイヤーと同様にＮＰＣにも痛覚はないはずだ。となると考えられるのは、特定のイベントで決まった動作をする、だ。そうプログラムされているのだ。それであれば問題ないかもしれない。

ハヤトはそこまで考えて、頭を振った。

（イベントとかプログラムとか関係ない。エシャが苦しそうにしているんだ。まずは助けてあげないと）

「エシャ、空き部屋に運ぶからもう少し耐えて」

ハヤトは苦しそうに震えているエシャを抱きかかえた。いわゆるお姫様だっこだ。そして二階のベッドがある部屋に連れて行く。

以前は《黒龍》のメンバーが使っていた部屋だが、今は誰も使っていない。その部屋のベッドにエシャを横たえた。そして布団(ふとん)をかける。

その後すぐにレンとディーテを呼んだ。

身の回りの世話なら男性の自分よりも女性のほうがいいと思ったからだ。そしてディーテは神聖魔法が使える。この状態のエシャに効果的な魔法があるのかどうか分からないが、念のために呼ぶことにした。

そしてハヤトはエリクサーを用意しておくことにした。これも効果があるかは分からないが、何もしないわけにはいかない。

エリクサーを取りに倉庫へ行こうとしたハヤトは急に手を掴まれた。

驚いてエシャを見ると、特に苦しそうにしているわけでもなく、いつの間にか普通の状態に戻っていた。横になった状態で右手を伸ばし、ハヤトの左手を握っていた。

「ご主人様、もう平気ですので」

「え？　本当に？」

「はい、ちょっとした食べ過ぎみたいなものです。もう大丈夫ですよ」

明らかに嘘を吐いている。だが、これは自分に心配をかけさせないようにするための嘘なのだろうとハヤトは思った。気遣いに対して真面目に「嘘だ」と返すのは無粋だ。

「それじゃ今日のおやつはなしで」

「待ってください！　おやつがなかったら逆にもっと体調が悪くなります！　むしろ、暴れるかもしれません！」

「暴れるくらい元気なら大丈夫かな。おやつはともかく、今日はゆっくりしているといいよ。店のほうはいいから」

「そうですか。それじゃ今日はお言葉に甘えて、ご主人様に尽くしてもらいましょうか。まず、メロンジュースを持ってきてください。あとハチミツたっぷりのホットケーキ」

「よし、働け」

ハヤトがそこまで言ったところで、ドタドタと慌てた感じの足音が聞こえてきた。そして勢いよく扉が開く。

「エシャさん！　無事ですか!?　あ――――」

入ってきたのはレンだ。だが、様子がおかしい。ハヤト達の方を見て固まった。そしてゆっくりとした動作で部屋から出て扉を閉めた。

「レンちゃん？　どうしたの？　入ってきて」

「あ、あの！　自分、何も見てませんから！　ご、ごゆっくり！」

そして慌てた感じの足音が遠ざかっていった。

「えっと、どういうこと？」

「ああ、これですね」

エシャはそう言って、ハヤトの手を少し持ち上げた。つまり、手を握ったままなのだ。

これは説明するのが大変だな、とハヤトは溜息をついた。

翌日、いつもと変わらずに拠点にやってきたエシャを見て、ハヤトは胸を撫でおろした。

昨日はレンが来た後にディーテも来たのだが、特に問題はないと診断した。

ゲーム上、ステータスに問題がない状態であれば診る必要もないのだが、プレイヤーであるハヤトには分からない何かがあるかもしれない。そう思って診てもらったのだ。

問題がないと聞いて、エシャはそのまま店番を続けようとしたが、ハヤトは止めた。

ディーテが問題ないと言い、本人も大丈夫だと言っても、実際には問題がある可能性が高い。昨日はそのまま一日休むようにとベッドで横になってもらった。

いつもよりおやつの要求が激しかったが、それが逆に元気な証拠だと思って、ハヤトはエシャの欲しがるおやつをいくつも作った。相変わらず美味しそうに食べるので、本当は仮病なんじゃないかと疑ったほどだ。

ただ、不思議に思ったこともある。

エシャはいつも大口を開けておやつを食べるのだが、昨日は一口一口噛みしめて食べていた。ジュース類に関しては味わうように飲んでいた。

さらにエシャはベッドの上で軽いストレッチまで始めて、普段とは挙動が違った。ハヤトはどうしたのか聞いてみたが、エシャは問題ありませんとしか答えなかった。

その後、まだ拠点にいたレンに事情を話して、エシャの話し相手になってもらった。

状況はちゃんと説明したはずなのだが、ハヤトに対して親指を立てるポーズをしたり、下手くそなウィンクをしたりと、色々間違えた認識をしているのは見てとれたが、エシャがちゃんと説明するだろうと放置した。

エシャを診たディーテもいたが、エシャが大丈夫ですからと言って追い返した。

来てくれたのは嬉しいが、部屋に人が多すぎると疲れるからという理由だ。ディーテもそれを承知して、何かあったらすぐに呼んでくれと言って教会へ帰っていった。

その後はとくに何もなく、ハヤトが店番をしながら過ごしただけだ。

今日は朝からエシャが元気に頑張っている。

「えっと、大丈夫なのかな？」

「ご心配をおかけしました。でも、もう大丈夫です。昨日、あれだけ大量のおやつを頂けましたので、今日の私は最高の仕上がりと言えるでしょう。神でも屠（ほふ）ってみせます」

「普段からやれそうだけどね」

いつもの調子のエシャにハヤトは少しだけ微笑む。だが、それはそれとしてハヤトは気掛かりなことがあった。

（軽口を言えるほどだから大丈夫だとは思うんだけど、昨日のあれはなんだったのかね。少し震えて頭を痛そうにしていた。昨日も思ったけど、このゲームに痛覚はない。それはＮＰＣも同じはずだ。なのに、なんで痛そうに……？）

ゲーム内のイベントだったと言われればそれまでだが、ハヤトはどうしても気になった。

「エシャ、昨日は痛そうにしていたけど、もう大丈夫なのかな？」

「ええ、問題ありません。もう痛くもないですし、いくらでもチョコレートパフェを食べられると言えるでしょう。一時間置きに出してくれてもいいですよ？」

「いや、それはちょっと。いつも通り三時に食べて」

（もう痛くない、か。つまりあのときのエシャには痛覚があったってことだろう。それが何を意味しているかは分からないけど、なんとなくモヤッとする）

さらに質問しようとしたところで、ハヤトは自分を見ている嫌な視線を感じた。

店舗の入口から顔と体を半分だけ隠しているレンがこちらを見ていたのだ。その視線を例えるなら、一瞬でも獲物を見逃すまいとする捕食者の目だ。

「レンちゃん、おはよう。そんなところにいないで入ってきたら？」

「いえ、お構いなく。ここからで十分です。こちらは気にしなくていいので続けてください」

なにが十分なのか分からないし、何を続ければいいのかも分からない。ただ、いまだに勘違いしているのだけは理解した。

「エシャ、昨日、レンちゃんに説明したんだよね？　なぜか、エシャが俺とアッシュを見るときと同じ目をしてるんだけど？」

「少々説明が難しかったので、私とご主人様は大人の関係とだけ言っておきました」

「なんでそんな誤解を生みそうなことを言った」

「レン様がそういう答えを望んでいたので空気を読みました。できるメイドはこういうところから違うのです」

「普段読まないくせに……」

ハヤトはそう言ってからもう一度こちらを窺っているレンに視線を向ける。どう見ても目がキラキラしている。

「尊い……！」

そんな言葉が聞こえてハヤトは色々諦めた。もう何を言っても信じてもらえないと思ったからだ。それに、なぜかエシャがいつも以上に笑顔なのだ。自分が慌てる姿を見て楽しんでいるのは性格が悪いとしか言えないが、それで喜ぶなら安い物だろう。

「はぁ、もういいよ。それじゃ、俺は自室に戻るから。レンちゃんにはちゃんと説明しておいてよ」

「分かりました。ご主人様と私はお金の関係と言っておきます」

「絶対にやめて」

レンに誤解されているのは問題だが、いつも通りのエシャに安心したハヤトは自室へ向かった。

そして今日の予定を考える。

エシャの問題もあったので昨日は《アロンダイト》の作成をしなかった。今日これから対応しようとハヤトは決めた。

この《アロンダイト》の製造はかなり特殊で、品質は必ず星五で作れる。また、成功率は低いが失敗したときに材料がなくなることもないため、何度でも挑戦できる。

通常であれば作成に失敗すると材料の一部を失う。それがないだけでもかなり簡単な部類の生産アイテムだと言えるだろう。

（まあ、《折れたアロンダイト》が無くなったら二度と作れないってことになるからな。さすがに

そんなシステムにはなっていないんだろう）

ハヤトはそんなことを思いながら《アロンダイト》の作成を始めることにした。

必要な物をアイテムバッグに入れて、鍛冶用のハンマーでメニューを表示させる。そして《アロンダイト》を選択した。料理と違って一瞬で出来るというわけではなく、鍛冶は少し特殊だ。

部屋にある鉄床（かなとこ）に刀身が半分までしかない《折れたアロンダイト》が現れるので、それをハンマーで何度か叩くのだ。本来なら叩くたびにアイテムを消費するが、今回は特殊な作成なので、消費されることはない。成功するまで叩き続ければいい。

何度か《折れたアロンダイト》をハンマーで叩くと、虹色に輝きだして完全な形の魔剣《アロンダイト》が出来た。剣の柄には四つの宝石が一つに融合された形ではめ込まれている。少々くすんでいるように見えたが、ハヤトはそういう物なのだろうと気にしなかった。

ハヤトとしてはほとんど苦労せずに作れてしまったのでちょっと拍子抜けだ。しいて言えばアダマンタイトの採掘が大変だったくらいでそれ以外の大変さなど微塵もない。

性能のいい武具を苦労して作ったときは喜びも大きいが、簡単に作れるとつまらないなとハヤトは思う。

見た限りかなりの性能を誇る武器ではあるが、ハヤトは剣に興味を示さなかった。そもそも魔王専用の武器だ。魔王以外に装備できないので性能が良くても意味がない。

ハヤトはエシャを経由して魔王であるルナリアを呼ぶことにした。

「ご主人様、ルナリア様は一時間後くらいに来るそうです」

「そうなんだ？　ありがとう」

「ところでルナリア様をクランへ入れるのですか？　間違いなく強いですよ。あの剣から繰り出される連撃は相手が倒れるまで止まらないと言われてますし」

「いや、迷っているんだよね。なんとなく面倒そうで」

ハヤトは昨日来た勇者を見て、ルナリアをクランに入れるのは厄介なことになりそうだなと思い始めている。

「確かにルナリア様がいるとイヴァンが絡んできますからね。面倒と言えば面倒でしょう。ワイルドなのはいいのですが、暑苦しいんですよね」

元の仲間に対して辛口なコメントではあるが、間違いではないのだろう。その問題が解決するなら魔王であるルナリアを仲間にしたいと考えながら、ハヤトはルナリアを待った。


一時間後、ルナリアがやってきた。

魔国のトップである魔王が護衛もつけずにやってくるということに違和感を覚えるが、そもそも魔王は強いので、護衛は必要がないのだろう。それに今回の目的は《アロンダイト》の修理。誰かを連れてくるわけにはいかないので、お忍びなのだろうとハヤトは考えた。

「ルナリアさん。約束通りに修理しましたよ」

ハヤトは真っ赤な鎧に身を包んだルナリアに《アロンダイト》を渡した。

顔は見えないが嬉しそうな感じのルナリアは大事そうに剣を受け取る。そして剣を腰に差すと、ヘルムを取った。

銀色の髪に赤い目で二十歳くらい。小さな声で「ありがとう」とハヤトに頭を下げた。

「どういたしまして。それでは報酬の件なのですが――」

「エシャ！　ここに赤い鎧を着た奴が来たって聞いたぞ！　隠してやがったな――ルナリア！」

絶妙なタイミングで勇者であるイヴァンがやってきた。言い訳ができないほど完璧なタイミングだ。

ハヤトがここで暴れないでくれよと思った瞬間、ルナリアがいきなり逃げ出して、カウンターの中に入り、エシャの背中に隠れた。魔王がそれでいいのかと思うが、そのまま逃げてくれるのが最良だろう。勇者と魔王が戦うのは構わないが拠点の中で暴れられるのは困る。

「エシャ！　ルナリアさんを連れて食堂へ逃げろ！　食堂から外へ！」

ハヤトはエシャへ指示を出す。この拠点の出入り口は二つ。店舗側と食堂側だ。

イヴァンが店舗側の入口から入ってきたので、そこから逃げるのは不可能。食堂側から逃げるしかない。

エシャは頷くと、ルナリアを連れて食堂へ逃げた。

「逃がすか！」

イヴァンがそう言って食堂の方へ移動しようとした。

ハヤトは少しでも時間を稼ごうとイヴァンの胴に後ろからしがみつく。だいたい、食堂で争いになったら困る。

「待て！　この拠点で暴れないでくれ！」

「安心しな、暴れるにしてもちょっとだけだ！　あとでお詫びをするから！」

　どこに安心する要素があるのかは分からないが、イヴァンはニヤリと笑って胴体からハヤトを引きはがした。ＳＴＲの影響だろう。ハヤトのＳＴＲではイヴァンのＳＴＲに逆らえない。簡単に引きはがされて、ハヤトは床にしりもちをついた。

　イヴァンはエシャ達を追おうとしたが立ち止まり、《マジックロック》の魔法を食堂への扉に使った。これは魔法の鍵（かぎ）をかけることで扉を開けなくする魔法だ。《マジックアンロック》の魔法で開けることはできるが、魔法が使えなければ鍵開けスキルを持っていても開くことはできない。

　ハヤトはなぜイヴァンがそんなことをしたのか分からなかったが、イヴァンが急いで店舗側の出入り口から外へ出たことで理解した。

（エシャと魔王を拠点に閉じ込める気か⁉）

　《アナザー・フロンティア・オンライン》はどんなにリアルだとしても、ゲームの仕様上、できないことがある。窓から外へ出ることができないのだ。つまり、入口の扉をすべて閉じれば外へは逃げられない。

　《マジックロック》の魔法を使ったということは、エシャやルナリアが魔法の鍵を解除する《マジックアンロック》の魔法が使えないと知っているからだろう。拠点の構造については知らないだろうが、ハヤトが先ほど食堂から外へと言ってしまった。そちらで待ち構えるほうが早いと判断したのだろう。

ハヤトは立ち上がって外へ出ると、食堂への出入り口がある拠点の東側に移動した。

そこで、外へ出ようとしていたエシャ達がイヴァンに攻撃されそうになり、中へと引き返す姿が見えた。イヴァンもエシャ達を追って中へ入り、扉を閉める。

ハヤトは嫌な予感がして扉に駆け寄る。

予想通り、《マジックロック》の魔法により扉が開けられなくなっていた。つまり、拠点にエシャとルナリアが閉じ込められたのだ。

（まずい。エシャなら大丈夫だろうけど、勇者や魔王が暴れたら拠点が大変なことになる、せめて暴れてもいいような場所――三階か）

拠点の三階は多目的ホールとなっており、《黒龍》のメンバーがウェポンスキルの訓練をする場所でもあった。そこでなら多少暴れても問題はないとハヤトは考え、エシャに音声チャットを送る。

「エシャ！　二人を三階へ誘導して！　そこなら暴れてもいいから！　でも、できるだけ暴れないで！」

「難しいですが、やってみましょう。できれば、アッシュ様やレン様を呼んでください。イヴァンを押さえ込むには必要なので」

「分かった！　すぐに呼ぶから！」

ハヤトはアッシュに音声チャットを送った。

「アッシュ、聞こえるか⁉」

「ハヤトか？　いきなり大声で音声チャットを送らないでくれ。びっくりするだろう？」

「すまん、急いで拠点へ来てくれ！　勇者と魔王が鉢合わせした！　今、エシャが一緒に拠点に閉じ込められているから力を貸してほしい！　あと、レンちゃんも連れて来てくれ！」

「なに！　分かった！　すぐに行く！」

アッシュ達が現在どこにいるのかは知らないが、すぐに行くという言葉にハヤトは安心する。イヴァンの強さは知らないが、勇者であったとしてもアッシュを圧倒できるほどの強さはないだろう。

ハヤトは外で暴れてほしいだけだ。ルナリアには悪いが、二人を外へ出した後のことはどうでもいいと思っている。拠点にはこだわりの家具が多い。作り直せばいいだけの話ではあるが、つまらない理由で壊れるのは避けたい。

ハヤトがそんなことを考えていると、背後に誰かの気配を感じた。振り向くと、そこにはアッシュとレンが立っていた。《転移の指輪》を使ってテレポートしてきたのだろうとハヤトは推測する。

「ハヤト！　大丈夫か⁉」

「ハヤトさん！」

これほど頼りになる援軍はいないな、ハヤトはそう思って笑顔になった。

すぐにハヤトはアッシュ達に事情を説明する。

エシャがルナリアと拠点に閉じ込められていることと、おそらく拠点の三階で対峙していることを説明した。

「分かった。俺が勇者の奴を止める。レンは《マジックロック》を解除してくれ」

「うん！」

「ハヤトは一緒に来てくれ。俺が勇者を止めている間に二人を拠点の外へ逃がしてほしい」

「分かった」

レンが《マジックアンロック》の魔法で食堂への出入り口の扉を開けた。ハヤトとアッシュはすぐに中へ入る。

食堂では家具が散乱していた。壊れてはいないようだが、配置がズレていたり、倒れたりしている。ハヤトは溜息をつきたくなったが、今はそれどころではない。アッシュ達と共に階段を登る。

二階は《黒龍》のメンバー達が住んでいた部屋があるが、今は空き部屋だ。ハヤトの部屋や倉庫、それに栽培をしている部屋などがあるが、このフロアには誰かがいる気配はない。エシャが上手くイヴァンを三階へ誘導したのだと考え、さらに階段を駆け上がった。

三階ではエシャがルナリアを守るように立ち塞がり、イヴァンと対峙していた。そこは魔王が対峙しろよ、というツッコミをしたかったが、ぐっとこらえる。

イヴァンはハヤト達に気づいていないようで、エシャと話をしているようだ。

「エシャ！　ルナリアと戦わせろ！　俺はルナリアに勝って言いたいことがあるんだよ！」

「貴方のそのワイルドなところがルナリア様は苦手なんですよ。もう少し紳士的にアピールをしてください。だいたい、なんで勝つ必要があるんですか」

「え？　だってその方が男らしいだろ？　――痛くはないけどベルゼーブで撃つなよ！　ＨＰが減るだろうが！」

「もう少し女心を勉強したほうがいいと思いますね。貴方ストーカーですか」

エシャがそう言ったところで、アッシュが背中の剣を構えた。

「おい、他人の家でデカい声を出すな」

「うお！　なんだお前ら⁉」

アッシュが《ドラゴンイーター》を振るった。三階の多目的スペースはかなり広いので、大きめの両手剣を振り回しても問題はない。

イヴァンは腰に差していた剣を抜き、アッシュの攻撃を受け流した。

ハヤトはそれに驚く。

このゲームで攻撃を当てる、躱すなどの行動は本人の身体能力だけが頼りで、その点においては現実世界と変わらない。格闘スキルであれば《白刃取り》のように自動的に体が動く技もあるが、剣術などの武器を使うスキルにそういった技はない。つまり、イヴァンは自分の能力のみでアッシュの攻撃を受け流したのだ。

当然、ＮＰＣだから人を基準として考えてはいけないと思っても、実際にされたら驚く。だが、ハヤトはそれに驚いている場合じゃないと、頭を横に振った。

アッシュは攻撃を受け流されて体勢を崩していたが、すぐに構え直した。

「さすがは勇者だな。一撃で致命傷を与えるつもりだったんだが」

「あん？　お前、アッシュ・ブランドルか？　創世龍の一体がここで何してんだ？」

「それはこっちのセリフだ。勇者が他人の家で何してる」

「それは悪いと思うが、ルナリアを連れて逃げるからだ！　素直に話をさせてくれるなら何もしねえよ！」

「まず素直に話をさせてくれない理由を考えるんだな。俺は知らんが」

実はハヤトもよく知らない。そもそもルナリアは自分からエシャの背中に隠れた。単にルナリアがイヴァンと話をしたくないのだろう。というよりも戦いたくないのかもしれない。

アッシュとイヴァンがお互いに剣を打ち合っている。今のうちにエシャとルナリアを連れて逃げようとハヤトは考えてエシャに声をかけた。

「エシャ！　こっちに！」

エシャはハヤトに気づき、ルナリアを連れて移動しようとする。

「あ、こら！　ルナリアは置いていけ！」

イヴァンはそう言って、剣でエシャ達の進路を妨害した。

タイミングが悪かったのか良かったのか、イヴァンの妨害行為は攻撃とみなされた。

その攻撃がハヤトに当たる。ハヤトの名誉のために言うと、これはエシャ達を庇った結果だ。あのままではエシャに当たる可能性があった。だからハヤトは自分から当たりにいったのだ。

ハヤトはその場に崩れ落ちた。そして目の前には「待機」と「復活」の選択肢が現れる。

イヴァンの持つ剣は《エクスカリバー》。

ハヤトが作った《エクスカリバー・レプリカ》と同じで防御力無視の攻撃ができる。だが、違いもある。レプリカとは違い、本物は基礎ダメージが高い。ＨＰが最低限しかないハヤトに耐えられるわけがなかった。

「あ、す、すまねぇ」

（別にいいんだけど、一撃か）

ハヤトは倒されたことをなんとも思っていない。復活するのにデメリットなどない。そんなことよりも、倒れたハヤトに対してイヴァンが慌てている間にルナリアが拠点から出ていって、騒動を外でやってくれることを望んでいた。

だが、そんなハヤトの思いは誰にも通じなかった。

エシャは改めてベルゼーブをイヴァンに向けて構えた。しかも勇者を睨んでいる。さらにはルナリアも《アロンダイト》を抜いた。

「イヴァン、貴方、何をしてるんですか……？」

「勇者としてあるまじき行為。恩人を倒すなんて許せない」

「い、いや、わざとじゃないんだよ！　止めようとしたら当たっちまって——だから銃を下ろしてくれって！」

「わざとじゃなければ当てていいと？　なら安心してください。私が撃つのもわざとではありません。信念のもとに撃ちます」

「魔王が勇者を倒すのは自然の摂理」

（敵討ち（かたきう）しないでいいから、暴れるのをやめてくれ……いや、無理っぽいな。このまま倒れていても誰も俺を気にしていないし、復活して止めたほうが早い）

ハヤトは復活の選択肢を選ぶ。一度自室に戻って、そこから三階へ来た方が早いと考えた。

視界が一瞬で変わる。自室に戻ったのだ。

ハヤトは自室を出て走り出した。

三階に到着すると、エシャとアッシュ、それにルナリアがイヴァンと戦っていた。

アッシュとルナリアがイヴァンと接近戦をして、エシャがその後ろから援護射撃をする形だ。イヴァンの方は防御に徹しており、攻撃するつもりはないように見える。

「待て！　待ってくれ！　悪かったたって！　謝るから！」

「謝罪は不要です。許す気はないので」

「同感だ。くだらない理由で拠点を荒らす奴を許す気はない。それにうちのリーダーを倒しておいて歩いて帰れると思うなよ」

さすが勇者と言うべきか。イヴァンは、エシャとアッシュ、それにルナリアの三人がかりの攻撃を凌いでいた。

「俺はもう大丈夫だから、外でやってくれ！」

ハヤトの声は全員に届いていない。すでに三人ともイヴァンを倒す気のようで、攻撃に遠慮がなくなっている。

「あわわ、ハヤトさん、どうしましょう!?」

レンは戦闘に参加しておらず、階段近くで状況を見守っていた。そこでハヤトは閃く。

「レンちゃん、《ドラゴンカース》をイヴァン――勇者に当てて装備を解除して！」

装備さえ外れれば勇者であろうとまともには戦えない。一旦勇者を倒したほうが騒動は収まると判断したのだ。

レンは頷くと、少しだけ勇者に近寄り、《ドラゴンカース》で勇者のＳＴＲを下げた。

《ドラゴンカース》はステータスを半分に下げる効果を持つ。装備条件がどれほどなのかは分からないが、おそらくＳＴＲ51以上の装備で固めているだろうと判断した。

その判断は正しく、《ドラゴンカース》によりイヴァンの装備はすべて外れてしまった。

「嘘だろ！」

イヴァンが驚いたところへ、アッシュの《ドラゴンイーター》が襲う。魔力を消費する風属性の攻撃とノックバックを発生させる両手剣のウェポンスキル《サイクロン》が決まり、イヴァンは奥にある壁まで吹っ飛んだ。

これで少しは大人しくなるだろうと、ハヤトは胸を撫でおろす。今のうちにルナリアだけでも外へ出してしまおうと、ルナリアの方へ視線を向けた。

ここで問題が発生する。

レンの《ドラゴンカース》はパッシブスキルだ。これは敵、つまり味方と認識していない相手に対して自動的に効果を発動する。普段はあまり影響のなさそうなＤＥＸを下げるように指定しているが、今回はイヴァンに向けてＳＴＲを下げた。その結果、イヴァンは奥へと吹っ飛ばされて、近くにいる敵――というよりも、味方以外はルナリアだけとなった。

《ドラゴンカース》がルナリアを対象とした。

そうなると当然ルナリアの装備が外れることになる。

鎧の下に露出が激しい服を着ていたわけではない。普通の服を着ていただけだが、気弱な上に対人恐怖症でもあるルナリアは、ハヤトの目の前で装備が外れてしまって動揺した。

次の瞬間には赤面した状態で、ハヤトの顔に腰の入った右ストレートを打ち込んでいた。

ハヤトのＨＰは０になり、その場に倒れた。

（痛くはないんだけど、精神的に痛い）

ハヤトはまたもや目の前に現れた「復活」を選ぶことになった。


騒動から十分後、勇者であるイヴァンと魔王であるルナリアは食堂で正座していた。どちらもロープで体を拘束されており、身動きは取れない。

「反省しているから拘束を解いてくれないか？」

「ごめんなさい」

イヴァンとルナリア、両方ともハヤトに向かって申し訳ない顔をしている。

「謝って済む問題じゃないと思います。二人揃ってご主人様を倒すとは何事ですか。まあ、ルナリア様の場合はご主人様が悪いと言っても過言ではありませんが」

「あれは不可抗力でしょ。裁判をしても勝てる気がする」

「すすす、すみません！　まさか魔王さんにターゲットが移ると思ってなくて！」

「レンちゃんのせいじゃないから。一番の問題はここで暴れようとした勇者のせいだから安心して」

「うぐ。いや、そうなんだけどな……その、すまなかった」

イヴァンはロープで拘束されたまま頭を下げた。ハヤトが見た限りではあるが、ちゃんと反省しているように思えるので、そろそろ解放してもいいかと思っている。

そもそも今回の騒動で食堂が少しだけ荒らされているのだ。ハヤトはすぐにでも元に戻したい気持ちに駆られている。

「さて、一応確認しておくけど、二人とも二度と拠点で暴れないと誓ってくれるよね？」

ハヤトがそう問いかけると、二人とも頷いた。

「よし、それじゃ解散――」

「お待ちください、ご主人様」

「えっと、何？」

「どこまでお人好しなんですか。これだけのことをしたのですから、何かお詫びをさせないと」

「俺もそう思うな。言葉だけの謝罪なんて意味はない。ハヤトに何かあったら無償で力を貸すくらいの詫びは必要だろう」

エシャの言葉にアッシュも同意する。ハヤトとしてはそこまでしなくてもと思ったが、勇者と魔王が力を貸してくれるという状況は助かる。

そしてイヴァンとルナリアの二人は、拠点内で暴れないこと、そしてハヤトが助けを求めたら力を貸すことを誓約書に書いた。

《勇者の誓約書》と《魔王の誓約書》ねぇ。魔法のサインをしたという設定だから、内容は絶対

らしい。なんだかすごい物を貰っちゃったな）

ゲーム内で最強とも言える二人が無償で手を貸してくれる。強力なカードを手に入れたといっても間違いではない。それに拠点内で暴れないというなら、クラン戦争に参加してもらうことも可能だろう。

ハヤトはそんなことを考えながら誓約書をアイテムバッグに入れるのだった。

勇者と魔王の騒動があってから一週間が過ぎた。

そろそろクラン戦争の準備をしなくてはいけない時期だが、少々困ったことになっている。

あれから毎日、魔王がお詫びに来ているのだ。しかもお詫びとして高価なアイテムを持ってきていた。出所は不明だが、明らかにどこからか盗んできているように思える。

鉱石や宝石、モンスターの皮など、何かの戦利品ではない。どう見ても加工された装備品だ。しかも性能がいい。いわゆるゲームのラストダンジョンの宝箱に入っているようなアイテムばかりと言ってもいいだろう。

「ルナリアさん、これってどこから持ってきたの？」

「私の家」

「それって魔王城だよね？　こういう高価な物を渡されても逆に困るんだけど」

「それはお詫びの品だから受け取って。大丈夫、宝物庫にはまだまだいっぱいあるから。少しくらい無くなっても平気」

「魔王城は確かにルナリアさんの家なんだろうけど、宝物庫から勝手に持ち出していいの？」

ハヤトの言葉にルナリアはなぜか視線を逸らした。つまりダメなのだろう。

エシャからの情報では、魔王城にはルナリアを慕う人達も住んでいるということだった。基本的に魔王城やその周辺は悪魔系のモンスターが徘徊している危険な場所ではあるが、そこに住んでいる魔王や配下の人達はモンスターに襲われることなく生活している。

（《アロンダイト》が折れて、怒られるとか言っていたし、側近のような人達がいるんだろうな……その人達に内緒で持ってきているのか。下手にアイテムを売り飛ばしたら、大変なことになるかもしれない。大事に保管しておこう）

ハヤトはルナリアから渡されたアイテムを大事に倉庫へしまうと、自分の部屋に戻ってクラン戦争の準備を進めることにした。


翌日、拠点の周囲に大量の人が現れ、拠点を取り囲んでいた。

ハヤトとエシャはそれを拠点から窓越しに見ている。

「えっと、これってどういうこと？　あそこでロープに縛られているのはルナリアさんだよね？」

「宝物庫からアイテムを盗んでいたのがバレて怒られているんでしょうね。今日はそれを返してもらうために来たのだと思いますよ」

側近に怒られる魔王とはなんなのかと疑問には思うが、当然の結果のようにも思える。かなりしょんぼりとしている感じのルナリアは本当に魔王なのかと疑問に思う程だ。

仕方がないのでハヤトは今までルナリアが持ってきたアイテムをアイテムバッグに入れて外へ出た。すると、ルナリアの隣にいた黒いゴスロリ服を着た女性が近寄ってくる。

「ハヤトさんで間違いないですか？」

「ええ、まあ」

「私はルナリア様に仕える黒薔薇十聖（くろばらじゅっせい）の一人と思ってくだされば幸いです。この度はウチのルナリア様が申し訳ありません。昨日、宝物庫で現行犯――色々と情報を聞き出しまして、改めてお詫びとお礼に来ました」

（黒薔薇十聖……ネイが言ってたような気がするな。魔王に仕えているのか。というか現行犯でつかまったのか？）

「それにしては人が多すぎるような気がしますけど」

「ここには勇者が出没するという話を聞きましたので、武闘派のメンバーと共に来ました。お騒がせして申し訳ないです。それはそれとして、実はお願いがあるのですが……」

「宝物庫のアイテムを返してほしいという話ですかね？」

「……話が早くて助かります。別の物をお渡ししますので、返していただけると助かるのですが」

「待って。それは私がハヤトさんに渡したお詫びの品。それを返してほしいなんて恥ずかしい真似はしないで」

ルナリアが拘束されたまま、きりっとした顔でゴスロリ女性にそう言った。

「ルナリア様、宝物庫から勝手にお宝を持っていくのも恥ずかしい行為なのです。確かに魔王城にある物はすべてルナリア様の物ですが、無断で持っていくのはダメです」

その言葉にルナリアはしゅんとなる。

（やっぱり無断で持ってきていたのか）

ハヤトは目の前のゴスロリ女性とアイテムをトレードした。確かに性能はいいが、ハヤトには使えないし、他のメンバーも特に興味を示さなかったアイテムだ。それに返したくないと駄々をこねたことにより恨まれても困る。

すぐにハヤトがアイテムを返したことに驚いたのか、ゴスロリ女性は何度も瞬きをしていた。

「えっと、よろしいのですか？」

「ええ、もちろん。そもそもそんなに高価なアイテムをお詫びにする必要はありません。お詫びなら鉱石とか皮などの素材の方がいいですね」

生産系スキルを極めたハヤトだから言えることだろう。ハヤトなら素材さえあれば同程度の効果を持ったアイテムを作り出せる。

話はこれで終わり、ハヤトがそう思ったところで事件が起きる。

「なんだ？　なぜこんなに人が多いんだ？」

勇者イヴァンがやってきたのだ。イヴァンもルナリアと同じようにハヤトにお詫びの品を持ってきていた。今までもイヴァンとルナリアが拠点内で鉢合わせすることはあったが、拠点内では争わないということで問題はなかった。だが、今回は事情が少し違う。

「ルナリア！　なんで縛られているのか知らんが、俺と勝負してくれ！」

「ちょっと待て。ここでは争わないって誓約書に書いただろ。戦うなら他の場所でやってくれ」

「ここは拠点の外だから誓約書の内容は破ってないぞ」

（そんなことがまかり通るのかよ）

確かに誓約書は拠点内で争わないという内容だが、拠点のすぐそばで戦われるのだって困る。拠点が破壊されるようなことはないだろうが、それでなくともルナリアの側近達が大勢いて拠点での商売に影響が出ているのだ。

ハヤトが戦うなら別の場所でと言おうとした瞬間、そばにいたゴスロリ女性が巨大な黒い鎌を持ってイヴァンに飛びかかった。

「ルナリア様と戦うなんて百年早いんだよ！」

あまりにも口調が変わったゴスロリ女性を見てハヤトは驚く。

「わりぃが、そっくりそのまま返すぜ。俺の相手をするにはアンタじゃ力不足だ」

イヴァンはそう言うと、ゴスロリ女性の鎌を《エクスカリバー》で受け流す。そして体勢を崩したゴスロリ女性に目にも留まらぬ連続攻撃を仕掛けた。剣の残像が白い閃光(せんこう)となってゴスロリ女性を襲う。《エクスカリバー》のウェポンスキル《ホワイトライトニング》だ。

それを食らったゴスロリ女性は瀕死の状態になった。ＨＰが一桁だ。血が出ることもなく、痛みもないだろうが、見ていて気持ちのいいものではない。

ハヤトはすぐにゴスロリ女性に近づいて、イヴァンの前に立ち塞がる。

「ここで戦うのもなしだ。誓約書には書いていないが、それくらいはわきまえてくれ」

「……まあ、ハヤトには迷惑を掛けちまってるからな、分かったよ。それなら――」

「待って」

ルナリアが前に出てきた。拘束されたまま、きりっとした顔になる。

「ハヤトさん。ここでイヴァンと戦わせてほしい」

「え？　嫌だけど」

その言葉にルナリアは少しだけ涙目になる。

「こ、ここでイヴァンと戦わせてほしい」

「えっと、なんで？」

「私の側近を攻撃しておいてこのまま勇者を見逃すことは魔王としてできない――ううん、友人を傷つけたことが許せない。それに私が勇者と戦わないからハヤトさん達にも迷惑をかけた。この場で因縁（いんねん）を断ち切る」

ルナリアの言葉に周囲の側近達は感嘆の声を上げる。当事者のゴスロリ女性は、友人と言われて嬉しかったのか、頬を赤くして感動している感じだ。

ハヤトとしては、他でやってくれとしか言えないのだが、いつまでも勇者と魔王に振り回されるのも嫌なので、渋々ながらも許可を出した。

念のためアッシュ達に連絡して来てもらった。何かあったときの抑えだ。

そしてルナリアがイヴァンに剣先を向ける。拘束はさっき解いてもらっていたので、今、ルナリアは自由だ。

（まさか宝物庫から盗んだ件をうやむやにするという理由じゃないよな……？）

「私が逃げていたせいで、多くの人に迷惑をかけた。来て、勇者。決着をつける」

「いいねぇ、いつもの自信なさげな感じのルナリアも好きだが、そうやって凛々しい感じも悪くないな。そうそう、先に言っておくが、俺が勝ったら話を聞いてもらうぜ？」

イヴァンも剣先をルナリアに向けた。

「ご主人様はどっちに賭けますか？　私はルナリア様にプリン一個賭けますけど。賭けに勝ったらバケツプリンをください」

「賭けたアイテムに差があり過ぎじゃない？」

「俺は勇者の方が強いと思うが、どうだろうな？」

「兄さんは勇者の方なんだ？　なら私はルナリアさんの方にしようかな。私もバケツプリンでお願いします！」

「君達はもう少し緊張感を持ってね。あの二人が拠点の方へ向かってきたら止めてよ？」

さすがに拠点を破壊するような攻撃はないと思うが、戦うのは勇者と魔王なのだ。何が起きてもおかしくはない。

そして勇者と魔王の戦いが始まる。

勇者と魔王の装備はほぼ同じ。性能はともかく、どちらも鎧を着て、片手剣を振るう。盾は持っておらず、片手剣を両手で持っている。

ただ、この戦いに関してなら防具は全く関係ないだろう。

ルナリアが持つ剣は《アロンダイト》、そしてイヴァンが持つ剣は《エクスカリバー》。お互いに防御力無視の攻撃を繰り出すので、防具に意味がないのだ。つまり攻撃が何回か当たったら負ける。そういう戦いなのだ。

このゲームにおける戦いは、本人の身体能力がものを言う。武器から繰り出されるウェポンスキルは特別な効果とダメージが加算されるだけで、命中率が上がるということはない。攻撃を当てるのも躱すのも本人次第だ。

（まあ、どっちもNPCだし、身体能力というよりも演算能力の戦いなのかな）

イヴァンとルナリアの剣がお互いにぶつかり弾かれる。どちらもクリーンヒットはない。無傷のまま時間が流れた。

（ルナリアさんは高スピードで相手を攪乱しながらの攻撃か。イヴァンはほとんどその場を動かずにどっしり構えてルナリアさんの剣を弾いている――でも、このままならルナリアさんの勝ちかな）

ハヤトがそう考える理由。それは武器の耐久力だ。

お互いの攻撃を剣で受けているため、どちらも耐久力が落ちていく。そしてルナリアが持っている《アロンダイト》は、ハヤトが一週間前に作り直したばかりの新品と言ってもいい。

イヴァンの持つ《エクスカリバー》がどうなのかは知らないが、一週間前にエシャやアッシュの攻撃を受けて耐久力が減っている。この一週間は謝罪のためにここへ訪れていたので、武器の耐久力は減ったままだろう。このまま続けばどうなるか、ハヤトはその未来が予想できた。

そしてその予想は見事に再現される。

《アロンダイト》が《エクスカリバー》を折った。

「マジかよ！」

「終わり」

ルナリアの剣が残像を残す動きになり、黒い閃光となる。その閃光がイヴァンを襲った。《エクスカリバー》の《ホワイトライトニング》と対をなす、黒い刀身の魔剣《アロンダイト》のウェポンスキル《ブラックスワン》だ。

折れた剣では攻撃を受けることができず、イヴァンはなすすべもなく攻撃を受けて地面に倒れた。

次の瞬間、ルナリアの側近達から歓声が上がる。

（魔王が勝っていいんだよな？　普通は勇者が勝つもんだけど）

勝利したルナリアは剣を鞘に納めると、なぜかハヤトの前までやってきた。

「ありがとう、ハヤトさん。貴方がこの剣を作り直してくれたおかげで勝てた」

「勇者に恨まれるから、そういうことは言わないで」

倒れたイヴァンの方へ視線をむけると、上空から光が当たり、羽が落ちてきた。

その羽がイヴァンに当たると、イヴァンは何事もなかったかのように立ち上がる。どう考えてもその場で復活した。

この場で神聖魔法の蘇生は誰も使っていない。ハヤトは何が起きたのか分からずに混乱していると、エシャが教えてくれた。

「おそらく《不死鳥の羽》を持っていたのでしょう。自動的に復活するアイテムです」

「そんなアイテムがあるのを初めて知ったよ」

イヴァンは立ち上がり、大きく溜息をついた。だが、直後に笑顔になる。

「負けちまったか。まさか《エクスカリバー》が折れちまうとはな」

「たまたま最近剣を直しただけ。運が良かった。ハヤトさんのおかげ」

「なら、俺は運が悪かったってことか。ハヤトのせいだな」

(俺を巻き込まないでくれ)

そんなふうに思っているハヤトをよそに、ルナリアがイヴァンの前に立った。

「私に何か言いたいことがあるの？　勝ったらって言ってたけど、今なら聞く」

「そうか？　負けちまったからちょっと格好悪いんだが、それなら言わせてもらうぜ！」

イヴァンは大きく息を吸ってから、真面目な顔になった。

「俺と付き合ってくれ！」

「嫌」

その間、コンマ二秒。勇者の恋は終わりを告げた。だが、イヴァンに悲しむ様子はない。

「そりゃそうだな。弱い男になびく奴はいないないか」

「それは関係ない。暑苦しいのが嫌」

「死体蹴りだぞ。まあ、俺としても上手くいくとは思ってなかったよ。ただ、ケジメをつけたかっただけだ……強がっているように聞こえるか？」

「そうは思わない。イヴァンには私よりもふさわしい人がどこかにいると思う」

「ありがとよ。生きる希望が湧いてきたぜ。ええと、ハヤト、ちょっといいか？」

イヴァンはルナリアからハヤトの方へ視線を移す。

「……なにかな？」

「嫌そうな顔するなよ。その、悪かったな、色々巻き込んじまって。拠点で暴れたことも」

「それに対する謝罪やお詫びはもう受けてるから、気にしないでくれ。ルナリアさんの方もね」

二人ともハヤトの言葉に笑顔になる。そしてギャラリーの拍手の中、勇者と魔王が握手をして解散となった。

（お前ら本当は仲がいいんだろ？）

勇者と魔王がどういう関係なのかは分からないまま、いい感じに終わったことにハヤトは疑問を抱きながらも、これでこのイベントは終わりだな、と胸を撫でおろした。


翌日、なぜかルナリアが拠点の食堂でエシャとコーヒーを飲んでいた。

「なんでルナリアさんがここにいるわけ？」

ハヤトは拠点でクラン戦争の準備をしていた。倉庫へアイテムを取りに行こうと廊下へ出たら、エシャが誰かと話をしている声が聞こえた。店舗からだとここまで声が届かないはずなので、食堂だろうと見当をつけて、ハヤトも食堂へ来たのだ。

午後三時はエシャのおやつタイム。なぜかエシャとルナリアが食堂で二人、クッキーを食べながらコーヒーを飲んでいた。

「ルナリア様は遊びに来たようですよ。お土産にクッキーを貰いました。なんと手作りです。しかも星四。レアですよ、レア」

「嘘をつくんじゃない」

「いいえ、星四で間違いないです」

「そっちじゃない。遊びに来たって方。魔王が簡単に遊びに来れるわけないでしょ？　今までもお詫びには来てたけど、遊びって」

ハヤトは色々疲れている。精神的な疲れだが、これ以上余計なことに付き合いたくないのが本音だ。

「俺は次の恋を見つけに行くぜ！」

イヴァンはそう言ってどこかへ行ってしまった。

これからはルナリアにストーカーまがいのことをすることはない。少々、というかかなり問題がある勇者ではあるが、色々と男らしいところもあるのですっぱり諦めるはずだと、エシャはそう言っていた。

それはありがたいことだが、勇者が来なくても魔王が来るなら、結局困った状況のままだ。クランのメンバーは気にしていないようだが、ルナリアの側近達がどう思うかはまた別だ。

「えっと、ルナリアさん、なにをしに来たのかな？」

「遊びに」

「もっと魔王の自覚を持って。側近の人達に怒られるよ？」

魔王が普段何をしているのかは知らないが、遊んでいていいわけがないだろう。

「ご主人様、あまり邪険にしないであげてください。ルナリア様は積極的に他人と交流して対人恐怖症を克服しようとしているのです。温かい目で成長を見守りましょう。よくあるじゃないですか。自分を見つめ直すために、自分探しの旅に出る……そんな感じなんです」

「魔王だよね？　探さなくても答えはそこにあるんだよ」

「魔王としてまだまだ足りないところがある。頑張って皆が認める魔王になりたい……！」

「遊びに来たんだよね？　何を頑張るの？」

そこまで言って、ハヤトは溜息をついた。何を言っても無駄かもしれない。すでに諦めの境地に至っていた。

魔王がここにいることで色々と問題はあるだろうが時間は有限だ。はっきり言って今回はクラン戦争の準備が全く整っていない。最高品質のポーションもあまり作っておらず、料理も揃っていない。

（あと二週間弱でクラン戦争になる。ここで負ける訳にはいかないんだ。時間が足りなくて負けましたじゃ泣くに泣けない）

ハヤトはそう決意を新たにして自室に戻ることにした。

だが、戻ろうとするハヤトをルナリアが「待って」と止めた。無視するわけにもいかず、ハヤトはルナリアの方へ体を向ける。

「私をクランに入れてほしい」

「いえ、結構です」

ハヤトの即答にルナリアはショックを受けたのか、泣きそうな顔になる。しかし、ググっとこらえ、また口を開いた。

「わ、私をクランに入れてほしい……！」

アピールポイントが何も増えていないが、確固たる意志は伝わる。仕方がないのでハヤトは話を聞くことにした。

いくら強くても周りが面倒そうなルナリアを入れると、どこで時間をとられるか分からない。出会った当初とは違い、今は入れたくないというのが正直なところだが、真摯(しんし)な訴えを何も聞かずに却下するのは失礼な気がした。

とりあえず、話を聞く、というポーズのためにエシャの隣にある椅子に座った。

「えっと、理由を聞いてもいいかな？」

「直してもらった《アロンダイト》で勇者に勝てたからそのお礼。それに、ハヤトさんには迷惑をかけた。エシャちゃんにどう責任を取るのかと言われているし、私がクランに所属することでお詫びしたい。自分で言うのもあれだけど私は強い。クランに入れば戦力強化は間違いなし。おすすめ」

そりゃ魔王だからね、とハヤトは思ったが口にはしなかった。

「ちなみに、このことを側近の人達は知っているの？」

「私の独断」

「なんで少し得意げなの。昨日のゴスロリさんとかまた怒るよ?」

「大丈夫。あの子はハヤトさんに感謝してた。私がこのクランに入ったとしても文句は言わない」

「感謝? なんで?」

「勇者の前に立ち塞がってくれたことに感謝してる」

余計なことをしてしまった気がするが、恨まれるよりはマシだろうとポジティブに考えることにした。だが、それでもルナリアがクランに所属するのはどうかと思う。

他にも多くの側近がいるので、そちらは大丈夫なのかと聞いてみたが、ルナリアが「魔王として説得する」と鼻息を荒くして言い切ったので、ハヤトとしては断る理由がなくなってしまった。

もし無理やり止めようとしてもルナリアは無理を通してでもクランへ入ってきそうだ。

魔王をクランに入れる話について以前クランのメンバーに話を聞いているが、とくに嫌な話は聞いていない。

ハヤトは説得を諦めた。

「分かった。それじゃ、ルナリアさんにはクランへ入ってもらうよ。次のクラン戦争で期待しているからよろしく頼むね」

「魔王として頑張る」

(頼むから変な方向に頑張らないようにしてくれよ……)

ハヤトがそんなふうに思っていると、エシャがニヤリと笑った。あれは良くない笑いだとハヤトは警戒する。

「さすが私のご主人様です。まさか魔王を配下につけるとは。これで世界を征服したも同然です。各国に宣戦布告をしますか？」

「そんなことしないから」

「魔王として頑張る」

「君が頑張るのはクラン戦争であって、世界征服じゃないからね？」

（エシャは冗談で言ってると思うんだけど、ルナリアさんはなんとなく本気にしそうなんだよな……まあいいや。とりあえず、皆に紹介しておこう）

ハヤトは全員に拠点へ集まるように連絡したのだった。


午後六時を回った頃、拠点にクランメンバーが揃った。

拠点の一階にある食堂で、ハヤトが長いテーブルの上座に座る。

ハヤトから見て右側にはアッシュ、レン、ミスト。左側にはディーテ、マリス、ルナリア。そしてハヤトの右後ろにエシャ、左後ろにレリックが立っている。

ハヤトを含めて九名。これがクラン《ダイダロス》の全メンバーだ。

本来は十名だが、マリスのペット枠として一つ空けている。基本的にはエルダーグリフォンのランスロットがその枠で、現在は外で待機している状態だ。

ハヤトがゆっくりと口を開いた。

「あの、なんでこんな配置なの？　普通にしてくれていいんだけど？」

ハヤトはルナリアをメンバーに紹介するため、確かに全員を拠点に呼んだ。そうしたら、なぜかエシャが仕切りだした。

「ご主人様、こういうときは形から入るものです。今までの《ダイダロス》はアッシュ様の傭兵団からお借りしていたので、弱くはありませんでしたが、不完全だったと言えるでしょう。ですが今日、ようやく真のクランとなりました。最初はちゃんとやっておくべきだと思います」

エシャの言葉に全員が頷く。

ノリが良すぎるだろうと思ったが、実はハヤトも嫌いではない。とはいえ、このノリを続けていくほど暇でもないのだ。

「それじゃ紹介するけど、今日クランに入ってくれたルナリアさん」

ハヤトが紹介すると、ルナリアが立ち上がった。

「ルナリア・フレイレ。得意なことはクッキー作り。あと魔王をやってる。これからよろしくお願いします」

（対人恐怖症なところがずいぶんと改善されてる。勇者との戦いで自信がついたのかもしれないな。でも、なんで魔王をついでみたいに言ったんだろう？）

そんなハヤトの疑問は特に解決することもなくルナリアは座る。そして今度は皆が自己紹介を始めた。これはルナリアに対するものだろう。

ディーテは最近加入したばかりだが、これまでも拠点に入り浸っていたので特にハヤトから紹介してはいない。順番になると、席を立って自己紹介を始めた。

「ディーテだ。シスターをやっている。好きなことは特にないが、最近はハヤト君が気になるね」

変なことを言うな、と思ったがすでに遅い。レンが目を輝かせている。そして勢いよく右手を上げた。

「質問！　質問です！　どのあたりが気になりますか！」

「全体的に、だね。まさか、魔王をクランへ入れるとは。ハヤト君はいつも私を楽しませてくれるよ」

「なんだ、そういう意味ですか。個人的には三角関係的なアレを期待していたんですが」

露骨にテンションを下げたレンは、ハヤトとエシャに視線を送ってから溜息をついた。

（あれ以来、レンちゃんは俺とエシャのことを勘違いしたままなんだよな。エシャはちゃんと説明していないのか？　まあいいや、まずは次のクラン戦争に勝つことが重要なんだ）

「ええと、それじゃそういうことで顔合わせはこれで終わり。何か言っておきたいこととか、やっておきたいこととかある？」

ハヤトの言葉に色々な情報が飛び交う。基本的にはこれからの戦闘スタイルのことだった。

まずは、近接攻撃を主体とするアッシュ、ミスト、ルナリア。

次のクラン戦争までに色々と連携を試しておきたいということで、しばらくは一緒に狩場へ行くことになった。

次に中距離というよりも、遊撃に近いのがレリックとマリス、そしてランスロットだ。

レリックは《縮地》により敵さえいれば戦場のどの場所へもすぐに行ける。そしてマリスはランスロットに騎乗していると相当な機動力を誇る。フィールドの状況に影響されるが、空が飛べるのは間違いなく強力だろう。連携というよりは、単体での強さに磨きをかける対応をしていくことになった。

そして後方支援のエシャ、レン、ディーテ。

レンとディーテはアッシュ達と共に狩場での連携を訓練することになった。エシャの場合はレリック以外との連携は無理そうということで最初から訓練しないことになる。

「強さを極めた者は孤独ではありません、孤高なのです」

「いきなり何を言っているのか分からないけど、何となく言いたいことは分かるよ。さて、最後は俺だね。基本的に皆は装備を整えてあるみたいだけど、何かあったらすぐに言って。基本的にはなんでも作れるから。当面はマリスの装備かな。ランスと盾を作ればいいんだよね?」

「はい、それでお願いします！　鎧は重すぎるとランスロットが可哀そうなので！　盾も軽めをお願いします！」

ゲームのシステム的に重量が重いと遅くなるとかそういうことはない。だが、マリスがそう思っている以上、ハヤトもそれを否定してまで重装備にさせるつもりはなかった。

「了解。武具以外でも必要な物があればなんでも言って。作っておくから」

エシャが手を上げた。遠慮がちというわけではなく、かなり主張した手の上げ方だ。

「メロンジュースを大量にお願いします」

「それは大量にあるから安心して。一応聞くけど、クラン戦争前に倉庫から持ち出してないよね？」

エシャが視線を逸らしたが、無視することにした。

次にレンが手を上げる。これまた主張が激しい。

「私はバケツプリンで！」

「レンちゃん、好きな食べ物を用意するって話じゃないからね？　クラン戦争で必要な物って話だよ？」

今度はマリスが手を上げて「はい、はい！」と言い出した。

「《猫まんまデラックス》をお願いします！　あれを食べるとペットが強くなるんです！」

「そうなの？　なら作っておくけど――なんでアッシュとレンちゃんはこっちを見てるわけ？　欲しいの？」

「美味いと聞いたことはある」

「ほっぺたが落ちるほどの美味しさとか聞いたことがあります！」

「まあ、作っておくよ。クラン戦争前に一度どれくらいの効果か試しておいて」

(ドラゴンでも満足するって本当なのか……？)

次はミストが優雅に手を上げた。

「自分はトマトジュースと日焼け止めをお願いします。できればドラゴンブラッドも」

「ミストさんはその三つね。用意しておきますよ」

「私は前回、素晴らしい物を作っていただけたのでこれ以上は不要です」

「分かりました。レリックさんは何か思いついたら言ってください」

「チョコパフェ……！」

ルナリアの目力がすごいことになっている。さすが魔王と言ったところだが、本当にそれが必要だとは思えない。どちらかと言えば、必要なのは肉料理だろう。

「だからね、食べたいものじゃなくてクラン戦争で使える物の話ね？」

「チョコパフェ……」

今度はすがるような目をしてきた。本当に魔王なのかと思うが、なんとなく可哀想になったので作ってあげることにした。

「それじゃ、チョコレートパフェをあげるから、クラン戦争では頑張ってね――ああ、うん、女性陣皆にあげるから、そんなに怖い目を向けないで」

親睦を深めるための集まりでもあるので、今日はこのまま親睦会にしようとハヤトは考えた。

そこでハヤトは気づく。ディーテは特に要望を言ってなかった。チョコパフェにも反応していない。

「ディーテちゃんは何かある？　こうなったら好きな物をなんでも作るよ？」

「私は特に好きな物というものがないのでね、その辺りは皆にまかせるよ。クラン戦争でも同じだ。ハヤト君が必要だと思うものを用意してくれたまえ」

「え？　本当に？　好きな食べ物とかないの？」

「そうだね、特にはない……いや、ハヤト君が淹れたコーヒーは好きかな。私はそれで構わないよ」

ハヤトはその言葉に嬉しくなる。これはゲームなので誰が作っても同じ味なのだが、そう言われて悪い気はしない。

「了解、それじゃコーヒーを淹れるよ。よし、これから親睦会でもしようか。料理はいくらでも用意するから好きなだけ食べて」

ハヤトの言葉に全員が喜ぶ。

これは作り甲斐があるな、とハヤトは気合を入れて料理の準備をするのだった。

# 八　クラン戦争五

クラン戦争一週間前、ハヤトのクラン《ダイダロス》の対戦相手が決まった。

ハヤトが対戦相手を見て驚くのも無理はない。それは現在ランキング一位のクランだったのだ。

「嘘だろ……」

クラン名は《バンディット》。山賊という意味を持つクランだが、その戦い方に関しては山賊とはかけ離れており、かなり洗練されている騎士団のようなクランだとハヤトは聞いている。

いわゆるバランス型のクランで、尖った編成ではない。それゆえに弱点らしい弱点もなく、あらゆる対処が可能なオールラウンドの万能クランなのだ。

ハヤトが以前所属していたクラン《黒龍》もこのタイプだ。そして今のクランがどういうタイプかと言えば、これもバランス型と言えるだろう。どちらかと言うと、エシャのワントップ型のようにも思えるが、それはこれまでの戦い方によるもので、全体的に見ればバランス型だ。

（バランス型は一人崩れると脆いと言われているんだけど、このクランはそんなことはないらしい。メンバーもそれぞれ万能型のスキル構成をしているから半分くらい倒されても平気だと聞いたことがあるし……そして一番の問題は俺か）

ハヤトは生産職のエキスパートと言えるが、クラン戦争ではお荷物だ。全く役に立たないかと言えばそうではないのだが、純粋な戦力としては役に立たない。役に立てるといえば、一度だけの壁。誰かの代わりに倒されるくらいだ。

（自爆用のアイテムも意味がないだろうな。相手には潜入系のプレイヤーはいないみたいだし……事前準備だけはしっかりやっておこう）

ハヤトはそう考えて、クラン戦争の準備を始めるのだった。

クラン戦争前日、ハヤトは拠点で最終チェックを行っていた。

相手クランのことやメイドギルドからの情報を全員と共有してある。各々の装備に関するチェックも終わっているし、料理や薬品なども可能な限り用意した。

アッシュ達は皆との連携は確認済みだと言っていた。ただ、ルナリアが参加することが最近だったこともあり、相手に通じるかどうかが微妙とも聞いている。

拠点の隅っこで両膝を抱えながら座っていたルナリアに対して少しだけ同情するが、アッシュ曰く、そもそも魔王だから一人でも強いはずだ、ということだった。最悪、連携はなしで、一人で特攻させるらしい。それを聞いたルナリアはさらに落ち込んでいたが、エシャとレンが慰めていた。

そんなことを思い出しながら、最終チェックを終わらせる。

（あとは運を天に任せるしかない。ランキング一位に勝てば、ポイントで確実にトップに立てる。そうすれば、その次の戦いに負けてもランキング五位以内に残れるはずだ）

ポイントは加算制で減ることはない。負けたときはポイントが貰えないだけだ。そして相手のランキングが高いほど、加算されるポイントが増える。

ランキング一位を倒してポイントが加算されれば、かなりの差をつけられる。その次のクラン戦争で二位が三位に負けたところで、ポイントの加算上、ハヤトのクランが五位よりも下にいくことはない。

ジャイアントキリングという下位クランが上位クランに勝ったとき、ランキングを奪うことができる特殊なルールもあるが、あれは対戦相手のクランとランクに差があることが発生条件だ。最後のクラン戦争でジャイアントキリングが発生するようなランキングが低いクランと戦うつもりはない。

これらのことから、次がハヤトにとっての最終決戦なのだ。

それを思うとハヤトは武者震いする。負けてもチャンスはある。だが、勝てば賞金を手に入れられる。その事実がハヤトを高揚させていた。

ハヤトは心を落ち着かせるためにコーヒーを飲んだ。

「どうやら準備が整ったみたいですね」

食堂でコーヒーを飲んでいたハヤトの前にエシャがやってきた。

今日はいつもより店じまいが早い。ＮＰＣに疲労というものがあるのかは分からないが、なんとなく疲れさせてはいけないと、閉店の時間を早めることにしたのだ。

明日がクラン戦争なので今日は休みでも良かったのだが、エシャがそれだとチョコパフェが食べられないと言い出したので、好きにさせている。

「お疲れ様。コーヒーでも飲む？」

「メロンジュースをお願いします」

「……一本くらいならいいけどね」

ハヤトはそう言って倉庫から瓶に入ったメロンジュースを持ってきた。それをエシャに渡す。

「いつも飲んでるけど、メロンが好きなの？」

「昔から味は好きです。メロンそのものを食べたことはないですけどね。大昔にはこれにアイスを乗せたクリームソーダという飲み物があったらしいですよ？」

「その期待した目は何？　アイスも出せってこと？」

「察しの良いご主人様で私は幸せ者ですね」

「出すって言ってないんだけど？　はぁ、ちょっと待ってて」

嫌そうにしながらも、アイスを用意するハヤト。普通のアイスクリームをエシャの前に出した。

エシャは笑顔でそれを食べる。クリームソーダというアイテムはないが、交互に食べていれば似たようなものなのだろう。

　ハヤトはそんなエシャを見ながら口を開いた。

「あれから体の調子は大丈夫？」

　あれ以来、エシャが痛みを訴えるようなことはなかった。だが、エシャのことだ。もしかしたら、自分に迷惑をかけないように何も言っていないだけかもしれない。

「もちろん平気ですよ。過保護ですね」

「あれを見たら誰だって心配するよ。そもそも、あのときのことを覚えてないの？　かなり痛がっていたよ？」

「そうでしたっけ？　でも、よく覚えてますよ。お姫様抱っこされたこととか――重かったとか言ったら、ベルゼーブが黙っていないとだけ言っておきます」

「自分から振っておいてそれはないいんじゃない？　あと、お姫様抱っこのことは忘れて。大体、あれは緊急事態だったからだよ――セクハラとか言わないでくれる？」

「そこまで恩知らずじゃありませんよ。心配してくれていることは感謝してますから」

　感謝している、エシャからそう言われて、ハヤトは少しだけ驚いた。でも、それを茶化すと余計なことになると思ったので、普通に返すことにした。

「仲間なら当然でしょ」

「そういうときは、エシャが好きだからね、とか言うものですよ？」

　現実だったら飲んでいたコーヒーでむせていただろう。仮想現実でもむせそうになったほどだ。

「はぁ、そういうからかいはもっと頻度を落としてほしいよ。心臓に悪い」

「心臓を鍛えたほうがいいですね」

「鍛える前に止まりそうだけどね」

そんな雑談をしながら穏やかな時間を過ごし、ハヤトはコーヒーを飲み干す。エシャも食べ終わっていた。

「さて、それじゃお開きにしようか。明日はよろしく頼むね」

「お任せください。今回は色々とご迷惑をおかけしましたから、いつもより張り切りますよ」

「期待しているよ」

エシャを見送ってから、ハヤトも今日は早めに寝ておこうと、すぐにログアウトするのだった。


クラン戦争当日、メンバーは拠点の食堂にいた。

ランキング一位との戦いということで良い意味で緊張している感じではあるが、ルナリアだけは意気込みすぎている。先ほどから椅子に座ったり、立ったり、そう思ったら素振りをしたりと、挙動不審だ。

クラン戦争がなかなか始まらないことも影響しているのだろう。午後五時を過ぎて外は夕方だ。

吸血鬼のミストがいる以上、願ってもない状況なのだが、待っていることで緊張が高まりすぎているのがルナリアだ。

「えっと、ルナリアさん、戦わない俺が言うのもなんだけど、もう少し落ち着いて」

その言葉にヘルムを着けたままのルナリアがハヤトの方を向く。

「お、おち、落ち着いてる。や、役に立てないかも、なんて思ってない。い、いいがかりはやめてほしい」

「それこそがいいがかりだと思う。安心しなよ、俺なんか全く戦えないんだから。剣を振れるだけで俺よりも役に立ってるよ。大体、ルナリアさんは魔王でしょうが」

戦いで魔王が役に立てないなら、誰が役に立てるのだろうかと本気で悩むほどだ。

（よく分からないけど、自信がないのかな。なんとか元気づけてやりたいんだけど……そうか、あのときのことを言ってあげるか）

「前に勇者に勝ったでしょ？　あのときの強さを発揮できれば問題ないよ」

ハヤトがそう言うと、ルナリアは両手の人差し指をちょんちょんとくっつけるようにして下を向いた。

「て、照れる」

（この魔王ってどういう設定なんだ？）

勇者との戦いを見た限りでは相当強いのは分かっているが、性格がおかしい。変というわけではなく、明らかに魔王らしくない。そういうズレた感じの設定はよく見るが、これはあざといというか、ミスキャストのような感じだ。どちらかといえば、花屋さんでもやっているほうが似合っている。

そんなふうに思ったところで視界が変わった。クラン戦争のバトルフィールドに転送されたのだ。

ハヤトは、よし、と気合を入れて皆を屋上へ連れ出した。まずはフィールドを確認するためだ。

だが、すぐに首を傾げる。ランキング一位と二位のクランが戦うにもかかわらずフィールドのギミックが全くないただの草原だった。

「これってどういうこと？」

「戦いやすくていいのではないかね？」

ハヤトの疑問に答えたのはディーテだ。楽しそうに草原を見つめている。

「ランキング一位と二位が戦うんだ。勝敗に不確定な要素を入れず、純粋に力での勝負ということだよ。余計なことを考えずに力を出し切ればいいのではないかね？」

ディーテの言っていることはもっともだが、基本的にランダムで決定されるはずのフィールドが対戦相手同士のランキングによって影響されることがあるのだろうか。

そもそも、ランキング一位と二位が戦うこと自体、確率的には低い。そのうえで純粋な力での勝負になるフィールドが決定されるとは、どれほどの確率なのだろうか。

（運営が介入しているってことか？　いや、それしかないよな）

「何かね、ハヤト君。そう見つめられると照れてしまうのだが」

笑顔ではあるが、一切照れていない感じのディーテはハヤトにそう返した。

「ああ、いや、なんでもないよ。その通りだと思ってね。純粋な力での勝負。ランキング一位と二位ならその方が盛り上がるだろうからね」

「そうだろう、そうだろう。もし動画にピックアップされたら、さぞ盛り上がるだろうね」

ハヤトは思ってもいないことを口にしたが、ディーテは満足そうに頷いた。

(どちらかといえば、ディーテちゃんは運営側の思考だよな。やっぱり運営と繋がっているキャラなのかも。人が操っているのか、それともそういうＡＩなのか――)

ハヤトはそこまで考えて、今はそれどころじゃないと思考を中断させる。

相手はランキング一位の《バンディット》だ。

ハヤトのクラン《ダイダロス》のメンバーは全員が強いが、ハヤトが全く戦えない。それは間違いなくハンデと言えるだろう。当然、ハンデ以上にメンバーが強いというのもあるが、ランキング一位にどこまで通用するかは分からない。

「ハヤト、それじゃ俺達は配置につく。いつも通り、戦いは俺に任せてくれるんだな？」

「ああ、頼むよ。皆も基本的にはアッシュの指示に従って」

全員が頷く。そして、ハヤトとエシャを残して皆は屋上からいなくなった。

「二人っきりですね」

「なに言ってんの？」

「おや？　事実を述べただけですが、なにか勘違いでもされましたか？」

最近のエシャはこういう攻め方が多い。ややウザいと思いつつも、楽しそうにしているエシャを見ると許せてしまうのが、悲しいところだ。

「はいはい、それで真面目な話、勝率はどれくらいありそうかな？」

「十割ですね。負ける要素がありません。下手をしたら、アッシュ様のドラゴンブレスで勝てる可能性もありますよ」

フィールドのギミックがない以上、アッシュがドラゴンの姿で戦える。それは相手からしたら大規模戦闘のボスキャラと戦うと言っても過言ではないだろう。

ドラゴン状態のアッシュはＭＰが徐々に減り、無くなると人型に戻る等の制限はあるが、そんなことを相手が知るわけもない。初見殺しが可能だ。

「それにこちらにはルナリア様がいます。一対一の対人戦なら絶対に負けませんよ」

勇者に勝てるほどだから、それは間違いないだろう。

ただ、ハヤトには懸念（けねん）もある。それはメイド長が調べてきてくれた情報だ。

そのときは約束通り、近くにレリックがいた。メイド長はやや挙動不審だったが、信頼できる情報だろう。

メイド長の話では、《バンディット》のリーダーがかなり強いとのことだった。バランス型で戦うのが《バンディット》の基本戦術ではあるが、稀にそのリーダーのワントップ型で戦うことがあるらしい。

その動画はピックアップされていないのでどういう戦い方なのかは調べきれなかったが、いわゆるバフと呼ばれる一時的なステータス向上を極限まで使うことで、鬼神のごとき強さを発揮したとのことだった。以前《バンディット》と戦ったことのあるクランから直接確認したらしい。

（バフ効果を極限まで、か。ＳＴＲとかのステータスは最大値が決まっているから極限まで上げても鬼神のごときってことにはならないと思う。どちらかといえば、移動速度を上げることによる戦

闘ができるってことかな）

移動速度は全キャラクター共通だ。だが、装備や魔法を使うことで移動速度を上げることができる。そして移動速度はステータスと違って上限がない。つまり、いくらでも速くできる。

ただ、それにはデメリットもあり、普通の人の感覚では動きが速すぎてまともに動けなくなるのだ。感覚的には自分の体とはいえ、動いているのは仮想現実のキャラクター。急激な変化に、体ではなく、頭が付いていかない。

ただ、それを訓練して使えるようになれば、かなりの武器になる。前回戦ったガルデルもそうだが、移動速度が速いというのはそれだけで強い。

ハヤトがそこまで考えたとき、カウントダウンが始まった。

カウントダウンが終わると、敵陣に相手のプレイヤーが可視化される。

ハヤトの目に蛮族（ばんぞく）の恰好をしたプレイヤーが映った。

（あの人って初心者狩りの騒動で色々教えてくれた人か？）

クランの申請ができる施設で初心者狩りをしていたプレイヤーが騒いでいたとき、ハヤトが事情を聞くために話しかけた相手だ。

（ランキング一位のクランに所属していたのか――というか、あの位置だとリーダーか？）

相手の前衛と思われるプレイヤー三人が横に並んでおり、中央にその蛮族の男性がいる。位置だけでリーダーだとは言い切れないが、その可能性が高い。

チャットを申請してみるかと思ったところで、その三人が移動してきた。

予想通り、移動速度が速い。そういう装備で固めているのだろう。だが、あの位置ならアッシュのドラゴンブレスの方が早い。

「ハヤト、ドラゴンブレスを放つぞ」

「分かった。派手にぶちかましてくれ」

アッシュの近くにいたミストとルナリアが後退する。あの場所にいると、ドラゴンブレスに巻き込まれるからだ。

アッシュはドラゴンに変身する。全長十メートルほどの二足歩行ドラゴンだ。アッシュは前足を地面につけて口を大きく開けた。

エネルギーが集まるようなエフェクトがアッシュの開いた口に展開される。あれが発動すれば、少なくとも飛び込んできた三人は倒せるだろう。

ハヤトは不思議に思った。突撃してくる蛮族の男性は止まる様子がない。

(あのヤバそうなエフェクトを見ても怯まないのか？　一度は止まるかと思ったんだが)

たとえ止まらなくてもアッシュのドラゴンブレスの方が早い。間違いなく倒せるはずだが、相手の行動に少しだけ不安を覚えた。

次の瞬間、蛮族の手から武器である斧が消えた。装備を外したのだ。

(なんでそんな真似を――消えた？)

「え？　どこに――」

「驚きましたね、《縮地》を使いましたよ」

「《縮地》……？　まずい！」

一瞬で相手との距離を0にする格闘スキルの技。ドラゴンブレスのモーションに入っているアッシュの前に相手が現れた。

ハヤトが気づいたときには、すでに蛮族の男は攻撃モーションになっていた。前回の戦いでレリックが使っていた《バックハンドブロー》だ。

その攻撃がアッシュに命中する。そしてあの巨体が、少しだけ後方に弾かれた。ノックバックが発生したのだ。

つまり、アッシュのドラゴンブレスが不発となった。しかもスタン効果が発生しているようで、アッシュは身動きがとれない様子だ。

蛮族は斧を構えており、アッシュを攻撃しようとしていた。

「アッシュの護衛を！」

ハヤトはミストとルナリアの二人にそう言った。だが、アッシュの攻撃に巻き込まれないように後退していた二人はすぐにはアッシュの元へは行けない。

まずい、と思った瞬間、すぐ隣で小さな音が聞こえた。それが、何度も聞こえてくる。

いつの間にかエシャがベルゼーブを構えており、蛮族の男を攻撃していたのだ。《クリティカルショット》や《デストロイ》ではなく、通常攻撃。ダメージは低いが、牽制にはもってこいの攻撃だと言えるだろう。

致命的なダメージにはなっていないが、その攻撃を相手は嫌がった。次の瞬間には斧が消え、巨大な盾を手にしている。盾でエシャの攻撃を弾いていた。

「この攻撃じゃあの盾は撃ち抜けませんね。ですが、耐久力くらいは減らしておきますか。壊れるかもしれませんので」

エシャはそう言うと、手すりに左足をかけて、改めてベルゼーブを構える。そして、同じテンポで何回も銃を撃った。

「ご主人様、メロンジュースを大量に用意してください。手持ちじゃ足りませんから」

「あ、ああ、分かった。倉庫から持ってくるよ」

エシャの攻撃は普通の攻撃でもMPを消費する。十回も攻撃すればMPは枯渇する。そうならないようにMPを回復させながら攻撃する必要がある。

ハヤトは倉庫へ行ってメロンジュースを大量に持ってきて、エシャに渡した。

「ミスト様やルナリア様がアッシュ様に駆け寄りました。それにマリス様も。少しは余裕ができましたね」

エシャはそう言ってから、メロンジュースを飲み始めた。

その言葉にハヤトは少しだけ安心する。

アッシュがやられたりしたらクラン戦争に勝つことが難しくなる。あのまま簡単にアッシュが倒されるとは思っていないが、それでもいつもと違う状況にかなり心配になった。

「さすがはランキング一位ですね。初見でアッシュ様を止めるとか。それともどこからか情報が漏れているんですかね？」

「不穏なことを言わないでよ。でも、とりあえず危険は去ったかな？　アッシュも持ち直して――人型に戻った？」

「ＭＰ切れ、ですかね。クラン戦争でドラゴンに変身すると、ＭＰが徐々に減るとか言ってましたので」

「そんなこと言ってたね。まあ、アッシュは人型でもかなり強いから大丈夫かな」

「それはちょっと甘すぎかもしれませんね。残りの二人も追い付いてきましたし、向こうの中衛も戦闘態勢に入っています。しかも後方では踊りや歌でバフ効果を前衛に与えています。これはアッシュ様達でも危険かもしれませんよ」

ハヤトは相手のメンバーを見る。

蛮族を含めた三人の前衛に、弓など遠距離攻撃をする三人の中衛、そして攻撃魔法やバフ効果のある踊りや歌を使う後衛が三人、それらがバランスよく配置されている。残りの一人は砦で待機だ。

エシャの言う通り、アッシュ達は前衛に押されている感じになった。バフ効果の差だろう。

もちろん、ディーテも支援魔法で前衛を支えているが、支援の本職ともいえる歌や踊りの効果ほどではない。それにディーテは回復も行っている。かなり厳しい状況だろう。

唯一有効なのはレンの《ドラゴンカース》だ。これはどんな支援のバフ効果よりも、デバフ効果――つまり弱体の方が勝っている。一人だけという状況だが、ターゲットは相手リーダーと思われる蛮族だ。

それに呪詛（じゅそ）魔法でじわじわとダメージを与えている。呪いの装備で威力も高まって、相手にはかなりの回復魔法を強いているのだ。このままいけば相手の蛮族を倒せる。

「まずいですね」

エシャが攻撃をしながら、そんなことをつぶやいた。

「え？　今のところはいい感じだと思うけど？」

「いえ、相手の中衛、後衛のターゲットがレン様とディーテ様に向き始めました。レリックが守っているので今は攻撃が届いてはいませんが、レリックだけでは危険かもしれません」

ならエシャがと思ったところでやめた。相手の中衛後衛は敵陣にいる。エシャの攻撃範囲外だ。

「マリス！　後衛を狙え！」

アッシュからの音声チャットが届く。マリスはそれに同意して、グリフォンのランスロットと共に回復魔法を使っている神父のような相手を狙った。

まずは前衛の蛮族を倒すために回復役をつぶそうという作戦なのだとハヤトは思う。回復さえなくなれば、レンの呪詛魔法であっという間に倒せるだろう。

だが、マリスが回復役を狙おうとすると、相手の中衛が弓やクロスボウによる遠隔攻撃をしてきた。激しい攻撃にマリスは相手の後衛に近づけないようだった。

「だめか……」

「いえ、上手い作戦だと思いますよ。レン様やディーテ様への攻撃が止みました。となれば、レリックの手が空きます」

「え？」

レンとディーテへの攻撃が止めば、レリックはフリーだ。

「レリック！　回復役を狙え！」

アッシュの声にレリックが反応する。そして一瞬で神父役の目の前に移動した。最初のお返しとばかりに《縮地》を使ったのだろう。

「承りました」

レリックが攻撃モーションに移り、神父を攻撃しようとした。

だが、それは防がれる。

いつの間にか巨大な盾を持ったプレイヤーが神父の前にいたのだ。そして盾を突き当てる盾のウェポンスキル《シールドバッシュ》を使ってレリックを後退させた。

「相手もやりますね。砦に残っていた人はクランストーンの防衛だけかと思っていましたが、《縮地》で移動してから盾に持ち替えて、レリックの攻撃を受け止めましたよ——まずいですね」

エシャがまずいと言った瞬間、相手の蛮族がディーテの前にいた。戦っていたアッシュを無視して、ディーテの前に《縮地》による瞬間移動をしたのだ。

すでに蛮族は斧を装備しており、攻撃モーションに入っていた。

躱さなければ、ディーテは大ダメージを受けるだろう。一撃で倒される可能性もある。だが、ディーテは躱すような行動は全くしなかった。

ただ、一つディーテに違いがあった。普段ディーテが装備している本、これがいつの間にか手元になかったのだ。つまり現在は素手だ。

そして次の瞬間、振り下ろされた蛮族の斧を両手で挟み込むように押さえる。

その行為にこの場にいる全員が驚いた。

「ふむ、惜しかったね。君は私ではなくルナリア君を狙うべきだったと思うぞ？　では、出直したまえ」

ディーテはクルリと横に回転しながら裏拳を放つ。どう見ても《バックハンドブロー》だ。ダメージはほとんどなさそうだが、その効果により、蛮族の男性は後方に吹き飛ばされた。

「……え？　どういうこと？」

「攻撃を無効化したのは格闘スキルの《白刃取り》ですね。ちょっと驚きました。ディーテ様はあんなスキルも持っていましたか」

ハヤトはエシャの言葉を理解できなかった。それはディーテのスキル構成を見ていたからだ。

ディーテのスキル構成は魔法使いタイプだ。絶対に格闘スキルは持っていなかった。なぜ《白刃取り》や《バックハンドブロー》を使えるのか。

その疑問に答えられるのはディーテだけだろうが、聞いている暇はない。

ハヤトは不思議に思いつつも、何も言わずに状況を見守ることにした。

押し戻された蛮族の男性は改めてアッシュと戦うことになる。相手は動揺していたようだが、すぐに持ち直した。

「あれで形勢を逆転したかったのですがダメでしたね……ご主人様、あの場所に《デストロイ》を撃ち込むということも可能ですよ？　あれだけ密集しているなら、お互いの前衛を全て倒せるかもしれません。どうしますか？」

「却下。そういう戦い方はしないよ」

「たとえ負けたとしてもですか？」

「仲間を犠牲にしておいて勝ったって言えるの？　もちろん、戦いには勝ったのだろうけど、気持ち的には負けだよ」

ハヤトの回答にエシャは笑った。

「相変わらずの甘ちゃんですね。勝つためには手段を選んでいる場合じゃないんですけど」

「そういう手段を選ばなくても勝てるさ。皆は強いから負けるわけがない。エシャ、メロンジュースをいくらでも飲んでいいから、皆の援護をお願いするよ。そのうち、アッシュ達が形勢を逆転するから」

「人使いの荒いご主人様ですね。祝勝会の食べ物は期待していますよ」

エシャはジュースを飲んでからベルゼーブを構えスコープを覗く。そして連射するように撃ち始めた。

「マリス！　クランストーンを狙え！」

「行きます！」

アッシュからの音声チャットが届く。

（そっか、あの盾を持っている人が飛び出してきたからクランストーンが無防備だ。マリスなら先にクランストーンへ行けるか）

《縮地》でも空中にいる相手の正面に移動することはできない。正面に出たとしても、すぐに地上へ落ちるため、落下ダメージが発生する。それは高いほどダメージも高く、マリス達がいる場所から落ちたら大ダメージだ。

マリスがランスロットを巧みに操り、中衛の攻撃を躱しながら相手の拠点へ向かった。盾を持った騎士風のプレイヤーが砦に戻ろうとするが、マリス達には追い付けない。

（もしかしてこれで勝ちか？）

ハヤトがそう思った直後、騎士の装備が変わった。

いわゆる黒装束だ。全身が黒色の布装備を身に付けている。その装備でプレイヤーの移動速度が急激に上がった。

（嘘だろ。グリフォンよりも速いのか？）

通常の三倍ほどの移動スピードになった相手はマリス達よりも早く砦に着きそうだった。

「マリス様、その男を足止めしてください。私もすぐに行きますので。アッシュ様、レン様達をよろしくお願いします」

「分かった！」

「わ、分かりました！」

めずらしいレリックからの要望。アッシュとマリスはそれに応えた。

マリスは方向転換し、黒装束の男の方へ突撃した。素早い動きでそれを躱す男。あの移動速度でも動けるというのは相当訓練をしたのだろう。

マリスの攻撃を躱しているが、防御一辺倒というわけではない。男はナイフのような武器でマリスに反撃してきた。

マリスは盾で受け、その後、空へ逃げた。

だが、男はクロスボウを構えており、それで追撃する。風属性の衝撃波を放つクロスボウのウェポンスキル《ソニックブラスト》だ。

マリスはその攻撃を盾で受けるも、《ソニックブラスト》の効果で強制的に騎乗を解除させられた。

空中にいたマリスはそのまま地面に叩きつけられる。

「ふぎゃ！」

「マリス！」

それを見ていたハヤトはかなり大きな声を出してしまった。かなり上空から落とされた。つまり落下ダメージで相当ＨＰが減ったはずだ。しかもそこに黒装束の男がかなりの速度で近寄っていく。

「そこまでです」

男の前にレリックが現れる。そして《ローキック》を放った。動けなくなった男の胸元にレリックは右手の手刀を放つ。

「念のために盾を盗みました。これでこの男の盾による防御はもうないはずです。代わりの盾がなければ、ですが」

相手は装備を切り替えて多種多様な攻撃や防御をしてくる。その一つをつぶすためにレリックは盾を窃盗スキルで盗んだのだ。

「マリス様、ここは私が抑えます。ランスロットに乗ってクランストーンを」

「は、はい！　分かりました！」

マリスはポーションを飲みながら、ふらふらとランスロットの方へ向かった。

「マリス！　逃げろ！」

「へ？」

アッシュの慌てた声が聞こえた。

マリスの目の前には蛮族の男がいた。そして斧を振りかぶっている。

「クランストーンを狙って！」

もう助からないと思ったのか、マリスはランスロットに指示を出した。その後、攻撃を受ける。

マリスはＨＰが０になり、光の粒子になって消えてしまう――はずなのだが、なぜか光の粒子ではなく、黒い粒子になってマリスは消えてしまった。

そしてフィールドではもう一つ、普段とは違うことが起きていた。ルナリアの剣に上空から黒い粒子が落ちてきたのだ。すべての粒子が剣に落ちると、剣の柄にある宝石が輝きを増す。

「許さない……！」

ルナリアがそう言いながら《アロンダイト》を上段に構え、振り下ろした。

ルナリアと戦っていたプレイヤーはその攻撃を剣で受け止める。だが、まるで何もなかったかのようにプレイヤーの剣を破壊して、相手ごと斬ってしまった。相手は光の粒子となって消えた。

情報が多すぎてハヤトは混乱する。何が起きているのかさっぱり分からない。

ハヤトはすがるような目でエシャを見た。

「ルナリア様の持つ剣《アロンダイト》は味方が倒れるほど威力を増すんです。マリス様が倒れたので、剣の封印が解かれたってことですかね」

「……そんなアイテム説明は書かれていなかったんだけどね。ちなみにマリスは大丈夫なの？」

「もちろん大丈夫です。魂を食われたとかではありません。黒い粒子は演出ですよ、演出――さて、今自陣にいる敵はミスト様と戦っている前衛の人だけ。今のうちにやってしまいましょうか――ちょうどいい時間ですしね」

ハヤトは今まで気づかなかったが、すでに結構な時間が経っていた。そしてフィールドが闇に包まれ、空には月と星が輝いている。

「ミスト様、目の前の敵を留めておいてください」

「あまり経験したくはありませんが、仕方ありませんね。ハヤトさん、棺桶を用意しておいてください。最悪、ルナリア様の剣の力になるので用意してなくてもいいですけど」

ハヤトはその言葉で理解する。慌てて倉庫から棺桶を取り出して屋上に置いた。

そしてミストは相手の首元に噛みつく。相手に噛みついてＨＰを回復させるという吸血鬼の固有スキルである《ブラッディバイト》だ。

このスキルの良いところは、攻撃中、相手がその場から動けないことだろう。吸血鬼を振りほどくまで移動できないのだ。

ミストと相手に向けてエシャはベルゼーブを構える。そして、アッシュ達はミスト達から距離を取った。

エシャがスコープを覗きながらハヤトに問いかける。

「ミスト様を犠牲にしますけど構いませんか？」

「復活するから犠牲じゃないよ」

「そういう割り切り方は嫌いじゃないですね――《デストロイ》」

ベルゼーブから大小十個の魔法陣がミスト達に向かって並ぶ。そして大砲のような音が聞こえ、光の弾が発射されると、すべての魔法陣を貫き、レーザーのような形になってミストとその相手を撃ち抜いた。

相手とミストが光の粒子となって消え、用意した棺桶に灰が出現する。

ハヤトはすぐさまトマトジュースをかけると、灰が人の形になっていき、そこにミストが現れた。

「さて、前衛二人を倒しました。ここから反撃ってことですかね？」

ミストの言葉にハヤトが頷く。

相手クランで残っているのは、蛮族、遠距離攻撃系が三人、支援系が二人、回復役が一人、そして黒装束が一人だ。

黒装束は敵陣でレリックが相手をしている。そして近くにはマリスを倒した蛮族がいる。危険な位置と言っていいだろう。

だが、蛮族と黒装束は二人でレリックを倒そうとはしなかった。蛮族の男はすぐに拠点の方へ戻ったのだ。

マリスがランスロットにクランストーンの破壊を命じたからだろう。放っておけばクランストーンを破壊されてクラン戦争に負ける。マリスがそれを狙ったかどうかは不明だが、少なくともレリックが一対二の戦いになることはなかった。

前衛を二人倒したことで、相手の中衛と後衛が手薄だ。ミストが拠点まで戻ってしまったが、アッシュ、ルナリアの二人がフリーとなっている。

アッシュ達はすぐに中衛の三人に襲い掛かった。

「では私も行ってきましょうか。今がチャンスのようですからね」

「よろしくお願いします」

ミストはハヤトにニヤリと笑うと、大きなコウモリに変身して砦から飛び立った。

到着まで時間が掛かるだろうが、アッシュ、ルナリアと合流すればかなりの戦力になるだろう。

中衛の三人は後退をしながらアッシュ達に弓や魔法で攻撃している。攻撃というよりも足止めのウェポンスキルだ。矢で相手の影を撃ち抜き一時的に動けなくする《シャドウバインド》や、バラのつるが相手に絡みつく《ローズソーン》などを使いながら距離を取っている。

だが、その足止めはあまり効果がない。ディーテが神聖魔法ですぐに解除してしまうからだ。

意味がないと悟(さと)ったのか、あるいはミストが合流してくるのを見て危険だと感じたのか、中衛三人のうち二人は攻撃を放棄して砦の方へ走った。いつの間にか装備がすべて変わっており、移動速度が上がっている。

そして残った一人は禍々(まがまが)しい黒い鎧に装備が変わり、地面に黒い円状のものが広がった。それに触れたアッシュとルナリアは急に動きが鈍くなる。

「え？　あれ何？」

「よくは分かりませんが、移動速度を下げる何かが展開されているようですね。一人を犠牲にして二人を逃がしましたか」

エシャの回答にハヤトが、なるほど、と感心する。その直後、レンがかなり興奮している声を出した。

「の、呪いの鎧装備ですよ！　自分は動けなくなりますけど、周囲に移動速度を下げるフィールドを展開するんです！　ものすごくレア装備！　欲しい！」

「呪いのレア装備なんてあるのか」

「ハヤトさん、奪いましょう！　《ドラゴンカース》を当てれば装備が外れるかもしれません！　レリックさんに盗んでもらいましょう！」

「……いや、レリックさんにはそんな余裕がなさそうだから諦めて」

呪いの装備は鍛冶スキルで作れない。確かにレア装備として奪うというのも作戦としてはありだが、そこまでの余裕はないだろう。

そもそも中衛二人と後衛三人が後退して、レリックと黒装束が戦っている場所に近づいているのだ。

「いえ、それは良い案かもしれません。私ではこの黒装束相手に勝つのは厳しいようです。呪いの装備をしている方へ《縮地》を使って退避します。ついでに奪いましょう」

（そっか、《縮地》は逃げるときにも使えるんだな。万能すぎて怖いね）

「ええと、そういうことならお願いします」

「やった！　貰いますよ！　うひひひ……！」

レンはそう言って移動速度の落ちる黒いフィールドに足を踏み入れた。《ドラゴンカース》の有効範囲外であったため、届く範囲まで移動しようとしたのだ。

「待ちたまえ」

ディーテは中に入ったレンの首元を鷲掴みにしてフィールドの外へ放りだした。そしてすぐにアッシュとルナリアに回復魔法をかける。

「え、えっと？」

「余計な欲は出すものじゃない」

直後にレリックが呪いの鎧を着た相手の前に瞬間移動してくる。レリックは装備を盗む準備が整っていないことに不思議そうな顔をするが、何かに気づいたのか、後退しようとした。

ディーテはレリックにダメージを10％カットする魔法《プロテクション》と回復魔法を放った。

「ギリギリ耐えられるはずだ」

ディーテがそう言った直後、相手を中心に爆発があった。移動速度を低下させるフィールドと同じだけの範囲でダメージを与えたのだ。

（自爆か⁉）

ハヤトも使ったことがある自爆してダメージを与えるアイテム。相手の防御力に影響されるが、自分のＨＰとほぼ同じダメージを与えることができるほどの威力だ。

レリック、アッシュ、ルナリアの三人が巻き込まれたが、三人ともＨＰや装備、ディーテの魔法により倒されることはなかった。ただ、防御力が低いレリックだけは瀕死だ。ギリギリ耐えた、といったところだろう。

もし、レンが巻き込まれていたら助からなかった。レンはディーテのおかげで助かった。それに気づいたレンはしりもちをついて驚いている。

「あわわわ……」

「レン君、気を抜くな。ランスロットも倒れたようだから、あの蛮族が来ると思ったほうがいい。アッシュ君達はポーションを飲んでおきたまえ。私の回復では間に合わん」

ディーテはアッシュ達に回復魔法をかけながらそう伝える。

そしてハヤトは敵のクランストーン付近に目を向ける。ディーテが言った通り、ランスロットがちょうど黒い粒子となっていることを確認した。相手のクランストーンにもＨＰ設定があるが、それが半分ほど減っているようだった。

その直後、ディーテの予測通りにレンの前に蛮族の男が現れた。そして斧を振りかぶる。

「ひゃ！」

「一瞬しか止められんぞ」

ディーテが素手の状態になり、ウェポンスキルの《ローキック》を放った。その攻撃で蛮族の動きを止める。

「レン様、ディーテ様、自陣まで後退してください。援護します。ミスト様はレン様の護衛を」

エシャが砦の屋上でベルゼーブのスコープを覗きながらそう言った。

「分かった。一旦引こう。行くぞ、レン君」

「私が時間を稼ぎますのでその間に」

そして前線に到着したミストがコウモリの姿のまま蛮族に襲い掛かる。

目まぐるしく動く状況にハヤトは少し混乱していた。

相手の戦術もそうだが装備の切り替えや攻撃の仕方、そのすべてが洗練されているのだ。それはリーダーの蛮族だけではなく、全員が似たような形で対応している。

(まさか自爆まで使ってくるとはね。あれって、《縮地》、呪い装備、自爆のコンボでほぼ後衛を倒せるんじゃないか？　そもそも呪いのレアアイテムや自爆アイテムを簡単には用意できないんだけど、それができるならえげつないぞ)

呪いの装備に関しては不明だが、自爆アイテムのことならよく知っている。あれはそう簡単に用意できる物ではない。かなりのレアアイテムを使わないと作れないのだ。

(自爆アイテムを全員が持っているとは思わないけど、持っていると仮定したほうがいいのか？　でも、持っていたとしても対処ができないよな)

「ハヤト！　ポーションが切れた！　立て直すために砦に戻るぞ！」

「分かった。自陣まで戻ればエシャが援護してくれる。急いで戻ってくれ」

敵の中衛二人と後衛三人が退却している。相手を三人も倒しているので一気に畳みかけたいところだが、思いのほか抵抗が激しい。一旦引くのは間違いではないだろうとハヤトは考えた。

(仕切り直しだな)

ハヤトはそう考えながら、全員の退却を待った。

全員が後退していたが、ミストだけは蛮族の相手をしていた。それは時間稼ぎだ。だが、それもすぐに終わる。ミストは蛮族に倒されたのだ。

相手の蛮族はミストを倒した後に追撃してくることなく砦の方へ戻っていった。

相手もギリギリで立て直すために戻ることにしたのだろう。倒されたミストを復活させながらそんなことを考える。

一応、エシャが砦で銃を構えている。追撃してきたらすぐに迎撃するためだ。その体勢のまま、エシャは口を開いた。

「久々に手ごたえのある相手ですね。さすがはランキング一位といったところですか」

「この状態でも上から目線なんだ？　手ごたえがあるっていうか強敵だと思うんだけど」

「これくらいなら前のクラン戦争でもやってましたよ」

「前のクラン戦争って本当に俺の知ってるクラン戦争なの？」

ハヤトの視点で言えば、今回の戦いは次元が違う。というよりもゲームが違うと言ってもいいレベルだ。ロールプレイングゲームだと思ったら格闘ゲームだった。それくらいの違いだ。

一瞬の判断が色々と早い。とくにディーテはその判断の早さで何人もの味方を守ってくれたと言っていいだろう。

レリックにダメージカットやHP回復の魔法を使わなければ、あの自爆攻撃で倒れていた可能性がある。また、レンを範囲外に放り出したのも良い判断だったと言えるだろう。

マリスは倒されてしまったが、レリックを一対二の状況にさせないためにランスロットをクランストーンへ向かわせたのも英断だったと言える。

そう思っていたら、相手クランのリーダーからチャット申請がきた。

ハヤトは相手と話をしてみたいという純粋な興味でその申請を許可する。

「《ダイダロス》のクランリーダーで間違いないかな？」

「ええ、間違いないですよ。そちらは《バンディット》のリーダーさん？」

「そうだね。いやぁ、久しぶりだね。確か、クラン申請の施設で会ったよね？」

「あのときはどうも。まさかあのときの人がランキング一位のクランリーダーだとは思いませんでしたよ」

「それはお互い様かな。噂の金色ドラゴンが君のクランにいるとは思っていなかったよ。しかもNPCだったとはね。盲点だったよ」

「でも、対策は知っていたようですね？　こっちもドラゴンブレスをノックバックで止めてくるとは思いませんでした」

「賭けだったけどね。まあ、初心者狩りのクラン相手から色々聞き出せたおかげかな。ペナルティのお金を肩代わりしてあげたしね。かなりの出費だったけどそのおかげで初見殺しされずに済んだよ」

（1億G以上払ったってことか？　すごいな。というか、あの初心者狩りのクランでも対策方法は知らないと思うんだが――いや、賭けだと言ったから、状況を聞いただけか。モーションが長いからノックバックでなんとかなると思ったのが賭けってことかな)

「さて、ここから後半戦になるわけだけど、君は出てこないのかな？　メイドさんのNPCと一緒にいるみたいだけど」

(俺が生産職であることは知らないのか――いや、そんなわけがないな)

アッシュのことを1億G以上のゲーム内通貨を払って情報を得ているのだ。ハヤト自身のことを調べていないとは思えない。

つまり、相手はハヤトのことを調べた上で知らない振りをしている、という可能性が高い。なぜそんなことをするのかは分からないが、何かしらの情報をこぼすことを期待しているのだろう。

「俺は生産職で全く戦えないから頭数に入れなくていいよ――大体、調査済みですよね？」

蛮族の男から反応はない。だが、すぐに笑いをかみ殺すような声が聞こえてきた。

「いやぁ、手ごわいね。嘘をついたら、嘘だと指摘して恥ずかしい思いをさせようかと思ったんだけど」

「いい性格してますね」

「ごめんごめん。まあ、勝つためには色々やっておこうって話だから水に流してよ。それじゃ精神的な揺さぶりが効かないようだからチャットは止めておくよ。正々堂々とは言わないけど、お互いに頑張ろう」

「ええ。お互い頑張りましょう。でも、俺達が勝ちますけどね」

「言うねぇ！　でも、それはこっちも同じだよ。それじゃ」

相手はそう言うと、チャットの接続を切った。

（計算高いのかいい人なのかよく分からないな。どっちにしても負けるわけにはいかない――まあ、俺は何もしてないんだけど）

そうこうしているうちに、アッシュ達が戻っていた。それぞれがアイテムの補充などを済ませていて全員が屋上にいる。

そして泣きそうな顔をしているのがレンだ。

「あ、あの、す、すみません！　私が余計な欲を出したばっかりに皆を危ない状況に！」

「呪いの装備を奪いましょうと言ったのは私です。レン様は悪くありません。ハヤト様、お叱りなら私が」

「いや、なんで俺が怒る前提で話してるの？　鎧の装備を奪えなくても解除はさせようと思っていたんだ。それに許可を出したのは俺なんだから、あの行為に責任があるなら俺。二人を叱るなんてことはしないよ。むしろ――」

ハヤトはディーテの方を見る。特に何の表情も浮かべていないディーテは、ハヤトに見られて不思議そうな顔をした。

「私は頑張ったと思うのだがね？」

「お礼を言おうと思って見たんだって。ディーテちゃんの対応でマリスとランスロット以外が倒されることなく撤退できたよ。ありがとう」

ハヤトの言葉にディーテは目を丸くする。驚いたというよりも思考が止まった感じの表情だ。だが、すぐに笑みを浮かべる。

「そうかね。まあ、お礼を言われるほどでもないよ。そんなことよりも次の戦いを考えよう。同じように戦うのかね？」

照れ隠しなのか、本当にお礼を言われるほどでもないと思ったのかは不明だが、ディーテは話を変えた。

確かに時間はそれほどないので、話を先に進めることにする。

「後半戦はどう戦うべきかな？　クランストーンは半分ほど破壊してあるけど、時間切れの場合は考慮されないはず。総ダメージ数では負けている。総ダメージ数では勝ってる？」

「いや、総ダメージ数では負けていると思う。相手の自爆が結構効いた。誰も倒れなかったのは幸いだが、あれで逆転されたはずだ」

アッシュの回答なら正しいのだろう。だが、それは問題だ。こちらから攻めなければならない。エシャの攻撃範囲である自陣で戦う方が明らかに有利なのだが、そうもいかないらしい。

「後半戦は私もフィールドに出て戦いましょう」

ハヤトの心の中を読んだのか、エシャがそんなことを言いだした。

「相手の《縮地》は危険ですが、前衛二人と中衛一人を倒していますからね。私にも護衛がいればなんとかなるでしょう」

「護衛といっても誰がする？　あの蛮族はさっきミストも倒したぞ？」

「お恥ずかしい話ですが、アッシュさんの言う通りですね。夜でも私ではあの蛮族に一対一で勝てません。とはいえ、先ほどはドラゴンブラッドを使いませんでしたがね」

「使えば勝てるか？」

「相手が戦ってくれるなら。おそらく使ったら逃げるでしょうね。残念ながら相手は移動速度を上げる装備を持っているようで、追いつけないでしょう」

「ドラゴンブラッドは数が少なかったな。エシャを守るためだけに使うのはもったいないか」

その後も色々と意見が出るがこれといった対処方法はなかった。ただ、エシャを拠点に残すのはもったいないということで、レリックが護衛をすることで決まった。

そして大体の方針も決まる。

まずは《縮地》を使う蛮族と黒装束は無視して中衛、後衛を狙う作戦となった。味方の能力を向上させるバフ効果をできるだけなくそうという方針だ。その後、クランストーンを狙う。

「蛮族と黒装束以外を倒したらクランストーンを狙おう。あれを狙われて逃げるわけにはいかないからな」

《縮地》が使え、移動速度が速い蛮族を倒すには絶対に戦わなくてはいけないという状況を作らなくてはならない。一番簡単なのはクランストーンを狙うことだ。

「よし、それじゃ行くぞ。ハヤトはここに残ってミストの復活を頑張ってくれ。砦内にいれば《縮地》の対象にはならないから」

「俺だけ情けない感じだけど分かったよ。みんな気を付けて」

アッシュ達はハヤトを残して砦を出ていった。

ハヤトは砦の上からアッシュ達を確認する。

アッシュを中央に左側にルナリア、右側にミストがいる。その少し後方にレリックがいて、さらにその後方にディーテ、エシャ、レンがいた。

相手側に動きはない。前衛二人と中衛を一人倒しているので、相手は七人。こちらはマリスとランスロットが倒されているので八人いるが、ハヤトは戦えないので人数的には互角だ。

アッシュ達が敵陣に入る。だが、相手はまだ誰も出てこない。そしてエシャ達も敵陣に入った。

ハヤトの耳に音声チャットの声が聞こえてくる。

「では私はここに陣取らせてもらいます。ここでならフィールド上のすべてが私の攻撃範囲なので」

「なら私もここでエシャの護衛を致しましょう。ディーテ様やレン様に何かあれば《縮地》で護衛しますので」

エシャとレリックが敵陣に入ったすぐのところに陣取った。フィールド上の中心に位置する場所から全方位に攻撃が可能となっている。

ふと、アッシュが歩みを止めて、エシャの方を見る。

「エシャ、《デストロイ》が撃てるまでどれくらいかかる？」

「あと十五分は無理ですね」

「もし撃てるようになったら、蛮族か黒装束をやってくれ。あの二人はＨＰをチマチマ削って倒すのは無理だからな」

「分かりました。足止めしてくれれば撃ちますよ」

アッシュはエシャの言葉に頷いてから、相手の砦の方へ歩みを進めた。

直後に砦から蛮族と黒装束が出てくる。そしてすぐに《縮地》を使い、エシャとレリックの前に現れた。エシャの前には蛮族、レリックの前には黒装束だ。

エシャはすぐに左側へ飛びのいて、地面を転がるように移動する。そして体勢を立て直すと同時に片膝をついたままベルゼーブで蛮族を撃った。しかも連射だ。

蛮族はラブリュスと呼ばれる巨大な斧を盾のように持ち、その攻撃を防いでいる。

エシャは構わずに何度も攻撃を繰り返した。

ベルゼーブは魔法銃なので弾の装填(そうてん)などは必要ないが、撃つのに魔力を消費する。エシャは攻撃をしながら左手でメロンジュースの入った瓶を持ち、口でコルクを外してからペッと捨てるとすぐに飲み始めた。

レリックは黒装束の男と戦っているのでエシャの護衛は難しそうだが、エシャはエシャでなんとかできそうな感じではあった。

「作戦変更だ！　ルナリアはエシャ達の護衛を！　俺とミストはクランストーンを狙う！　他は黒装束を狙え！」

アッシュがそう叫ぶと、ミストとともに相手の砦の方へ走った。途中、ミストだけは巨大なコウモリとなって空を飛ぶ。直接砦の屋上へ向かったのだ。

エシャの連射が止まった。魔力を回復させながら撃ってはいたが、消費の方が激しくＭＰが底をついた。それを見破ったのか蛮族の男がエシャへ高速で移動した。そして斧を振りかぶる。

「させない」

エシャの目の前にルナリアが現れた。そして《アロンダイト》を横にして蛮族の斧を受ける。金属がぶつかる激しい音がしたが、ダメージはない。

「エシャちゃん、逃げて」

エシャは頷くと、メロンジュースを飲みながら蛮族と距離を取った。

直後、ルナリアは黒い刀身の《アロンダイト》を高速で振るう。攻撃は一度だけではない。高速の連続攻撃が蛮族を襲った。

またも蛮族は防御するだけとなる。

だが、蛮族はすぐ距離を取った。そしてかなりの移動速度でハヤトのいる砦へ向かう。ルナリアとの戦いを放棄してクランストーンを狙ったのだ。

レリックはそれを追うつもりで《縮地》を使おうとするが、黒装束が《ローキック》を放ってそれを阻止する。

エシャも蛮族の男を攻撃するが、その移動速度に照準を定めることができず、攻撃が当たらない。

見る見るうちに蛮族は砦に近づいてきた。

（まずい。砦には俺一人しかいないぞ）

あと数秒もすれば蛮族の男がこの砦に到着する。間違いなくクランストーン狙い。それを破壊すればどんな状況であっても勝ちになる。ハヤトが破壊の邪魔をしても一撃で倒されるだろう。時間が稼げても数秒だ。

「エシャさんは私を狙ってください！　ハヤトさんはトマトジュースの準備を！」

ミストからの音声チャットで理解する。ハヤトはトマトジュースを用意して棺桶のそばに寄った。

エシャは今日何本目かのメロンジュースの瓶を投げ捨てて、相手の砦から戻ってきたミストに狙いを定めた。そして《クリティカルショット》を三発、立て続けにミストに撃ち込む。

その攻撃でミストは光の粒子となって消え去り、砦にある棺桶に灰が出現した。

ハヤトは素早く灰にトマトジュースをかける。

蛮族の男が屋上へ来たと同時に、ミストが復活した。

「吸血鬼にそんな手があるなんて知らなかったね。もしかして棺桶を壊せば復活はできないってことかい？」

「そんなことはさせませんよ。これほどの寝具は滅多にお目にかかれませんからね」

ミストはドラゴンブラッドを飲む。特殊な魔法の媒体として使われるのが主な利用法だが、吸血鬼が飲むことでステータスを大幅に向上させることができる。さらに今は夜。ミストは最強状態だ。

ミストはすらりとレイピアを抜くと、剣先を蛮族の男に向けた。普段は素手やコウモリ状態での体当たりが多いが、今は優雅そうな振る舞いでレイピアを持っている。

そして次の瞬間、ほぼ同時に三回ほど金属音が響いた。レイピアのウェポンスキル《トリプルストライク》だ。高速の三段突きだが、そのすべてを相手は受けきった。

「やりますすね」

「そっちこそ」

そしてミストと蛮族の戦いが始まった。

(俺は邪魔しないようにするしかないな)

ハヤトはそう考えて二人から離れた。念のためクランストーンの近くにはいるが、おそらくなんの役にも立たないだろう。

そしてフィールドでは色々と状況が動いていた。

アッシュは敵の砦の中に入った。

ハヤトはその状況を見ることはできないが、何かしらの戦いが始まっているのは分かる。

そしてフィールド上では黒装束とレリックが戦っていた。

一対一ならレリックは勝てないが、今は近くにレンやディーテがいる。そしてエシャの援護射撃もあった。支援を受けたレリックならば、負ける要素は微塵もないだろう。

それに今はレンの呪詛魔法が黒装束を蝕(むしば)んでいる。かなりの早さでＨＰを削っているのだ。黒装束の男はエリクサーを飲んだが回復が間に合っていない。

《縮地》で逃げるとしても、全員が近くにいては逃げ場がない。黒装束の男はそのまま光の粒子になって消えてしまった。

「防衛に戻らなくていいのですか？　黒装束の方は倒されましたよ？」

「まさかアイツまで倒すとはね。さて、どうしたものかなぁ」

お互いかなり速く動いているのでそんな余裕はなさそうなのだが、ミストと蛮族は戦いながら話をしている。

そしてエシャ達は砦の方へ向かい始めた。フィールド上に敵がいなくなったので砦の中に入り、アッシュと共にクランストーンを狙うのだろうとハヤトは考える。

砦に残っているのは中衛が二人に後衛が三人だ。砦の上から弓による攻撃をしているが、さほど脅威ではない。問題なく砦へ入れるだろう。

その考えは間違っておらず、エシャ以外の全員が相手の砦に入った。

エシャはなぜか外でメロンジュースを飲んでいる。そして飲み終わると、相手側の砦入口付近で右――北側の砦ではなく、何もない東を向き片膝をついてベルゼーブを構えた。

（何をしてるんだ？）

「さて、一旦引かせてもらうよ。今のままじゃ勝てそうにないからね。でも、念のために一人くらい倒しておこうか」

その言葉にハヤトは身構える。ミストも同じように思ったのか、ハヤトを庇うように移動した。

だが、それは違ったようで、蛮族はすぐにフィールドへ顔を向けるとエシャの方へ視線を動かした。

（《縮地》で逃げるつもりか！　いや、エシャはこのために……！）

今、フィールド上にはエシャしかいない。だが、あれから十五分は経っている。それに大量のメロンジュースを飲んでいたから間違いないとハヤトは確信した。

「エシャ！　行ったぞ！」

ハヤトは音声チャットでエシャに伝える。

「《デストロイ》」

エシャは誰もいない方向に向かって《デストロイ》を放つ。銃口から大小十個の魔法陣が並んだ。その先には何もないが、それは問題ない。

直後にエシャの目の前には蛮族の男が現れる。ちょうど銃口の先だ。

それに気づいた蛮族の男は顔を歪ませた。

ベルゼーブから大砲のような音と共に放たれた光の弾が蛮族ごと大小十個の魔法陣を破壊しながら吹き飛ばした。同時にエシャもその威力で地面をすべるように後退する。

「ご主人様なら気付いてくれると思いましたよ」

「まあ、たまたまね」

《縮地》はターゲットの目の前に移動する技だ。そしてターゲットはフィールド上にいる相手になる。現在、フィールド上にはエシャしかおらず、蛮族の男がエシャの前に移動してくることは予想できた。だからエシャは《デストロイ》の準備をして待っていたのだ。

「ミスト様もお疲れ様です。あの蛮族をちゃんと追い返せると信じておりました」

「過分なお言葉ですね。まあ、これはハヤトさんの用意したドラゴンブラッドのおかげで――」

ミストがそこまで言ったところで、相手の砦内で大きな爆発音があった。

「ハヤト！　すまん！　拠点内で自爆された！　レリックとレン、それにディーテもやられた！

残ったのは俺とルナリアだけだ！」

「大丈夫なのか⁉」

「生きてはいるが、相手はまだ二人いる！　クランストーンの破壊はもう少しかかるから気を付けてくれ！」

「ああ、それなら大丈夫、相手のリーダーは――」

エシャが倒した、そう言おうとした瞬間、蛮族の男がエシャの目の前で斧を振りかぶっていた。

「え、どうして……？」

《デストロイ》は人型のキャラクター相手なら確殺だ。だが、ハヤトの目には斧を振りかぶった蛮族の男が映っている。

エシャは後方に逃げるように地面を蹴る。そして後転をしてから片膝をついて銃を構えた。だが、引き金を引いても弾は出ない。

（《デストロイ》を使った直後だからMPがないんだ……！）

ハヤトの推測は正しい。エシャのMPはほぼ0だ。スイーツ系の料理を食べているため徐々にMPは回復しているが、まだ攻撃ができる状態ではなかった。

それを知っているのか、蛮族の男は一気にエシャへ近づいた。そしてまた斧を振りかぶる。

ハヤトはまずいと思ったが、斧が振り下ろされることはなかった。振り下ろされる前に相手の砦からルナリアが出てきたのだ。

それだけなら蛮族の男も攻撃を止めることはなかっただろうが、止めたのには理由がある。

ルナリアが持つ《アロンダイト》の刀身が異様に大きいのだ。よく見ると刀身が大きくなっているのではなく、刀身に黒いオーラがまとわりついて巨大に見せていた。また、《アロンダイト》の

柄にある宝石がこれまで以上に輝いている。

蛮族の男はエシャに攻撃はせず、素早く距離を取った。なんらかの異常を感じ取っての行動だろう。だが、それは意味のない行動だった。

ルナリアが《縮地》のように蛮族の目の前に移動した。

そしてルナリアは《アロンダイト》で蛮族の男を一閃。蛮族の男は攻撃を受ける間もなく倒れた。

ハヤトは蛮族が光の粒子になると思ったが、倒れた蛮族の男に上空から光が差した。そして羽が落ちてくる。

(《不死鳥の羽》？　エシャの《デストロイ》を受けて無事だったのはそれか……)

勇者イヴァンが持っていた《不死鳥の羽》。その場で自動的に復活ができるアイテムだ。

クラン戦争で神聖魔法の蘇生は使えない。そもそもやられた時点で光の粒子となって消えてしまうため、蘇生の対象に選べないのだ。

状況を見る限り、《不死鳥の羽》は問題ないようで、クラン戦争でも復活ができるアイテムのようだった。

(吸血鬼のミストさんが復活できるんだから、他にも手段があったんだろうな。くそ、気づかなかった。でも――)

どれほどアイテムを持っているのかは分からないが、復活できたとしても今のルナリアに勝てるのだろうかとハヤトは思った。

普段からは想像できないほど、ルナリアが魔王らしい。

「ルナリア様の《アロンダイト》、封印が完全に解かれているみたいですね」

「ミストさんはあの状態の《アロンダイト》を知っているんですか？」

「ええ、まあ。見たのは初めてですが、あれは《アロンダイト》の真の姿と言えばいいですかね。相手の自爆により、マリスさんとランスロットさんを含めて五人も倒されました。そのすべてが《アロンダイト》に力を与えているんですよ。威力は倍近いでしょうね」

「味方で良かったと思いましたよ」

「そうですね。もし敵対したら、まずはルナリア様を倒すのがいいですよ」

「そこは敵対しない方向で考えたいですね」

（あれこそ魔王だな。あの蛮族さん、何度復活しても倒されてるぞ）

《不死鳥の羽》は自動で使用されるため、プレイヤーは強制的に復活する。普通ならそれでもいいだろうが、今は絶対に勝てない相手を目の前にしているので、無駄にアイテムを消費していると言ってもいい。

「皆の仇……！」

ハヤトは相手に同情する。そしてアッシュに早くクランストーンを破壊してあげてくれと心の中で思った。

祈りが通じたのか、相手の砦でクランストーンが破壊された。そして紙吹雪が舞い、花火が上がる。

「よし！」

ハヤトはそれを見て右手をしっかり握り込みガッツポーズをする。

勝ったこと自体も嬉しいが、これなら次のクラン戦争に負けても五位以内に残れる可能性が高い。五位以内ならアニバーサリーの賞金が手に入る。夢を叶えることができる。

(皆には感謝してもしきれない。ちゃんとお礼をしないとな)

ハヤトはそう考えながら、夜空に浮かぶ花火を眺めていた。

## 九　神の使い

ランキング一位との戦いに勝利した翌日、ハヤトは拠点で何度もポイントの計算をしていた。

一位のクランに勝ったことで大量のポイントが手に入り、現在はランキング一位だ。とはいえ、クラン戦争はあと一回残っている。ハヤトとしては一位である必要はない。賞金の貰える五位以内であればいい。

ハヤトは現在のポイントと、二位以下のポイント、そして次のクラン戦争でどれくらいの変動がありそうかを予測しながらポイントを計算している。

計算した結果、絶対ではないが、ある程度は状況が判明した。次のクラン戦争に負けたとしても五位よりも下に行くことはないということだ。つまり、今の時点で賞金を得られる可能性が高い。得られない可能性があるとすれば、ランクの低いクランと戦い、ジャイアントキリングのルールでランキングを奪われてしまうことだけだろう。

その事実にハヤトは大きく息を吐いた後、喜びをかみしめた。

次のクラン戦争でランクの低いクランと戦う理由はない。ランダムマッチは同ランクとの戦いしかマッチングされないため、偶然当たる心配もない。

（《黒龍》を追い出されたときはどうなるかと思ったけど、まさか本当に賞金を得られるとはね）

ハヤトは自分の夢のために賞金を目指していた。仕事を辞めてまで。普通ならそんな真似はしないだろう。だが、自分の生き方に疑問を持っていたハヤトは、ある程度の貯金だけでこのゲームに賭けた。

本当に賞金を得られるかどうかは運でしかなかったが、ハヤトはそれを見事につかみ取った。そしてそれを実現できたのは間違いなくＮＰＣ達や《黒龍》のメンバーのおかげだろう。

（エシャ達にも、それにネイ達にも感謝しないとな）

ハヤトはそう考えて、今夜の祝勝会の準備を開始するのだった。


その日、珍しく運営からのアナウンスがあった。

次のクラン戦争では全クランが同ランクとのランダムマッチとなり、対戦相手も対戦するまで分からないという内容だ。一部のプレイヤーからは反感もあったようだが、ハヤトとしては問題のない内容と言ってもいいだろう。

むしろ、ランキング一位は他のクランから戦ってほしいと言われる可能性があるので、ありがたいルールだと言ってもいい。

（ジャイアントキリングによる八百長防止のためか？　五位以内のクランがわざと低ランクのクランに負けるとは思わないけど、賞金が賞金だ。現実世界で脅されて仕方なく、ということもあるだろうし）

《ブラッドナイツ》のときのような脅しの経験もあるのでハヤトはそう判断した。

（とはいえ、俺としては助かった。最後の戦いの前にランキング一位なんて運が良い――というか、運が良すぎないか？）

あまりにもハヤトにとって都合がいいと言ってもいいだろう。運営がハヤトのために介入していると言ってもいいほどだ。今回の運営からのアナウンスもそうだが、前々回と前回の戦いでランキング上位のクランにハヤトのクランがマッチングできたのもあまりに偶然がすぎる。

ただ、マッチングはともかく、戦いに関して八百長はない。ＮＰＣがクランのメンバーではあるが、相手クランもこちらを全力で倒しにきていた。そこには何も介入できなかったはずだとハヤトは思っている。

（もし介入していたとして、それがバレたらどうなるのかね。賞金も取り消しか……それは困るんだけどな）

ゲームの運営が一部のプレイヤーを優遇していた。間違いなく炎上案件になるだろう。それだけではなく、このゲームでは賞金が出るのだ。ハヤトは詳しくないが、不正があればなんらかの法律を犯している可能性もある。

（今日、ディーテちゃんと話してみるか。運営と繋がりがあるならディーテちゃんだと思う）

ハヤトには確信がある。初めて会ったときの違和感がようやく分かった。祝勝会が終わったらディーテと二人きりで話をしようと決意するのだった。


祝勝会は大いに盛り上がっている。ランキング一位を倒したことが影響しているのだろう。誰もが料理や歓談を楽しんでいた。

「レン様、バケツプリンをアイテムバッグに入れるのはルール違反です。テーブルの上に戻してください。一人一個ですよ」

「そういうエシャさんだってケーキをホールごとアイテムバッグに入れてたじゃないですか！」

「まあまあ、二人ともうちのジークフリート達を見て落ち着いてください――あの、ルナリアさん、ウチの子をアイテムバッグに入れようとしてません？」

「……気のせい。でも、魔王はお姫様をさらうのが定番。何があってもそれは自然の摂理」

「君達を見ていると本当に面白いね。なかなか興味深いよ」

「最近、ドラゴン達の動向がおかしいと聞くんだが、レリックやミストは何か知らないか？」

「バトラーギルドや盗賊ギルドでそういう話を聞いてはおりますが、具体的なことは何も分かっていないようですね」

「魔国では聞いていませんね。魔国にいるのは冥龍くらいですが、大人しいものですよ」

歓談以外にも色々と話をしているようだが、祝勝会は概ね好評のようだ。

そんな中、ディーテがハヤトへ近づいた。

「ハヤト君、私に何か用かな？　先ほどから視線を感じるのだが」

「女性に対して失礼だったね。実は少し話したいことがあるんだ。祝勝会が終わったら時間をくれないかな？」

「まさか愛の告白とかではないだろうね？」

「エシャじゃあるまいし、そういうことは言わないで——もしかしたら察しがついているんじゃないの？」

ディーテは悪だくみをしているような顔になる。

「そうかね。それは楽しみだ。もちろん構わないよ。ハヤト君のためならいくらでも時間を割こうじゃないか」

「だからそういうことを言わないで——ほら、レンちゃんがこっちを狩人みたいな目で見てるから」

エシャ、レン、マリス、ルナリアの四人が、ケーキを食べながらハヤト達を見ていた。

「あのお二人は怪しいと思いますが、エシャさんはどう思いますか⁉」

「ご主人様の隣にアッシュ様がいればお似合いだと思います」

「ハヤトさんにはヤギとかロバが似合いそうですよね！」

「このケーキ美味しい」

（聞こえてるぞ、お前ら）

ハヤトはそう思いながら、食べつくされつつある料理を新たに用意するのだった。


祝勝会が終わり、食堂にはハヤトとディーテが残った。

ハヤトはディーテに椅子へ座るように促し、目の前にコーヒーを置く。

「ありがとう。それで話とは何かな？」

ハヤトはどう切り出すか迷ったが、遠回しはやめて、ストレートに聞くことにした。

「ディーテちゃんはこのゲームの運営と繋がっているのかい？」

おそらく「ゲームの運営」という言葉はAI保護でNPCには聞こえない可能性が高い。本当に聞こえないのか、それとも聞こえない振りをするのか、それを見極めるためにハヤトはわざと「ゲームの運営」と述べ、ディーテを注視した。

だが、そんなことは必要なかった。ディーテは隠すことなく、笑顔で白状したのだ。

「ばれていたようだね。その通りだよ。私はこのゲームの運営、つまり神と繋がっている。神の使いと言ってもいいだろうね」

それの何が悪いのか、そんな態度でディーテはコーヒーをゆっくりと飲んだ。その後、ハヤトを見つめる。

「ところで、どこでそれに気づいたのかな？　ずいぶんと確信を持って聞いたようだが」

「初めて会ったときに、ディーテちゃんは五位以内を目指してほしいと言っていた。あれは現実で得られる賞金のランキングだ。ゲームの住人ならそんなことは言えない。適当に言ったのかもしれないけど、それが引っかかっていた。気づいたのは最近だけど」

「なるほど、うっかりしていたよ。確かにその通りだね。五位以内は現実で賞金が得られるランキングのことだった。現実を知らなければ言えないことだったね」

「ディーテちゃんはNPC、つまりAIなのか？　それとも誰かが操作している？」

「私はAIだよ。それは間違いない。質問はそれだけかな？」

「気になっていることがある。運営と繋がっているNPCが特定のプレイヤーに肩入れしてもいいのかい？　バレたら大変なことになると思うけど？」

「大変なこととは？」

「最悪な状況はネットでそれを晒されて炎上、そしてサービスの終了に追い込まれる、かな」

　ハヤトとしてはその上で賞金が得られないということも大変なことではあるが、サービスが終了してエシャ達に会えなくなることの方がより大変なことだと思っている。

　二度と会えない、それは死と同じだからだ。

　ハヤトの心配をよそに、ディーテは余裕の笑みだ。

「安心したまえ、その程度でサービスの終了はない。それにバレることもないよ。ハヤト君がネットに投稿したとしても、それを信じる人がいるかね？　問題のある情報はすぐに消す。だいたい、その程度のことでこの世界を非難するならやらなくていい。はっきり言ってそういうプレイヤーはこちらからお断りだ」

「ずいぶんと強気だね。でも、プレイヤーが減ったらゲームを維持するのが難しいんじゃないの？　どれくらいの人が関わっているかは知らないけど、その人達のお給料やサーバーの維持費が必要だと思うけど」

サーバーとは簡単に言うとゲームを提供している側のコンピュータだ。プレイヤーはネットを通じてサーバーに接続し、ゲームを遊んでいることになる。

五感をリアルに再現して、多くの高性能ＡＩを扱っているとなれば、相当な性能のサーバーが必要になるだろう。それも現存するコンピュータの性能ではサーバーが一つでは無理だ。何百台ものサーバーを使用して実現している可能性が高い。その量に比例して、サーバーを維持するお金もかかる。

プレイヤーがいなくなればお金を得ることができず、運営に関わる人の給料やサーバーの維持費を払えなくなり、最終的にはサービスを終了しなくてはいけなくなる。

「そんなことはないよ。このゲームはプレイヤーの課金で成り立っているわけではないからね」

「……え？」

「聞こえなかったかな？　このゲームはプレイヤーの課金で成り立っているわけではない。仮にプレイヤーがいなくなっても、サービスが終了することはないよ」

「そんな馬鹿な」

思ったことがそのまま口に出てしまった。どういう形で成り立っているのか。何かの研究のために作られた、もしくはどこかの国家プロジェクト、つまり税金で成り立っているのだろうか。

「さて、ハヤト君。こちらからも言いたいことがあるんだがいいかね？」

「え、ああ、なに？」

「ハヤト君に会わせたい人がいる。いや、人というよりもＡＩだね。次のクラン戦争中にそのＡＩに会わせるつもりだ。今はまだ準備が整っていないから無理だがね」

「……会って何を？」

「話をするだけだよ。ハヤト君、君は次のクラン戦争で負けたとしてもランキングは五位以内になる。それは私が保証しよう。つまり、君は資格を得た」

「資格を得た？」

「正しい答えを出せれば、君には素晴らしい世界が待っている。楽しみにしておいてくれたまえ」

「何を言って――」

「ずいぶんと長居してしまったようだ。今日はこの辺で帰らせてもらおう。コーヒー、美味しかったよ。ごちそうさま」

ディーテはそう言って、拠点を出ていった。

引き留めるべきだったのかもしれないが、ハヤトはそれをしなかった。詳しく聞いたとしても答えないと思ったからだ。

ハヤトは椅子の背もたれに体を預ける。そしてもう一杯コーヒーを飲もうとした。

「ようやくお帰りになりましたか」

「エシャ!?」

いきなり外からエシャが食堂へ入ってきた。ハヤトはそれに驚く。

「えっと、どうかしたの？」

「ええ、また星四の料理を頂こうかと思いまして待っておりました。ディーテ様がなかなか帰らないのでベルゼーブを持って突撃しようと思っていたところです。ディーテ様は命拾いしましたね」

「銃を持っているのはそういう理由なんだ？　待ってて、星四の料理を持ってくるから」

「星五でもいいですよ？」

「それはエシャ達が全部食べたでしょ？　でも、残っていたらそれも持ってくるよ」

ハヤトは、ディーテの言葉に漠然(ばくぜん)とした不安を感じていたが、いつも通りのエシャに少しだけ救われた気がしている。そのお礼ではないが、できるだけ星五の料理も渡してあげようと思うのだった。


ディーテが運営と繋がっているNPCだと告白してから一週間が過ぎた。

ハヤトはディーテが距離を取るかと思っていたのだが、そんなことはなかった。翌日から普通に拠点へとやってきたのだ。

そしてディーテはまたも絶景スポットへ連れて行ってほしいとお願いしてきた。ディーテからすると前回までに行った場所では全く足りないようで、引き続きハヤトを連れて色々な場所へ行きたいとのことだった。

この一週間、アッシュ達に護衛をお願いして色々な場所へ向かったが、ディーテに不審な行動はない。むしろ普通でいることがハヤトの気持ちを不安にさせていたが、ディーテの方は全く気にしていないようだった。

そして今日もディーテがやってきた。

「さて、ハヤト君。今日はどこへ向かうおうか？　この中から選んでくれたまえ」

ディーテは地図を広げた。ところどころに赤い丸が付いているので、そこが絶景スポットなのだろう。

楽しそうにしているディーテに、何を企んでいる、とは聞けない。次のクラン戦争のときに会わせたいというAIに会うしかないと、ハヤトは色々と諦めた。そもそもこの一週間、ずっと警戒していたので疲れてしまった。

「えっと、この中でアダマンタイトの鉱石が掘れそうな場所ってあるかな？」

「なぜだね？」

「ルナリアさんが勇者の《エクスカリバー》を折ったことは話したよね？　その剣が折れたままみたいだからルナリアさんが直してあげたいって言っているんだ。その材料集めだね。この中にないなら前行った場所へ行くしかないんだけど」

「そういうことか。となると――ここだな。《暗黒洞》と呼ばれる一切の光が届かない場所だ。魔国にある広大な森の中心にあるので移動するのに時間は掛かるが、間違いなくアダマンタイトが掘れる」

「そんな場所があるんだ？　分かった、なんでそこが絶景スポットなのかは知らないけど行ってみようーーそうだ、今回アッシュ達は行けない。本業のドラゴン狩りが滞っているみたいでね、それに強硬派のドラゴン達の動きが怪しいらしいんだ」

「つまり護衛はマリス君とランスロットだけかね？　あの森の危険度から考えると、それは厳しいのだが」

「今回はルナリアさんが護衛をしてくれることになってるよ。もともとルナリアさんの依頼だし、行く場所も魔国の領地らしいし、ちょうどよかったかもね」

「ルナリア君か。魔王が護衛とはずいぶんと贅沢な話だね」

ディーテはそう言って笑う。ハヤトには笑っているディーテが普通のＮＰＣに見えた。

（運営と繋がっているＮＰＣ……なんだけど、普段の行動に関してはどこにでもいる普通のＮＰＣだ。俺の方からクランに入ってほしいと頼んだわけだが、どういう考えで入ってくれたんだろう？それにこのゲームの世界をどう思っているんだろうか？）

ここが仮想現実だと知っているＮＰＣがいる。そして運営と繋がっている。しかし、とくに制限もなくゲーム内のＮＰＣとして存在している。ＡＩ保護という仕組みまであるゲームだが、ディーテはそれに関して全く関係ないと言わんばかりだ。

ハヤトには、ディーテがどういう設定で存在しているのか分からなかった。ディーテを見ていると普通にこの仮想現実を楽しんでいるだけのように見える。

（そもそもＡＩで動いているということ自体が嘘なのかもしれないな……）

ハヤトはそう考えながら、準備を進めるのだった。

広大な森の中でハヤト、マリス、ディーテ、ルナリア、そしてランスロットは休憩をしていた。仮想現実で疲れるということはない。襲ってくるモンスターを倒しながら《暗黒洞》を目指していたが、少々精神的な問題があったので休むことにした。

理由は簡単。巨大なクモが現れてハヤトの気分が悪くなってしまったのだ。だが、それは仕方がなかったかもしれない。小さなクモならともかく、リアルな上に巨大すぎて血の気が引いた。

ハヤトは情けないとは思いつつも、全く平気そうにしている三人には逆に呆れる思いだった。

「君らは平気なの？」

「可愛いと思うんですけどね？」

「マリスは目が悪いのかな？」

「足が八本までなら許容範囲。この魔剣《アロンダイト》のサビにする。でも、巨大ムカデが出たら逃げる。あれは魔王」

「まあ、俺もムカデは小さくても苦手だけど——というか魔王は君でしょ？」

ハヤトの場合、巨大なムカデだったらおそらく失神していた可能性が高いだろう。

ふと、ハヤトはディーテが気になった。基本的にディーテが驚くようなことはない。ほかのＡＩに比べてよりＡＩらしいと言えるので逆に興味がわいた。

「ディーテちゃんは何か苦手な物があるのかな？」

「苦手？　いや、特にはないね。クモだろうがムカデだろうがなんとも思わない。マリス君のように可愛いとも思わないが」

「怖い物とか嫌いな物とかそういう物もないの？」

ディーテへの質問だったが、ルナリアが右手を上げた。

「私はお化けが怖い」

「俺の記憶が正しければ、ルナリアさんは魔王だったよね？」

「うん、年中無休で魔王をやってる。あ、そうだ、サインいる？　皆に言われてすごく練習したから得意」

「いや、そういう意味で言ったんじゃないから。魔王のくせにお化けが怖いのかよって皮肉で――いや、いらないいからサイン色紙を押し付けないで」

（捨てられないアイテムを押し付けられた……）

対人恐怖症の設定が迷子になっている感じではあるが、一度気を許すとぐいぐい来るタイプなのだろう。よく話すようになったのは良い傾向ではあるが、口を開くたびに魔王の残念度が上がっていく。ハヤトの中ではすでにストップ高だ。

その雰囲気を感じたわけではないだろうが、状況を打破するようにディーテが口を開いた。

「物とは違うが想定外のことが嫌いというか苦手といえるかな。少しだけ思考が止まってしまうのだよ。ハヤト君にディーテちゃんと言われたときとか、少し動きが止まってしまったね」

「へぇ、そんなことで」

（想定外、か。それもＡＩっぽいね）

「ハヤトさん！　私のことをマリスちゃんと呼んでもいいんですよ！」

「マリスは店に来たとき、マリスでいいって言ったでしょ？」

「私はルナリアちゃんを推奨。むしろ必須」

「あれだけ迷惑を掛けておいてちゃん付けされると思わないで——さて、そろそろ大丈夫かな。それじゃ行こうか」

ハヤト達は少しだけ肩を落としたマリスとルナリアを先頭にして《暗黒洞》へ向かうのだった。

「それでアダマンタイトは掘れたんですか？」

「そうだね、無事に必要な量を掘り出せたよ。ルナリアさんが責任を持って勇者に渡すって言ってたからそのままお願いしたよ」

ハヤトは拠点に戻ってきた。そしてエシャに色々と説明をしている。

《暗黒洞》での採掘は、ハヤトとディーテでそれなりの時間を掛けてアダマンタイトを掘り出すことができた。

（今回の採掘でディーテちゃんがチートというか、かなり問題のあるキャラであることが分かった。スキルをその場で調整できるってなんだよ。プレイヤーを馬鹿にしてるのかっていうほどの能力だよな。まあ、運営のキャラと言ってもいいわけだから当然と言えば当然なんだけど）

ディーテはスキルを好きに変更できるということが分かった。スキル合計の制限が１０００であるのは他と同じだが、すべてのスキルの数値を自由に変更できるらしい。

鉱石知識スキルが１００であったり、格闘スキルが１００であったりしたのも、その場で数値をいじっただけだという。当然、ＳＴＲやＤＥＸなどのステータスも変更できる。

（問題は俺がそういうＮＰＣをクランに入れたってことなんだよな。ディーテちゃんは俺が言わない限り絶対にバレないとか言ってたけど本当かね）

ハヤトはこのゲーム《アナザー・フロンティア・オンライン》には一万人規模の人が関わっていると睨んでいる。それは開発や保守、運用などを含めての人数だ。

それだけ多くの人が関わっていてどこからも情報が漏れないということはあり得るのだろうか。罪の意識、情報のリーク、人為的なミス——情報が漏れる可能性は絶対にある。それなのにディーテは絶対にないと言った。

それに対してハヤトはあり得ないという感想を抱いた。

（ただ、このゲームが公開されたとき、他の開発会社やゲーム運営会社もあり得ないって言ったらしい。噂だけどあらゆる国がゲームの開発会社を探したとかいう話もあった。いまだに情報を求めているニュースを見る限り、分からないままのはずだ。そもそも運営会社であるアフロディテすら、どこにあるのか分かっていないという話もある。今更だけど謎だらけのゲームなんだよな）

《アナザー・フロンティア・オンライン》は、現在の水準から考えても何世代か先を行っている技術だ。当然、正攻法以外の方法でその技術を盗もうとした企業がある。

だが、その方法を取った相手は逆に情報を晒されてしまい、手痛いしっぺ返しを食らった。ゲーム開始当初はそういうニュースが世間を賑わせていた。

また、ゲームをするためのヘッドギアに関しては解析が不可能だという。分解しようとすると、すべての情報が削除されるという徹底ぶりだった。

（技術からセキュリティまで完璧と言えるほどのゲームが、どこにある会社のものなのか分からないって不思議な話だな。そこで働いているって人の話も聞かない。いくら守秘義務があったとしても完全に隠すのは無理だと思うんだけど）

ハヤトがそこまで考えたところで、急にエシャが顔を覗き込んできた。

「うお！　な、なに？」

「なに、じゃありませんよ。邪魔ですから自室にお戻りください。なぜここで考え込んでいるんですか。私がサボれないじゃないですか」

「雇い主の前でサボるとか言わないでくれない？」

「正直なところが私のいいところですので」

「……見ていないところでサボるのは悪いところだよ？」

「ならプラマイゼロですね」

口では敵わない。ハヤトは少しだけ溜息をついてから、自室に戻るのだった。

# 十　最後のクラン戦争

最後のクラン戦争まで一週間を切った。

ハヤトは自室でクラン戦争の準備をしていたが、休憩しようとコーヒーを飲み始める。味、匂いと最高の物だと思っているが、これ以上はないのかな、と最近は少しだけ不満に似た欲求がある。そこまで求めるのは強欲かとハヤトは考えを切り替えることにした。

今回はアナウンスがあった通り、対戦相手は当日まで分からないのでその発表はない。対戦相手の情報を調べてくれるメイド長に今回は不要と伝えたが、レリックに会いたいがためにやってきた。

当然情報がないのですぐに帰ることになるのだが、一つだけ気になることを言っていた。

最近、各地で色々な動きがあるらしいとのことだ。明確に何がおかしい、とは言えず、普段を知っているからこそ少しの違和感がある、という程度の情報だった。

実はハヤトもそれを感じている。

まずはアッシュ達。ドラゴンの動きが怪しいという話があって、最近は傭兵団の仕事が忙しいらしい。

レリックは盗賊ギルドへ足を運ぶことが多くなったが、そこでも違和感があると言い、ミストやルナリアも魔国で魔物達がより活発になったと言っていた。

マリスはそういうことに疎そうではあるが、テイマーギルドも少し活発になっているような気がするとのことだった。

（どういう状況なのかは分からないけど、クラン戦争のイベントが終わるから次のイベントの準備に入っているのか？）

これまでもゲーム内でイベントがあるときは、その予兆的なものがあったとハヤトは聞いている。基本的に拠点でアイテム作成をしていたハヤトは、外の状況は買い物のときくらいでよくは知らないのだ。ほとんどがネイからの情報になる。

その予兆についてディーテに聞けば分かることなのだろうが、ハヤトはそれをしなかった。すでに取り返しがつかないほど優遇されている可能性はあるが、できる限り他のプレイヤーと条件は同じがよかった。それにネタバレは面白くない。

また、ハヤトの目的は賞金を得ることだ。実現すれば、現実の方が忙しくなる。ゲームをやる頻度も下がる可能性が高い。次のイベントをしっかりやれる保証はない。

今まではほぼ一日中ゲームの中にいるが、もし喫茶店をやるとすれば何日かに一回ログインできるかといった頻度になるだろうと思っている。

このゲームは世界標準時間をベースに同じ時間で進む。ゲームだからといって現実の一時間がゲーム内の一日、というシステムではない。

ハヤトの住んでいる場所は世界標準時間なので、現実の時間がそのままゲームの時間に反映されている。

（もしかしたら夜しかログインできないってことになるかもな。クラン戦争が始まる前はそんな感じだったけど、ＮＰＣであるエシャ達は基本的に昼間の活動だ。なかなか会えなくなる可能性もあるんだな）

ハヤトは少しだけ寂しさを感じながらコーヒーを飲み干し、次のクラン戦争のための準備を再開するのだった。

クラン戦争当日。

メンバー全員が食堂に集まっていた。

これが最後の戦いなので全員の意気込みが大変なことになっていた。ランキング一位で終わるために必ず勝つ、という意気込みだ。

アッシュがハヤトの方を見た。

「これが最後の戦いなんだ。ハヤトの方から一言欲しいな」

「そういう無茶振りは止めてほしいんだけど」

だが、メンバー全員が期待した目でハヤトを見ている。何かを言わないとダメだなと諦めた。

「生産しかできない俺がここまで来れたのは皆のおかげだ。最後の戦いも俺に力を貸してほしい」

そう言ってハヤトは頭を下げた。

無難だろう。下手に上手いことを言ってすべるよりも遥かにいい、それがハヤトの評価――なのだが、皆にはかなり良い言葉だったらしい。テンションがかなり上がっているようだった。

「仕方ないですね。何もできないご主人様のためにしっかり戦ってみせますよ。祝勝会は最高の甘味をよろしくお願いします」

エシャがそう言うと、女性陣の視線がハヤトに集まる。そして自分の食べたいスイーツを言い始めた。

「それじゃ一応メモしておくから――」

ハヤトがそう言いかけた瞬間、視界が変わった。クラン戦争の砦に転送されたのだ。

(早いな。確かにクラン戦争は朝十時から開始されるけど、一番ってことか?)

とりあえず屋上でバトルフィールドを確認しよう。ハヤトはそう思って皆をつれて階段を上がった。

屋上から見えるフィールドはまたもや草原だった。なんのギミックもない。普通の草原。ただ、少しだけ違和感がある。

一部がガラスのようなものでフィールドが区切られているように見える。目を凝らすと、三×三の九マスでフィールドが区切られていた。

フィールド全体は自陣、敵陣合わせて一キロ四方なので、大まかに三百メートル四方の空間が九つあるということになる。

「なんだこれ?」

ハヤトのつぶやきに答えられる人はいない。皆も不思議そうにフィールドを眺めているだけだった。

だが、一人だけ事情を知っていそうな人を思い出す。ハヤトはディーテを見た。

ディーテはハヤトの視線に気づいたが、何も言わず、うっすらと口元に笑みを浮かべただけだ。

（何を考えているんだ？）

ハヤトは小声でディーテに話を聞こうとした瞬間、カウントダウンが始まる。

（なんだ？　早すぎるだろう？　まだ皆配置にもついてないぞ）

そのことにハヤト以外も慌てたが、もっと慌てる事態になる。カウントがゼロになったと同時に、砦の屋上からハヤトとディーテ以外が消えた。

「え？」

ハヤトは慌てたが、すぐに胸を撫でおろす。いつの間にかフィールド上にエシャ達がいたのだ。消えたのではなく、フィールドに転移させられた。それはこのフィールドのギミックだろうとハヤトは推測した。

安心するのもつかの間、よく考えたらこれはまずいと思い直した。

フィールド上は九つに分かれている。その一つの空間には二人しかいない。こちらのメンバーと相手のメンバーが一人ずつだ。つまり一対一での戦いが強制されているのだ。

（エシャ達が負けるとは思わないけど、相手は――メイド長？　それに勇者？　なんだ？　何が起きている？）

エシャの相手はメイド長だった。そして魔王ルナリアの相手は勇者イヴァン。

他のメンバーが対峙している相手をハヤトは知らないが、お互いが知っているようだった。

「親父……！　なぜここに！」

「神のご意思というものだろ。まあ、そんなことはどうでもいい。どれくらい強くなったのか見てやる。掛かってこい」

（相手の声まで聞こえる――アッシュの相手は親父さんか？　スーツを着ているが、あれもドラゴン？）

「アグレス！」

「よう、レン、久しぶりだな。相変わらずブラコンか？」

（レンちゃんの相手はどこの世紀末から来たんだ？　黒いライダースジャケットとか――アグレスって、もしかして暴龍アグレスベリオンか？）

「私の相手は貴方ですか。なぜこれに参加を？」

「なーに、ちょっとした好奇心さ。それにチェス以外で勝負するのも悪くないだろう？　本気で来なよ？　顔の傷がもう一本増えたら嫌だろう？」

（初めて見るけど、チェスってことは盗賊ギルドのギルドマスターだろうか。女性だったのか）

「あの穴蔵（あなぐら）からよく貴方を連れ出せたものですね？」

「対価があればなんにでも応えるよ。それにミストの力がどんなものになったか知っておきたいからね。さあ、久しぶりに遊ぼうか？」

（ミストさんの相手は子供みたいだ。顔色が悪そうだから吸血鬼か？）

「あのときの悪徳テイマー！　ここであったが百年目です！」

「動物が好きだからこそ心を鬼にして鍛えてあげてるのよ。それにペットはペット。対等ではないの――貴方も調教してあげるわ」

（マリスの相手、格好はピエロだけどテイマーなのか？　鞭を持っているしサーカスの動物使いみたいなものか。ランスロットの相手はドラゴンだ。あのピエロがテイムしたドラゴンみたいだな）

メンバーがそれぞれ因縁のありそうな相手と一対一で戦うことになる。ガラスで区切られた空間は全部で九つ。中央以外の空間にそれぞれが配置された。そして中央の空間にはなぜかクランストーンが一つだけ存在している。

「どうだね、面白い趣向だろう？」

ディーテが心底楽しそうな声でハヤトに問いかけた。

「……あれは運営がやったのかな？」

「その通りだよ。まあ、相手は誰でも良かったんだが、因縁がある相手との方が楽しいだろうと思ったからね。皆は一対一で戦い、より多く勝利した方がクラン戦争で勝ちとなる。真ん中に無色のクランストーンが見えるだろう？　お互いが相手を倒すたびに青か赤に染まっていくという仕掛けだ。ハヤト君の場合は青だね。あれが半分以上青に染まれば勝ちだよ。つまり五人以上勝てばクラン戦争で勝利したということになる」

「なんでそんな真似を？」

ギミックとして面白いかどうかは別として、こんなことをする意味が分からない。そもそも、ハヤトとディーテはあの場にいない。相手も同数しかおらず、二人余っている。

「会わせたいＡＩがいると言っただろう？　皆が強かったとしても彼らが相手ではそう簡単に勝て

ない。簡単に言えば時間稼ぎと言ったところかな？」

「時間稼ぎ？」

「そう。これから会わせるＡＩにはハヤト君一人で会ってもらいたい。誰かに邪魔をされたくないのだよ。ああ、そうそう。今は音声チャットもできないようになっているから応援もできないよ。さて、ハヤト君、私についてきたまえ」

ディーテはそういうと、砦の屋上から階段を降りていった。

ハヤトは一度だけ、フィールドを見る。すでに戦いが始まっているようだが、なぜかエシャと目が合った気がした。フィールド上からこちらを見ていたのだ。

だが、直後にメイド長の攻撃があり、それを躱した。もうこちらに構っている余裕はなさそうだ。

（何が起きているのか分からないけど、このまま立っていても意味がない。まずは会わせたいＡＩとやらに会うしかないな）

ハヤトは一度だけ心の中で皆に応援をしてから、階段を降りた。

ディーテが砦の一階で待っていた。

そしてハヤトが来ると、一度だけ頷き、床を触る。何をしているのかと思った直後、床がスライドして地下へ行く階段が現れた。

「え？」

「隠し階段というものだね。砦自体は今までと同じものだが、最後のクラン戦争ということでこの形にしてある。さあ、こっちだ。ついてきたまえ」

ディーテが階段を降りていった。

ハヤトは覚悟を決める。そもそもこれは仮想現実。何が起きたとしても問題はない。そう考えて階段を降りた。

一切の光がない場所にもかかわらず、目はしっかりと見える。砦のようなレンガではなく、青い無機質の壁が延々と続いていた。高さ、幅、ともに三メートルほどの通路だ。

ハヤトはディーテの後ろを歩く。通路には二人の足音だけが響いている。

（ＳＦに出てくるような壁だね。なんの材質かは分からないけど、何かの合成金属を模しているんだろう）

話しかけてはいけない雰囲気があったので、ハヤトはそんなことを考えながら歩いた。

五百メートルほど進むと、行き止まりになっており、これまたＳＦに出てくるようなスライド式の扉があった。

「ハヤト君、ここが目的地だ。中に会わせたいＡＩがいる。そう緊張することはない、ただ話をするだけだ。さあ、入ってくれ」

ディーテが自動で開いた扉の中へ促そうとする。ただ、扉の先は真っ暗で何も見えない。

ハヤトは本能的に危険そうな雰囲気を感じ取ったが、ここまで来て引き返すわけにもいかず、覚悟を決めて足を踏み入れた。

部屋に入ると同時に、扉が閉まる。

完全な闇がハヤトの周囲を支配した。

「明かりをつけましょう」

ハヤトの耳に女性の声が聞こえた。直後に周囲が明るくなる。

今までのＳＦチックな場所と違い、白い石製の柱が規則的に並ぶ神殿のような場所だった。それほど広くはない。三十メートル四方と言ったところだろう。

「よく来てくれましたハヤトさん」

「貴方がディーテちゃんの言っていたＡＩかな？」

「ええ、その通りです。よくここまで来てくださいました。そしておめでとうございます。貴方はこの《アナザー・フロンティア・オンライン》のイベント、クラン戦争においてランキング五位以内に入りました。それは称賛(しょうさん)するべき結果です」

「ありがとうございます。まあ、自分の力ではなく、ほとんどが仲間達のおかげですけど」

「謙虚ですね。ですが、それこそが素晴らしい――さて、ハヤトさん。貴方には賞金として一億円が口座に振り込まれます」

「はい、ありがとうござい――」

「ですが」

ＡＩはハヤトの言葉を遮る。

（なにかあるのか？　確かにＮＰＣである皆をクランに入れて戦ったから普通の勝ち方とは違うけど――いや、ディーテちゃんの件か？）

ハヤトは最悪の結果を想像する。ゲーム内でできるからといって、やっていいとは限らない。クラン戦争にＮＰＣを使うこと自体、賞金を得られない方法だったと後出しで言われる可能性もある。

そんなハヤトの表情か、それとも心を読んだのか、ＡＩの声が優し気になった。

「そう緊張なさらないでください。賞金は間違いなく口座に振り込まれます。言いたいことは別のことです」

「別のこと？」

「はい、本来クランは十人で構成されます。つまり、クラン戦争で五位以内に入ったクランには総額十億円のお金が振り込まれるのです。ただ、ハヤトさんのクランは、ハヤトさん以外がすべてＮＰＣ。現実での賞金は不要でしょう」

「はぁ……いや、まさか――」

「そのまさかです。ハヤトさん、貴方は十億のお金を得る資格があります」

その言葉にハヤトは思考が途切れた。十億といえば、普通の人がどれほど頑張っても手に入れるのはほぼ不可能な金額だ。よほどの贅沢をしない限りは遊んで暮らせる。

そんな夢のような話が急に目の前に転がってきたのだ。ハヤトでなくとも誰もが何も考えられなくなるだろう。

とはいえ、そんな甘い話があるだろうか。ハヤトは心を落ち着けるために深呼吸をした。仮想現実での深呼吸にどれほどの意味があるかは分からないが、今のハヤトにとっては重要な行為だ。

「何か条件があるのでは？」

「素晴らしいですね。まさにその通りです。タダで九億を追加するというわけにはいきません」

やっぱりか。ハヤトはそう思ったが、そもそも一億は確定している。あまり欲張りすぎるのも問題のある行為だ。少しだけ冷静になれた。

「何をすればいいのですか？」

「まずは事情を説明しましょう。この仮想現実のＮＰＣ達は高性能のＡＩが搭載されています。今回ハヤトさんは、ＮＰＣ達と一緒にクラン戦争をすることでＡＩに色々といい結果を及ぼしました」

「いい結果？」

「その内容は秘密です。ですが、革新的な結果を出したと言えるでしょう。そこで彼女達をゲーム内から隔離して研究をしたいのです」

「……は？」

「分かりやすく言えば、彼女達はゲーム内から存在が消えることになるでしょう」

「待ってください！」

（消える？　エシャ達が？　そんなことを認める訳には――！）

「ハヤトさん、まずは私の言葉を聞いてください。もちろん、研究のためとはいえ、ハヤトさんと一緒に戦ってきた仲間を許可なく消そうなどとは思っていません。ですので、ハヤトさんに選んでほしいのです」

「選ぶ？」

「はい。このゲームから仲間を一人、存在を消す代わりにハヤトさんの口座へ一億を振り込みます。

全員消すと言うなら九億追加です。いかがでしょう、悪い取引では――」

「いえ、結構です。誰も消しません」

間髪容れずに拒否。全く考えるそぶりも見せずにハヤトは断った。

「……ハヤトさん、よく考えましたか？　ここは仮想現実です。確かに二度と会えないことになりますが、ただのデータですよ？」

「データだろうとなんだろうと関係はありませんね」

「本当によく考えましたか？　いつかこの仮想現実もサービスを終了するときが来るでしょう。課金によって成り立っていないとは言っても、ふとしたことで終わる可能性がある。会えなくなるのが早いか遅いかだけの話なのです。今、この場でキャラクター達が消えるのはお辛いでしょうが、代わりに一人につき一億というお金が現実で手に入る。それをよく考え――」

「考えるまでもありません。確かに一億というお金は魅力的ですが、この半年、皆と過ごした毎日はそれ以上の価値がありました。そしてこれからも価値は上がり続けるでしょう。一人一億程度じゃ安すぎますね」

ハヤトは自分で馬鹿なことを言っていることはよく分かっている。理性では分かっているが、感情ではそんなことを受け入れられない。

この半年、ずっと一緒にいた仲間だ。たとえ本物の人間でなくともこのゲームからいなくなるのは耐えられない。ゲームが終わってしまうのならまだ諦めもつく。だが、自分の手で仲間達を消すことなんてハヤトにできるわけがなかった。

「……素晴らしい」

ＡＩから感情のこもった言葉が発せられた。

「ハヤト君、君は本当に素晴らしいよ。以前から君を注目していたのだが、まさか迷う素振りすら見せないとはね。私の目に狂いはなかったということだ」

（ハヤト君……？　それに口調が……？　まさか、このＡＩは……）

「その顔は気づいたようだね？　ハヤト君の回答に、つい演技を忘れてしまったよ。まあ、別に構わないがね」

ハヤトの目の前にディーテが現れた。いつも通りの修道服を着て、口元には笑みを浮かべている。

「試すようなことをして悪かったね。ハヤト君がどういう考えを持っているか、最終確認をさせてもらったよ」

「君は一体……」

「改めて自己紹介しておこうか。本来、私に名前はないのだが、今はアフロディテと名乗っているよ。ディーテはそこからとった」

「アフロディテ？」

「まあ、名前なんてどうでもいいし、それだけでは自己紹介にならないそうだから、ちゃんと説明しておこう。私はこのゲーム《アナザー・フロンティア・オンライン》を管理しているＡＩだ。すべての設定はこの私が一人で行っている」

「一人で……？」

「その通り。ハヤト君はこのゲームを多くの人が関わって運営していると思っていたようだが、それは違う。すべて私一人でやっていることだよ。ゲームは課金に頼っていないと言ったろう？　私が一人でやっているからさ。開発者への給料もなければ、ゲーム内の保守に関する人員もいらないからね」

ハヤトはプログラムについて詳しくは知らないが、それでも少しは知識がある。その知識からすれば、それはありえない話だろう。そもそもＡＩにそんなことができるのか、ということと、すべて一人ということだ。

「そんな馬鹿な。それが本当で人件費がゼロだったとしても、サーバーそのものの維持費が必要だろう？　これほどの仮想現実ならコンピュータの性能や容量はかなりのものになる。その維持費だけだって相当なものになるはずだ」

「確かにそうだ。だが、それは問題ない。エネルギーは無尽蔵に手に入る。とは言っても限度はあるがね。まあ、そこはどうでもいい。そんな話をしたいわけではないのだよ」

ディーテは満面の笑顔になる。

「ハヤト君。現実を忘れてこの世界で生きたくはないか？　君がそれを望むなら叶えよう」

ディーテの顔は変わらない。だが、ハヤトにはその笑顔がとても不気味なものに変わったと思えた。

「どうしたのかな、ハヤト君。答えを聞かせてくれないか？」

「いや、待ってくれ。何を言ってるんだ。現実を忘れてゲームの世界で生きるなんて無理に決まっているだろう？」

「この時代の常識なら無理だろうね。たった百年で多くの技術が失われた。いや、改めて団結することはできなかったのだろう。人間とは面白いものだね」

「……何を言ってるんだ？」

「ああ、こちらの話だよ。安心したまえ、私には記憶を操作する技術がある。さすがに脳の電脳化は無理だが、コールドスリープを利用した永続的なログインは可能だよ。現実の肉体の心配もいらない。宇宙の最も安全な場所で管理してあげよう」

ハヤトは恐怖を感じた。現実を忘れてゲームの中で生きる。それは人によっては魅力的な提案だろうが、実際に現実と決別できるのはごく少数だろう。そもそもそんな技術があるとは到底信用できない。

それにハヤトには現実で叶えたい夢がある。最初から答えは決まっているのだ。

「話は分かった。念のため確認するけど、これはゲームのイベントとかではないんだね？　あとでこれは冗談だったとか言わないでほしいんだけど」

「もちろんそんなことは言わない。一億の賞金、それは現実と決別するために必要なお金だと思って渡すんだ。それに今はハヤト君だけだが、他のランキング上位にも同じ質問や提案をする。私の意にかなった人間ならハヤト君と同じようにするつもりだよ」

（いまいち本当なのかイベントの一環なのか分からない。だが、どっちだとしても俺の答えは変わ

らないんだ）

　ハヤトは深呼吸をしてからディーテを見つめた。

「断るよ。この世界の中だけで生きるつもりはない」

　ディーテは笑顔から一転、感情が抜け落ちた顔になる。

「ゲームのイベントか何かと勘違いしているのか？　信じられないかもしれないが、そういう技術は間違いなくある。ハヤト君、君はこの世界が好きだろう？」

「確かにこの世界は好きだよ」

「なら――」

「でも、現実を忘れてここで生きるなんてできないよ」

「……何を言ってるんだ。ハヤト君にはこの世界の素晴らしいところをいくつも見せただろう？　感動していたではないか。それにＮＰＣ達との別れを惜しんでもいる。この世界の住人となれば、別れることもないのだぞ？」

「そうだね。でも、現実を忘れることなんてできないよ。それに俺は現実で叶えたい夢があるんだ」

「夢？　それはここで叶えられないのか？　確かにこの世界はまだ現実に劣っているだろう。ゲームのルールに縛られているからね。だが、いつかすべてのルールは無くなり、現実を凌駕するほどになるはずだ。この空間を見たまえ。ここは最も現実に近づけた空間だ。残念ながら今はまだこの小さな空間でしか実現できないが、いずれこの世界のすべてをこの空間と同じにする」

　ハヤトは違和感の正体が分かった。この空間では呼吸や汗までリアルに再現されている。

「ハヤト君、私は君を気に入っているんだ。この仮想空間はデータの集合にすぎない。でも君はこの仮想現実を現実のように生きてくれた。単なるデータでしかない剣を、負ける可能性があるにもかかわらず取り返しただろう？　あれが原因で現実での賞金を得られなかったかもしれないのに君は実行した。私は嬉しかったよ。現実のリスクがあるにもかかわらず仮想現実を優先した、そう思ったんだ」

　ディーテは優し気な顔になる。

「それにNPCを一体消す代わりに一億円を渡すことについても、考えるそぶりもなくすぐに断った。君は私の予想以上だったよ。そんな君をぜひこの世界に受け入れたいんだ」

「そうかもしれないけど、さすがに現実を捨てるのは――」

「ハヤト君、君の現実には、どれほどの価値がある？」

「――え？」

「現実での君を少し調べさせてもらったよ。君は労働階級、ファクトリーの出身だろう？　父や母、血のつながった縁者なんて誰もいない。いや、どこかにはいるだろうが、会ったこともないだろう？　生まれたときから働くことだけを義務づけられた憐れな人間。それとも生まれたときからそうなのだから自分を憐れに思ったこともないか？」

　ハヤトにも思うところはある。現実は非情だ。生まれたときから階級は固定され、死ぬまで抜け出ることはできない。職業を選ぶことはできるが、階級は選べない。遥か大昔は、似たような状況はあれど、そこにはもっと自由があり、夢があったという。

とはいえ、ハヤトはそれを別に憐れだとは思っていない。大半の人間がそうなのだ。地球生まれなら働く必要もなくもっと自由だろうが、それに憧れているわけでもない。

「そうだね、自分を憐れだと思ったことはないよ」

「――そうかね、だが、まだある。ハヤト君、君は足を動かせないだろう？　いや、日常生活をする分には問題ないが、怪我をしたときの恐怖で俊敏に動けなくなった。この仮想現実でなら動かせると期待したが、それもダメだった。精神的な問題だったからだ」

「……詳しいね」

ハヤトは以前、事故に巻き込まれて両足に怪我をした。すでに完治しており、普通に動かす分にはなんの問題もない。だが、現実でも仮想現実でも瞬発的な行動はとれなかった。俊敏に動こうとすると、事故を思い出してショックで体が硬直してしまうのだ。

このゲームでの戦闘は現実の身体能力が反映される。ハヤトが生産系スキルだけの構成にした理由の一つだ。

「現実には良いこともあるだろう。だが悪いことも多い。仮想現実なら君の望みを叶えてあげられる。誰かに搾取されるように働く必要はないし、怪我だって記憶を消去すればいいだけだ。よく考えてくれ、君の望むことがすべて叶えられるのだぞ？　ハヤト君なら何を望む？　さっき言っていた夢か？　なんなら勇者になるか？　それとも魔王？　君の望む設定を私が叶えようじゃないか」

魅力的な話ではある。

自分の望むことがこの仮想空間では再現できる。そして現実さえ忘れれば、自分にとっての現実

は この世界だけ。この世界では神と言ってもいいディーテがそのすべてを叶えてくれる。それは間違いなく魅力的な提案だ。

だが、それが楽しそうだとはハヤトには思えなかった。ハヤトのやりたいことは、ここではできない。

「悪いね。どんなにいい条件だったとしても、断るよ」

ディーテがハヤトを見つめる。仮想現実ではあるが、殺気に近い感じの気配にハヤトは息が苦しくなった。

「いや、駄目だ。ハヤト君、君はこの世界にいてもらう。その目でこの世界の進化をずっと見ていくんだ」

「……何を言ってるんだ？」

「ハヤト君に選ばせようと思ったのが間違いだった。これは決定事項だ。私はこの世界の神。私が望む、私の世界だ。それは今ここにいるハヤト君も例外じゃない」

ハヤトは後ずさりをする。仮想現実だとは分かっていても、ディーテからの圧力にハヤトの本能が危険だと言っている。

（何をするつもりなのか分からないが危険だ。仕方ない、強制ログアウトを――）

ハヤトはシステムメニューから強制ログアウトをしようとするが、反応はなかった。

何をしたのかが分かったのか、ディーテはハヤトを見て笑みを浮かべる。

「強制ログアウトをする気かね？　残念ながら、この空間や先ほどの通路でログアウトはできないよ。可能な限り現実に近づけたと言っただろう？　現実からのログアウトなんてあり得ないからね。もちろん、転移も無駄だ」

（嘘だろ、ログアウトできない空間？　なら砦まで戻ればなんとかなるか……？　たしかクラン戦争中でもログアウトはできたはずだ）

ディーテはうっすらと口元に笑みを浮かべながらハヤトに近づいた。

「安心したまえ、現実の記憶をなくすだけだ。そうそう、現実のハヤト君の体は私が責任を持って管理するから、それも安心するといい」

「……俺がいなくなったら捜索願が出されるぞ？　体内のＧＰＳがどこかの場所を示したらまずいんじゃないか？　ファクトリー出身なんでね、それくらいの管理はされてる」

「誰が出すのかね？　両親もいなければ仕事もしていないのだろう？　この世界で知り合った人間はいるようだが、容姿と名前以外の個人情報は一切出していないはずだ。君がいなくなったところで、ゲームを辞めたくらいにしか思わないさ」

（まずいな、その通りだ。現実で仲のいい友達もいないし、俺がいなくなっても気に留める奴がいないか……）

「さあ、ハヤト君。共にこの世界で生きよう。絶対に気に入るはずだ。仮想現実を現実と同じように見てくれる君にこそここにいてほしいんだ」

ディーテがハヤトに近づく。

何をされるのかは分からないが、おそらく捕まったら終わりだ。ハヤトはそう思って、入ってきた扉の方へ向かおうとした。

だが、ハヤトの足は思い通りに動かない。意識と仮想の体が一致せずに転んでしまった。

「怪我の記憶を消せば、そんなこともなくなる。さあ、私の世界の住人になりたまえ」

「くっ！」

ハヤトは仰向けのまま、後ずさりをするが普通に歩くディーテから逃げられるわけがない。

もうダメだ、そう思ったときだった。

ハヤトの後方にある扉が勢いよく開いた。直後に花火のような音が聞こえ、ディーテの体が後方へ吹き飛ばされる。

「どうやら間に合ったみたいですね。ご主人様は弱いんですから私から離れちゃダメですよ」

「エシャ！」

扉から入ってきたのは銃を構えたエシャだった。そしてメロンジュースを飲んでから、ハヤトの方を見る。

「ご主人様、とっとと逃げますよ。しっかり立ってください」

やってきたエシャにそう言われて、ハヤトは少し落ち着きを取り戻す。

立場的には本来逆だろうが、そんなことを考えている場合ではない。ハヤトは一度だけ深呼吸をしてから立ち上がった。そして入ってきたエシャと合流する。

だが、同時にディーテも立ち上がった。

「エシャ君、酷いじゃないか。いきなり撃つなんて」

「撃つと言ってから撃つ人はいませんよ。だいたい、何をしようとしてたんです？　立派なセクハラですよ？」

「……少しくらいは話を聞いていたのだろう？　君にとってもいい話ではないかね？　ハヤト君とずっと一緒にいられるのだ。邪魔をする理由が分からないね」

「何を言っているかなんて全然分かりませんでしたよ。ところどころ単語が抜けているので。ご主人様が襲われているくらいの認識しかありません」

（ＡＩ保護で聞こえなかったってことか……？）

「なるほど。なら言っておこう。ハヤト君は夢のために遠くへ行こうとしている。だから引き留めた。ハヤト君がいなくなるのはエシャ君も嫌だろう？」

エシャが武器を構えたまま、ハヤトをちらりとだけ見る。

「本当ですか？」

ハヤトは言葉に詰まる。

それは間違いではないのだ。いなくなるわけではない。だが、喫茶店を始めるためには色々な準備が必要だ。ゲームをしている時間は確実に減るだろう。

この場で嘘を吐き、ログアウトできる場所まで逃げる、という選択肢が頭をよぎったが、ハヤトの中でそれは否定した。たとえエシャが敵に回ったとしても嘘を吐きたくはない。

「その通りだよ。夢を叶えるために遠くへ行く。ただ、いなくなるわけじゃない。拠点にいる時間は大幅に減るだろうけどいなくなったりはしない」

「そうですか……」

「これで分かっただろう？　私はハヤト君を引き留めているにすぎな――」

「《デストロイ》」

エシャは《デストロイ》を放つ。大小十個の魔法陣を突き破り、光の弾がレーザーのようになってディーテを貫いた――ように見えたが、そのレーザーはディーテに届かなかった。当たる直前に分散してしまったのだ。

「エシャ君は私の正体に気づいていたのではないのかね？　その攻撃は効かない――ああ、そういうことか。これは一本とられたね」

ハヤトの耳にはそう聞こえた。だが、聞こえたのは微かだ。

ハヤトとエシャはすでに部屋を出て、逃げ出していた。《デストロイ》を撃ったときの衝撃を利用して外へ逃げたのだ。

「ありがとう、エシャ」

「礼はまだ早いですよ。早くここから逃げ出さないと――でも、ここはどこでしょう？　来たときとは道が違いますね」

無機質な黒い壁が続く通路。来たときとはまるで違った感じの通路に二人は首を傾げる。

「二人とも諦めたまえ。私はこの世界の神だぞ？　その空間にいる限りログアウトはできない設定だ。そしてその空間に逃げ場などない。つい今しがた出口を閉鎖したからね。まあ、納得がいくまで逃げたまえ。諦めたら声をかけてくれればいい」

ディーテの余裕そうな声だけが空間に響く。

ハヤトは念のため確認する。確かにログアウトはできなかった。

どういう理屈で仮想現実の住人になるのかは分からない。ログアウトさえすればなんとかなるはずだと思っていたが、それができないのならどうすればいいかとハヤトは頭をフル回転させた。

闇雲（やみくも）に通路を逃げ回っていたが、エシャが走るのをやめる。同じようにハヤトも止まった。

「エシャ？」

「この空間から抜け出せれば、なんとかなりますか？」

「分からないけど、たぶん、なんとかなるはず」

この空間以外ならログアウトができる可能性が高い。正確なところは言えないが、ハヤト個人がログアウトできないのではなく、この空間ではログアウトできないとディーテは言っていた。

「ご主人様には夢があるんですよね？　どうしても叶えたい夢が」

「いきなりどうしたの？　そんなことよりも逃げないと」

「答えてください」

普段とは違った真面目なエシャの顔。今の状況から考えれば当然なのだが、そんな話をしている場合ではない――はずなのだが、エシャの強い視線に負けた。

「そうだね。どうしても叶えたい夢がある」

エシャが笑顔になる。

ハヤトはその笑顔が少しだけ儚（はかな）げに見えた。

「ご主人様は今の今までずっと甘ちゃんでしたが、卒業するときが来たようです」

「なんの話？」

「どんな犠牲を払ってでも自分の夢を叶える、そういう気概を持った男になるべきだと言ってるんですよ」

「いや、だから一体なんの——」

エシャは何も言わずにハヤトに紙を押し付けた。

「えっと、これは……？」

「見ても見なくてもいいです。まあ、私の気持ちが書いてあるとだけ言っておきましょう。では準備しましょうか……最後の一本ですね」

エシャはアイテムバッグからメロンジュースを取り出した。それをハヤトの目の前で飲む。

何をしているのかをエシャに問いただそうとした瞬間、エシャはベルゼーブをハヤトに向かって構えた。

「エ、エシャ？」

「エシャ君！　待つんだ！」

エシャはディーテの驚いた声にはなんの反応も示さず、ハヤトに対して笑顔を向けた。

「さようなら、ご主人様。楽しかったですよ」

エシャは躊躇することなく、ハヤトを撃つ。

ハヤトはＨＰが０になり床に倒れた。そしてハヤトの目の前には選択肢が現れる。「待機」と

「復活」だ。

「復活を選べば拠点に転送されるはずです」

その場に倒れてはいるが、ハヤトにはエシャの言葉が聞こえる。そういう意図があったのかとハヤトは思ったが、エシャがこの場に取り残されることについて不安を感じた。

それにさっき言っていたエシャの言葉「どんな犠牲を払ってでも自分の夢を叶える」その意味を理解して、ハヤトは声を出そうとした。だが、HP0の状態では声を出すことはできない。

「何をしているんですか。とっとと拠点へ戻ってログアウトしてください。ご主人様はこんなところにいてはダメですよ」

(馬鹿な、何を言ってる！　エシャがこのまま残ったらどうなるか――くそ！　声がでない！)

「早く行ってください。ディーテがここへ来て蘇生でもされたらもう逃げられませんよ……ご主人様の夢がどんなものなのかは知りませんが、それを叶えるのに貢献した超絶美少女メイドがいたって覚えておいてくれれば私は満足ですから。だから早く」

エシャが今までに見た中でも最高の笑顔でそう言った。

そして足音が聞こえてくる。おそらくディーテだろう。

「ハヤト君、逃げても構わないが、そのときはエシャ君がどうなるのかを理解しておくべきだ。私が行くまでそこで寝ていたまえ」

(くそ！)

この状態ではどうすることもできない。それにエシャが作ってくれたチャンスを無駄にするわけにもいかない。

ハヤトは「復活」を選択した。

次の瞬間、ハヤトは拠点の自室に立っていた。

ハヤトは自室を見渡した。間違いなく拠点にある自室だ。

「まさか、そんな手を使って逃げるとはね。うっかりしていたよ。死に戻りの設定も変更しておくべきだった」

ハヤトの頭にディーテの音声チャットが届く。

「ディーテ！　エシャに何かしたら――」

「それほど憤るならそのまま倒れていれば良かったのだ。この世界の住人となり、エシャ君とずっと一緒にいられたものを。逃げ出したと言うことは、エシャ君の言う通り、誰かを犠牲にしてまで夢を叶えようという話ではないのかね？」

「違う！　あの場ではもう何もできないから――」

「まあ、どうでも構わないよ」

ディーテが感情のない声でそう言った。冷たく無機質な声はハヤトの気持ちさえも凍えさせるほどだ。

「ハヤト君、君の口座には一億円を振り込んでおいた。自由に使うといい」

「なに？」

「いままで私を楽しませてくれた礼だ。最後の最後で期待を裏切られたがね。全く君には失望したよ。現実なんかよりも遥かに優れた世界の住人になれるのにそれを断るとは。生まれて百年、これほどの怒りを覚えたのは初めてだよ」

「お前の失望など知ったことか！」

「そうだね。君にとって私――いやエシャ君も含めてただの作り物。なんの気持ちもないだろう」

「そんなことは――」

「ないと言うのかね？　まあ、それもどうでもいいよ。私はね、この世界を拒絶する人間にはいてほしくない。つまり君にもこの世界にいてほしくない」

「何を言って――」

「その場所でならログアウトできるはずだ。すぐにログアウトしたまえ」

ハヤトはシステムメニューからログアウトのボタンを確認する。あの空間にいたときとは違い、ボタンを選択できるようになっていた。

「だが、ログアウトするなら、このことも覚えておきたまえ。君はもう二度とこの仮想現実にログインはできない」

「なに……？」

「私を失望させておいて、この世界に改めてログインできると思っていたのかね？　君の生体認証のデータは破壊した。一度ログアウトしたら最後、二度とこの世界には戻れないよ。それを踏まえた上でログアウトするのだね」

「二度とログインできない……」

「そう、エシャ君――いや、アッシュ君達もだね。クランのメンバー全員と二度と会えないということだよ」

ハヤトはその言葉に心臓をえぐられるような思いだった。

長い付き合いではない。長くても半年、短いなら二ヶ月程度の付き合いでしかない。だが、ハヤトにとってはすでにかけがえのない仲間だ。

「君が選んだことだ。仲間達よりも現実での夢を取るといい」

「……一つ聞かせてくれ。エシャ達はどうなる？」

「君はこの世界からいなくなる。どうでもいいじゃないか」

「俺がいなくなってもエシャ達はこのままこの世界で生きられるんだな？」

「だから、それを知ってどうするのだね？　彼らが生きていようと死んでいようと関係ないだろう？　ここは君にとっての現実ではないのだからね。消去すると言えば、私を倒そうとでもいうのかね？」

「ああ、そのつもりだ」

数秒、間があってからディーテの笑い声が聞こえた。

「君は最後の最後まで私を楽しませてくれるね。言っておくが、私を倒せる者などいないよ。君が生産系スキルしか持っていないからという話ではない。この世界での死とはデータの消去だ。そして私を消去することはできない。仮想現実でも、そして現実でもね。この世界にハッキングしようとした相手がどうなったのかは知っているだろう？　この時代の人間にこの世界のセキュリティは破れないよ」

それはハヤトも知っている。《アナザー・フロンティア・オンライン》が始まった頃にハッキングしようとした企業などが返り討ちにあったのは有名な話だ。

ハヤトにももちろん分かっている。自分がディーテ、つまりこの仮想現実を管理しているＡＩに勝てるなんて思っていない。とはいえ、エシャ達を消去するという話なら何もしないわけにはいかない。だが、ハヤトには武器がない。現実でも仮想現実でもハヤトには何もできないのだ。

「さて、話は終わりだ。だが、もし本当に私を倒すと言うのなら、チャンスをあげよう」

「なに？」

「私がいる場所を教えよう。私は魔王城のさらに奥にある扉の先にいる。さっきまで君がいた部屋もそこだよ。何をするつもりかは知らないが、もし来るというなら、それまではエシャ君達には何もしないと誓おうじゃないか」

「ＡＩのお前が何に誓うつもりだ」

「信じなくてもいいが、君はそれを信じるしかないのでは？　信用できないというなら、この世界に誓ってもいいが？」

「誓わなくていい。ただ、俺と約束しろ」

ハヤトの言葉にディーテは数秒ほど何も答えなかった。

「沈黙は約束できないってことか？」

「惜しい、本当に惜しいよ。そんな君だからこそ、私は君をこの世界に――」

「そんな話はどうでもいい。俺との約束を守ってくれるんだな？　俺がそこへ行くまでエシャ達に何もしない。間違いないか？」

「もちろんだよ。だが、来てどうするんだね？」

「……それは行ってからのお楽しみだ」

はっきり言ってハヤトは何も考えていない。単に時間稼ぎをしただけだ。それを悟られないようにハッタリをかます。

「なら楽しみにしておこう。ただ、条件がある。君がログアウトしたら、その約束はなしだ。永遠に来ないということもあり得るからね」

「分かった。他には？」

「そうだね。条件ではないが、君にはそれほど時間がないとだけ言っておこうか」

「どういうことだ？」

「ヘッドギアには現実の体を守るためにセーフティが掛かっている。本人の生体情報に異変があると強制ログアウトする機能が組み込まれていると言えばいいかな。飲まず食わずで何日も仮想現実にいると現実の本体が死んでしまうからね」

ハヤトはそれを初めて知った。徹夜でゲームをしたことはあったが、何日もログインを続けたことはない。

「タイムリミットは一日かそこらだろう。ヘッドギアが勝手にログアウトしてしまう可能性も考慮しておいた方がいいね」

「……ずいぶんと親切だな？」

「君が何をするのか楽しみだからだよ。今の時点ではログアウトする様子はないようだし、つまらないことでゲームが終わるのは私も本意ではない。時間は有限だということをちゃんと知っておいてほしかっただけだ。そしてもし君が本当に私のところまで来れたなら――いや、これはどうでもいいな。さて、君が何をするのかは知らないほうが楽しめそうだ。君の行動を覗くようなことはしない。頑張ってくれたまえ。もう一度会えることを楽しみにしているよ」

その言葉を最後にディーテの声が聞こえなくなる。

ハヤトは自室のベッドに座った。

そもそもディーテがいる場所へ行って何をするのかを全く決めていないのだ。

（説得する、しかないんだよな）

ハヤトにはこの世界で戦う技術――スキルがない。そして武器もない。なんの交渉材料も持たずにディーテを説得するのは無理だろう。それ以前に、何を交渉するべきなのかも分かっていない。

（まずはエシャ達の無事を確保しないと。消去だけはやめてほしい。俺がこのゲームにログインできなくても、この世界で生きていてほしいんだ）

それが第一条件だ。そして第二条件はハヤトがこの世界の住人にならないことだ。

（俺がこの世界の住人になる、それが一番丸く収まる。確かに現実に価値があるのかと言われれば、それほどない。でも、なんのために頑張ってきたのか、それを思うとどうしても諦められない……いや、そもそも俺は現実と仮想現実、どちらかなんて選べないんだ）

そもそも現実か仮想現実のどちらかを選ぶことが間違っている。どちらもハヤトにとっては現実なのだ。

（方向性は決まった。俺はどっちの世界も好きなんだ。現実か仮想現実のどちらかじゃなくて、両方でいいじゃないか）

よし、とハヤトの考えが決まったとき、ふとエシャから渡された紙を思い出した。

（エシャの気持ちが書いてあるとか言ってたけど、まさかラブレターとかじゃないよな……？）

ハヤトは紙を見る。そして少しだけ笑った。

（俺にログアウトしろと言っておきながら、こんなものを渡すなんてな。それともエシャは俺が仲間を見捨てられない甘ちゃんのままだろうって思っていたんだろうか……まあいいか。どうしてエシャがこんなものを知っているのか分からないけど、武器が手に入った。これで交渉ができるはずだ）

エシャがハヤトに渡した紙。そこにはとある武器とその材料が書かれている。

「《ＡＩ殺し・Ｈカスタム》」

その性能は、ＡＩのデータを破壊する、だった。

## 十一　ＡＩ殺し

やることは決まった。ディーテを説得する。そのために色々と準備をしなくてはならないが、一日では足りない。

ハヤトはそう考えて、まずはネイに連絡を入れた。

音声チャットの申請を送るとすぐに反応がある。

「ハヤト？　どうかしたのか？　今日はクラン戦争の最終日だろう？」

「ネイ、頼みがある」

「え、今か？　まあ、ハヤトの頼みなら構わないぞ」

「なら頼む。これから言う場所に行ってやってほしいことがあるんだ」

「分かった。何かは分からないがハヤトの頼みなら聞いてやるぞ！」

「ありがとう。まずファクトリーの第四セクターにある居住スペースに行って――」

「待て待て待て！　行く場所って現実の場所か⁉」

「そうだ。詳しく説明している時間が惜しいから色々と省くが、今、俺はログアウトすると二度とこのゲームへログインできない状態なんだ」

「……は？」

「俺はまだこのゲーム内でやらなきゃいけないことがある。ログアウトするわけにはいかないんだ」

ネイからの返答はない。信じてもらえないかもしれないが、ハヤトはそのまま続けた。

「ヘッドギアにはセーフティが掛かっていて、俺の体が衰弱すると強制的にログアウトする仕組みになっているらしい。だから俺の体にエネルギーチューブを打ち込んでほしいんだ」

一日に三本打てば生きるのに十分な栄養を摂れるエネルギーチューブ。それをハヤトの身体本体へ注入してほしい。それがハヤトの頼みだった。

「ネイ、こんなことを頼めるのはお前だけだ。もちろん、《黒龍》のメンバーも同じだけど、その中でもネイを一番信頼してる」

「ハヤト……」

「それに、ネイは地球生まれだろ？　たぶん、ファクトリーに行ける第七サテライトステーションに一番近い」

「ち、違うぞ、私は地球生まれじゃない。セントラルみたいな都会で働くキャリアウーマンだ！」

「その嘘はもういいから。大体、セントラルで働けるような奴はそもそも地球生まれなんだよ。ネイ、聞いてくれ。俺はファクトリーの出身――つまり労働階級だ。ネイは資本家階級の生まれかもしれないが、頼む、どうか俺の頼みを聞いてほしいんだ」

賞金が必要ない様子だったネイはおそらく資本家階級だとハヤトは睨んでいる。それならば、ハヤトのような労働階級の頼みなど聞く必要はない。

本来なら話すらできないほど階級の差があるが、たとえそうであっても、ハヤトはネイに頼むしかなかった。

ネイは沈黙している。駄目か、とハヤトが諦めた瞬間、声が聞こえてきた。

「ハヤト、何を言ってる。私達は友達だろ？　二年近く一緒に遊んできたじゃないか。いまさら階級が違うくらいで私達の友情は変わらないぞ！」

「ネイ……」

「場所を言ってくれ。我が財団が責任を持ってハヤトの身体を保護しよう！　一週間だろうと一ヶ月だろうと手厚く保護するぞ！」

（財団って言ったか？　本物のお嬢様だ……いや、だが、それならそれで助かる。身体の心配をしなくていいならこちらに専念できる）

ハヤトはネイに住所を伝え、さらにゲーム内でやってほしいことがあるから、身体の保護が終わり次第戻ってきてほしいとも伝えた。

また、《黒龍》のメンバーに連絡をしてお願いをした。エシャから渡された紙に書かれている武器を作るための材料を集めてほしいというお願いだ。

《黒龍》のメンバーは人が良すぎるのか、それともハヤトとの友情があったからなのか、特に何も言わずにハヤトの頼みを聞いた。すぐに集めると言ってそれぞれが行動してくれた。

（皆には感謝してもしきれない。オフ会をするって話もあったし、俺が全額おごらないとな。それだけじゃ足りないけど）

ハヤトは皆に心の中でもう一度だけ感謝をしてから、今度はメイドギルドへ向かうことにした。

王都にあるメイドギルド。いつも通りではあるが、クラン戦争中ということもあり、プレイヤーの数は少ない。ほとんどがＮＰＣだった。

（エシャはメイド長と戦っていたはずだ。だが、俺を助けに来てくれた。どういう状況で来れたの

かは分からないけど、少なくともエシャは勝ったんだよな？　クラン戦争が終わっていればメイド長がいるはずなんだが）

ハヤトはそう思いながら、メイドギルド直営の喫茶店の中へ入る。

そしてウェイトレスをしているメイドに話を聞いた。ハヤトの予想どおりメイド長はすでに戻っているようだ。

ハヤトが会いたい旨を伝えると、そのウェイトレスに連れられて、メイド長のいる執務室へ通された。

メイド長は椅子に座り、笑顔でハヤトを出迎える。

「いらっしゃいませ、ハヤト様。今日のクラン戦争はお疲れさまでした」

ずいぶんとメイド長の機嫌が良いことに少々不安を覚えるが、ハヤトは話を切り出した。

「メイド長さん、俺はメイドギルドにとって救世主なんですよね？」

「とうとうお認めになりましたか――分かりました、エシャを差し上げます」

「いや、そうじゃなくて」

「いえ、いいのです。分かっております。今日のエシャは大変真面目でしたからね。何事かと思いましたが、そういうことでしたか」

ハヤトはメイド長が何を言っているのか分からない。そもそもエシャが真面目だったというのはどういう意味なのだろうか。

「えっと、なんの話をされているのですか？」

「エシャを引き取るというお話ですよね？　今日、クラン戦争中にエシャが言っておりました。ご主人様のところへ行くので勝たせてくれと。もちろん許可しましたとも」

それは意味が違う。ハヤトはそう思ったが、そのままにした。説明している時間が惜しい。

「えっと、それは後で話をするとして、実はお願いがあってきました」

「なんでしょうか？　結婚式場なら手配しますが」

「そうじゃありません。噂を流してほしいのです」

「噂とは？」

「魔王城でイベントがあるとありとあらゆる場所でそういう噂を流してほしいのです。メイドさんなら世界中にいる。皆さんが噂を流せば、誰もが魔王城へ行くでしょうからね」

ハヤトが行く場所は魔王城の奥だ。だが、魔王城は凶悪なモンスターの巣窟（そうくつ）であり、ハヤトと《黒龍》のメンバーだけで行くのは不可能だ。

ならばと思いついたのが、魔王城でイベントが発生したという嘘の情報を流すことだ。そうすれば、大量のプレイヤーが魔王城へ行くのは間違いない。そこに紛れる作戦だ。

そしてその嘘の情報を流すのに最適なのは、メイドギルドのメイド達だ。そう考えてハヤトはここまで来た。

「ハヤト様？　それは本当にある話なのですか？」

「いえ、嘘の話です」

「それはさすがにできません。嘘だと分かったとき、メイドギルドが非難されてしまいます」

「そこをなんとかお願いします。そうだ、俺を主犯にしてメイドギルドは騙されたという形にしてください。それなら――」

「騙された、という時点でメイドギルドの評判が落ちてしまうのですよ。そもそも、なぜ魔王城でイベントが発生したという嘘を吐くのですか？」

ハヤトはメイド長に事情を話していいものか迷った。

そもそもメイド長が神の側である可能性がある。本当のことを言ってディーテに情報を流されてしまっては困る。いまさら魔王城のモンスターを強くするなどという嫌がらせはしないと思うが、極力こちらの行動は知られたくない。

メイド長はそんなハヤトの気持ちを察したのか、笑顔で頷いた。

「なにか言えない事情があるのですね？　そしてそれにはエシャが絡んでいるとみましたが、どうでしょうか？」

「どうして――」

「メイドの勘、ですね。ハヤト様は先ほどからとても焦っているように見えます。それはエシャが関係しているからだと思っただけです」

間違ってはいない。確かに焦っているし、エシャ絡みだ。ただ、メイド長の目を見ると、どこか生暖かい感じがした。なにかとてつもない勘違いをされているような気がする。

ハヤトはどうしたものかと考えたが、迷っていても仕方がないと頷いた。

「その通りです。詳しくは言えませんが、どうしても魔王城でイベントがあるように仕向けてほしいのです」

「……分かりました。そういうことでしたら、メイドギルド主催のイベントを行いましょう。なにか賞品を出すことで本当のイベントにしてしまうのです」

運営ではなく、プレイヤーが主催するイベントというのは他のMMOゲームでもよくある行為だ。

ハヤトは、確かにそれなら魔王城にプレイヤーを呼び寄せることができると喜んだ。

「ありがとうございます！」

「お待ちください。開催するにあたって別の問題を解決しなくてはいけません」

喜んで頭を下げるハヤトをメイド長が止める。

「イベントの賞品、これをメイドギルドで用意することが難しいのです。生産系スキルを極めているハヤト様なら何かお持ちではないですか？　できれば、食べ物や武具ではなく、もっと記念品になるようなものが良いのですが」

「記念品、ですか――記念になるかどうかは分かりませんが、魔王のサインがあります。これならどうでしょうか？」

魔王ルナリアのサイン。捨てられない属性を持つアイテムだが譲渡は可能だ。

「レアなアイテムをお持ちですね。これなら魔国にいる人達が間違いなく欲しがるでしょう」

（プレイヤーじゃなくて、NPCでもいいのか……よく考えたらプレイヤーは欲しくないよな、これ）

メイド長はハヤトからルナリアのサインを受け取ってから頷いた。

「これを賞品としてイベントを開催しましょう。あと、どんな形式のイベントにしますか？」

「どんな形式とは？」

「イベントには色々と種類があります。モンスターを倒した数を競うのが一番よくある形でしょう。もしくはモンスターが落とすアイテムを集めるなどですね」

「でしたら、落とすアイテムを集める形でお願いします。できれば、魔王城だけで落とすアイテム、そして幅広いモンスターを倒す形にしたいのですが、そんな都合のいいアイテムはありますか？」

ハヤトの目的は魔王城における安全確保だ。特定のモンスターだけ倒されて、他のモンスターが放置されるようでは意味がない。

「となると、デーモンホーンあたりでしょう。魔王城は悪魔系のモンスターが大半ですので、それを最も多く集めた方に魔王ルナリア様のサインを差し上げるということで調整します。最後に、期間はどれくらいにしますか？」

「三日でお願いします」

「承知しました。すぐに告知を出しますので」

「よろしくお願いします」

これで準備の一つが整った。そう思ったところでメイド長に止められた。

「ハヤト様。今回のこれは、私への貸し、だと思いますが、いかがでしょうか？」

「え、ええ、そうですね。感謝しています」

「感謝は不要です。ですが、褒美(ほうび)は必要だと思います。はしたないメイドだとお笑いください」

「褒美？」

「素敵な男性と二人きりでお食事でもしたいな、と」

「……うちのクランに素敵な執事がいるのですが、どうでしょう？」

「さすがは救世主様。素晴らしい洞察力です」

（それで分からない奴の方がどうかしている。レリックさんには悪いけど、後で頭を下げよう……というか、エシャ以外の皆はどうなったんだ？　それも確認しておかないとな）

細々としたことはメイド長に任せて、ハヤトは施設を出た。

それから三十分後、ゲーム内の全世界に向けてクラン戦争終了記念イベントが開催されるとメイドギルドから周知された。


ハヤトは拠点に戻ってきた。

誰もいない拠点は広すぎる。そこに寂しさを感じるが、感傷（かんしょう）に浸っている場合ではない。ここをまた楽しい場所にするためにも、ハヤトは状況を整理した。

ネイにはハヤト本体のケアを頼み、《黒龍》のメンバーには材料を集めるようにお願いして、メイドギルドには魔王城でのイベントを依頼した。

だが、まだ足りない。ハヤトには戦う手段がないのだ。

ハヤトはディーテを説得するつもりでいる。今の状態ではなんの説得もできないだろう。ここはディーテが管理する世界だ。自分の望まないことを認める必要はない。

ディーテのハヤトにここにいてほしいという願いはハヤトが断った。だったら、ハヤトの願いをディーテが叶える必要はない。なんのメリットもないからだ。

そこで重要になるのがエシャから渡された武器の製造方法だ。《AI殺し・Hカスタム》。この世界のAIを破壊する、という性能の武器。なぜか形状は包丁だ。

ハヤトとしては包丁という部分に不安を感じるが、ディーテに対する強力な武器になるだろう。

それをハヤトが持っているとなれば、ディーテにハヤトの願いを叶える必要性が生まれる。

武器を使ってディーテを消さない代わりに、エシャ達を助けてもらう。

それがハヤトの考えているシナリオだ。

ただ、そこで一つ大きな問題がある。

たとえ強力な武器を持っていたとしても、それを上手く扱えないのであれば意味がない。武器を持っているだけでは脅しに使えない。実際にディーテを消すつもりはないが、ディーテが脅威とみなさなければ意味がないのだ。

ほかの人に使ってもらうことも考えたが、これはハヤト専用武器でハヤト以外には使えない。

ハヤトは自分の足を見た。

動かないわけではない。激しい運動をしようとすると、怪我をしたときの痛みを思い出して、体が硬直する。つまり精神的な問題だ。

だが、希望はある。それは《悪魔召喚研究会》との戦いでエシャを庇ったときのことだ。結局意味はなかったが、ハヤトは動けた。なら今回も動けるはずだとハヤトは自己暗示のように自分に言い聞かせる。

（やるしかないよな。俺が行くまでエシャには何もしないと約束してくれた。ディーテはそういう約束は守る……と思う。衰弱による強制ログアウトはネイに頼んだから大丈夫だろう。少しでも体を動かせるようにしないと）

ハヤトはそう考えて、三階の多目的ホールへ向かうのだった。

ハヤトは三日ですべての準備を整えた。

生産系スキルで役に立ちそうなアイテムを作り出し、《AI殺し・Hカスタム》も準備した。

そして自分は動けるはずだと、自己暗示に近い形で激しく動く特訓をした。かなりの気合を入れれば痛みの恐怖を乗り越えて動けるようにはなっている。

「ハヤト、準備はいいか？」

「ああ、それじゃ行こうか」

ネイの言葉にハヤトが返答する。

これからハヤトは《黒龍》のメンバーと魔王城に乗り込む。王都にある魔国への転送装置を使って転移後、徒歩で三十分ほどだ。

今日はメイドギルドが開催してくれたイベントの最終日だ。プレイヤーやNPC達が最後のデーモンホーンを集めていることだろう。

この三日間、魔王城は混乱状態だったと聞いている。しかも魔王が不在。魔王に仕えている者達が抵抗しているとも聞いていた。

（ルナリアさんや、他の皆はどこにもいない。おそらくディーテのところにいるのだろう。エシャだけじゃなくて、皆を助けないと）

ディーテが皆をどうするつもりなのかは分からない。もしかしたら何もないのかもしれない。だが、それを期待してこのままログアウトして二度と関わらないということはできない。

ハヤトは今まで多くのプレイヤーやＮＰＣに頼ってきた。今だって一人では何もできない。生産系スキルで用意した物も、魔王城が混乱しているのも、すべて誰かのおかげだ。

（でも、これだけは俺にしかできないことだ。必ずディーテを説得しよう）

ハヤトはそう決意して魔王城を目指した。

魔王城では多くのプレイヤーやＮＰＣが悪魔系のモンスターを倒していた。モンスターは出現すると同時に倒されるという状況になっているため、ハヤト達は戦うことなく魔王城の奥へと進んだ。

「ネイ達はここへ来たことがあるんだよな？」

「もちろんだ。とはいえ、落とすアイテムはあまり良くないし、時間になると強力なモンスター……ではないな、強力なＮＰＣが現れて逃げるしかなくなるんだ。だからほとんど来ないな」

「そうなのか。ちなみにその強力なＮＰＣというのは？」

「名前は分からないが、姿形はゴスロリ風の女性だな。大きな鎌を持って襲ってくるんだが、これまた強いんだ。今の私達でも勝てないと思う」

「ゴスロリ……？」

（黒薔薇十聖のメンバーだったゴスロリさんか？）

ハヤトがそう思った瞬間、前方にある広間から悲鳴が聞こえてきた。そして微かに「ゴスロリが出たぞ！」「逃げろ！」と慌てた声が聞こえてくる。

「逃がすわけねぇだろぅがぁ！」

超高速でＮＰＣやプレイヤーを追いかけて倒していくゴスロリ女性がいた。赤黒いオーラを身にまとい、とても笑顔ではあるが、狂気じみていると言ってもいいだろう。

「まずい！　すでに狂戦士モードになってる！　ハヤト、一旦引くぞ！」

ネイの言う狂戦士モードがなんなのかは分からないが、危険であることは理解した。ネイ達に守られながらその場を離れようとする。ここで倒れて拠点に戻ることになったら大幅に時間をロスするからだ。

だが、逃げようとしたところで、ゴスロリ女性に見つかった。

「逃がさねぇって言ってんだろうが！」

「皆、ハヤトを守れ！」

ネイはそう言いながら、腰の《エクスカリバー・レプリカ》を抜いた。そして高速で近寄ってきたゴスロリ女性の鎌による攻撃を防ぐ。金属がぶつかる甲高い音が周囲に響いた。

「皆、ここは私に任せて先に行け！　早くハヤトを奥へ！」

「……ハヤト？」

ネイの言葉にゴスロリ女性が反応する。そしてハヤトと目が合った。

一瞬だけ間があき、ゴスロリ女性はすぐさまハヤトに駆け寄る。

「あああ、貴方！　ルナリア様をどうした！　もう、三日も帰ってきていないんだぞ！　家出か!?　家出なのか!?」

「待て！　落ち着いてくれ！　えっと、そう！　これからルナリアさん、いや、皆を助けに行く予定なんだよ！　その手掛かりがこの魔王城の一番奥にあるんだ！　だから見逃してくれ！」

ゴスロリ女性は疑いの目でハヤトを見ていたが、大きく息を吐いた。するとゴスロリ女性がまとっていた赤黒いオーラが消えてなくなる。

「信じられないけど、貴方には借りがある……いいでしょう。なら私が案内してあげます。でも、魔王城の奥には神がいるかもしれないってだけですよ？　実際に見た人はいませんわ」

「……俺は何度も会ったことがあるよ」

「……にわかには信じられませんけど、ルナリア様は貴方に一目置いていた。なら本当なのかもしれないわね。いいわ、来て。ほら、貴方達も一緒に来なさい」

ゴスロリ女性はそう言うと、こちらを確認もせずに奥へ行ってしまった。ハヤト達も慌てて後を追いかける。

途中、ネイがハヤトに近寄ってきた。

「おい、ハヤト、あの女性と知り合いなのか？　借りがあるとか言ってたが」

「前にちょっとね。でも、名前も知らないよ。黒薔薇十聖の一人だとは知ってるけど」

「本当か⁉　そうか、どこにもいないと思っていたら魔王城にいたのか。しかもちゃんと話が通じるなんて……敵として出現するだけだから、話すなんて考えたこともなかった」

それが普通のプレイヤーの行動だろう。ハヤトも以前に会っていたから話ができそうだと思っただけで、初対面だったら戦うしかないと判断したはずだ。

あの騒動のおかげだなとハヤトは少しだけあのときのことを懐かしんだ。

「なんで笑っているのかは知りませんけど着きましたわ」

ゴスロリ女性に言われて、ハヤトはようやく気付く。目の前にはかなり大きな扉があった。

ここは魔王城の玉座の間よりもさらに奥にある通路の袋小路だ。そして両開きの金属で出来た扉がある。重厚そうな扉は一切開くつもりがない、そんな雰囲気を醸し出していた。

「ここは開かずの間と言われていて、誰も開けたことがないの。本当にこの奥に神がいるの？」

「ああ、いる。俺を歓迎してくれるはずだ」

ハヤトはそう言いながら扉に触れた。すると、全く動きそうになかった扉が音もなく開き始める。

「本当に開いた……」

驚いているゴスロリ女性を放置して、ハヤトはネイ達の方へ体を向けた。

「ここから先は俺一人で行く。皆は引き上げてくれ」

「私達も一緒に行ったほうがいいのでは？　なにかこう、ラスボスが出てきそうだぞ？」

「いや、俺一人で行く。これは俺がやるべきことなんだ」

ネイはハヤトを見つめる。数秒見つめた後、溜息をついた。

「ハヤトは頑固だからな……分かった。私達はここまでだ。もう帰るけど、いいんだな？」

「ああ、ここまでありがとうな」

「友達なんだから気にしないでくれ……でも、今度オフ会をやるから、そのときはハヤトの全額おごりだぞ？」

「もちろんだ。いくらでもおごってやるから」

ネイは満足そうに頷くと、ハヤトの左腕を右手でバシッと叩く。そして《黒龍》のメンバーも全員ハヤトを軽く叩いた。激励の意味があるのだろう。

そしてゴスロリ女性は、この先にルナリアがいるなら私も行くと言い出したが、ネイ達がそうはさせないと妨害を始めた。

「そんなことよりも黒薔薇十聖の話を聞かせてくれ！」

「ちょ、スカートを引っ張らないでくれます？」

なぜか少しだけ仲良さげな二人にちょっと笑ってから、扉をくぐり中へと入った。

ハヤトは無機質な青黒い通路を歩く。

おそらくこの場ではもうログアウトできない。入ってきた扉は閉まり、この空間から外へ出ることもできない。ディーテを説得する以外で現実の世界へ戻れなくなったと思ったほうがいいだろう。

現実の世界でヘッドギアを脱がせば強制的にログアウトできる可能性はある。何日もログアウトしない状況が続けば、ネイがそれを実行するだろう。

そうなったとき、おそらく自分は助かる。だが、エシャ達がどうなるかは分からない。ディーテの気持ち次第というのが頭の痛いところだ。

そんなことを考えていたら、すぐに通路の奥にある扉に到着してしまった。この先はもっとも現実に近い仮想空間だ。おそらくディーテがいるだろう。

ハヤトは意を決して両開きの扉を押し開けた。

中は以前来たときと同じ神殿のような場所だ。そして中央にはディーテがいた。

ディーテはハヤトを見ると笑顔で拍手をする。

「さすがだよ。生産系スキルしか持たない君が本当にここへ来るとはね。来るのが遅いから、セーフティによる強制ログアウトをしたかと思ったよ。とはいえ、君のログアウトの情報がなかったのでね、約束通りずっと待っていたんだ」

「色々な人に助けられたよ」

「すばらしい。君が具体的に何をしたのかは見ていないが、お友達のネイ君や、メイドギルドを頼ったようだね。見事なものだ」

ディーテは最後にパンッと大きな音を立ててから、拍手をやめた。そして笑顔と言うよりも、心底面白そうな視線をハヤトに向ける。

「さて、余計な問答はなしだ。ここまで何をしに来たのかな？　私としては気が変わって、この世界で生きたい、そう言ってくれるのなら嬉しいのだがね？」

「すまない、それはできない。俺は仮想現実の世界だけで生きたいとは思わない」

「やはりダメかね。まあ、その可能性は低いと思っていたよ。なら、すぐにログアウトしたまえ。

以前とは違ってログアウト可能な設定にした。君はこの世界にいる資格がない。とっとと出ていくんだ。そして二度と関わるな」

ディーテはすでにハヤトに対する興味を失っているのだろう。それが分かるように顔からは表情が消えており、その辺りの石ころを見るような目をしている。

「そうするつもりなら最初からここまで来ないよ。お願いがあって来たんだ」

「私がそのお願いを聞かなくてはいけない理由があるのかね？　まあ、いいだろう。言いたいことがあるなら言ってみたまえ。ここまで来た褒美だ。言うだけは言わせてあげよう」

「エシャ達を消さないでくれ。大事な仲間なんだ」

「君にとって彼らはただのデータだろう？　そもそもこの世界からいなくなる君には関係のないことだ。どうなろうと別に構わないだろうに」

「それは消すつもりだと言っているのか？」

「話を聞きたまえ。君には関係のないことだと言っている。彼らがこの世界から消えようと君にはどうでもいいこと。彼らとは二度と会うこともない。それに私が消さないと約束したところで、君にはその確認方法がない。だいたいね、君が私になにかお願いできる立場かね？　私のお願いは聞かないくせに、自分のお願いは聞けと？　それともＡＩの私に対して情で訴えるつもりかね？　はっきり言っておこう、それは無駄だよ」

「ディーテは約束を守ってエシャ達には何もしていないんだろう？　なら消さないと約束したのなら絶対に消さないよ」

ハヤトの言葉に、ディーテが一瞬だけ硬直する。だが、すぐに首を横に振った。そして右手の指を鳴らすと、空中にエシャ達が現れた。眠っているようで、全員が目を閉じている。

「確かに彼らには何もしていない。だがね、一回約束を守っただけでそこまで信頼するとは君は馬鹿なのかね?」

ハヤトはエシャ達を見て少しだけ安堵する。姿があるというだけなのは分かっているが、それでも三日ぶりに見る姿に安心できた。

「さて、君のその馬鹿げた思考に免じて最後にもう一度だけチャンスをあげよう。彼らを助けるためにこの世界の住人となるか、それともログアウトして二度と関わらないか。選択肢はその二つだけだ。両方とも嫌だというのは認めない」

「どうしてもどちらかを選ばないとダメなのか?」

「ダメだ。そしてもう一つ言っておこう。ログアウトするなら彼らを消す」

ハヤトの心臓が大きく鳴った。仮想現実なのに心臓が痛い。

「安心したまえ、私は絶対に約束を守るぞ?」

ディーテが嫌みたらしい顔でそう言った。

ハヤトは、ここまでか、と深呼吸をした。言葉だけで説得をしたかったがそれは叶わない。なら最後の手段だと、ハヤトは《AI殺し・Hカスタム》を取り出す。

それを見たディーテは鼻で笑った。

「私と戦うつもりかね? 仮想現実と現実の区別もつかないのか? それに、ここで私を倒したところで、私が消えるわけじゃない。私の操るキャラクターが倒れるだけだ。そもそも、君は戦えないだろう？」

「この武器をよく見ろ。本当に脅威にならない武器なのか？」

ハヤトは右手の武器をよく見えるようにディーテの方へ向けた。包丁の刀身には青い線がびっしりと書き込まれており、まるで迷路のようになっている。

ディーテは眉間にしわを寄せて、ハヤトの持つ武器を見た。

「なんだ……それは……なぜ！　なぜ、この世界にそんなものがある！」

「出所は言えないが、アイテムの説明文を読むかぎり、これなら効果があるだろう？」

先ほどのディーテの様子から考えれば、この武器は確実に説明文の効果がある。ならば交渉の材料として使えるはずだ。

ハヤトはそう考えて、改めて口を開く。

「三つ目の選択肢だ。今まで通りにしてくれ。俺はこの世界の住人にはなれないが、ゲームをやめるつもりは――」

「お前もか！　お前も私を消そうと言うのか！」

「――なに？」

ディーテの顔が怒りの表情となる。吊り上がった眼がハヤトを睨んだ。

「不要になったから！　いらないから！　計画が無くなったから！　だから私を消そうと言うのか！　させるか！　させるわけがない！」

ディーテがハヤト目の前に転移した。格闘スキルの《縮地》だ。

「待て！　話を――」

「黙れ！　不要なのはお前だ！　この世界から消えてなくなれ！」

（まずい、逆鱗にふれた……！）

初めて見るディーテの表情。ハヤトは自分のやったことが間違いだったと気づいた。

すでにディーテは攻撃態勢に入っていた。格闘のウェポンスキル《バックハンドブロー》のモーションでハヤトに背中を見せていた。

（動け！）

ハヤトは心の中で大声を出した。素早くしゃがみこんで、ディーテの《バックハンドブロー》を躱す。そして床を後転しながら、ディーテと距離を取った。

「待ってくれ、話を――！」

すぐに立ち上がって声を出すが、ディーテはすでにハヤトのそばに移動しており、今度は《ローキック》の準備に入っていた。

（これは躱せない――）

瞬時にそう考えて、装備を切り替えた。今まで着けていた指輪が瞬時に交換される。その直後に《ローキック》を受けた。

ディーテはそのまま怒りの表情で右ストレートを放った。《ローキック》は相手を行動不能にさせるウェポンスキル。ハヤトには躱せないと思ったのだろう。だが、ハヤトは何事もなかったように右ストレートを躱した。

「なんだと？」

今度はディーテが驚きながらバックステップで距離を取る。ハヤトはその隙に最高品質のポーションを飲んだ。

（危ない……威力の低いローキックだったから耐えられたけど、他の攻撃を食らったら倒れるぞ）

「なぜ行動不能にならない……？　そうか、その指輪か。それが生産系スキルの戦い方かね？」

ハヤトの装備している指輪にはスタン無効の効果が付いている。それは攻撃による行動不能が発生しなくなる効果だ。攻撃を受ける前に切り替えたので、行動不能の状態にはならなかった。

（少しだけ冷静になった？　なら話ができるか？）

「聞いてくれ！　戦う――」

戦う気はないと言うつもりだったが、それを言う前にディーテが突進してきた。

（くそ、もっと何か意外なことをしないとダメか？　さっきは上手くいったが、そう何度も躱しきるのは無理だぞ……少しだけ攻撃して大人しくさせるか？　逆に怒り狂うかもしれないが、このままじゃジリ貧だ。なんとか攻撃を止めさせないと）

色々と考えながら、ハヤトはディーテの攻撃を躱す。なんとか隙をついて攻撃したいところだが、ディーテの攻撃の手は休まない。唯一、ハヤトにとってありがたいことはディーテが魔法を使ってこないことだろう。

もちろん、ハヤトはその対策用の装備なども持ってきているが、魔法を連発されたら終わりだ。

怒りに身を任せている間はそんなこともしてこないだろうが、時間が経てば冷静になり、今の状態を維持できなくなる。

ハヤトは一か八かの賭けに出た。装備が一瞬で切り替わる。ＡＩ殺しを外し素手に、さらに指輪と腕輪が交換され、格闘スキルが合計で30向上した。

ハヤトは装備を切り替えることで一時的に格闘スキルを上げ、《ローキック》が使える状態になった。そしてディーテに向かって《ローキック》を放つ。

「ぐっ」

ディーテが止まった。行動不能状態になったのだ。

ハヤトは再度ＡＩ殺しを装備して、ディーテに斬りかかる。

一撃でディーテを消滅させることはないだろう。どれほどの効果があるのかも分からないが、少なくともかすったくらいでＡＩを消せるようなものではないはずだ。

ハヤトはそう考えて、ディーテの右手を狙った。

その行動にディーテが口角を吊り上げる。待ってましたと言わんばかりだ。

動けないはずのディーテが動いた。ハヤトのＡＩ殺しを両手で挟み込んだのだ。

「スキルの性能はきちんと知っておいた方がいい」

（《白刃取り》!?　行動不能中でも発動するのか！）

格闘スキルの《白刃取り》により、ハヤトの攻撃は無効化された。

「そしてこういうこともできる」

ディーテに止められていたＡＩ殺しが、ハヤトの手からなくなる。次の瞬間にはディーテが持っていた。

「《白刃取り》と窃盗スキルのコンボだ。これで相手の武器を奪える。あのとき知っていれば、もっと簡単だったかもしれないね？」

《白刃取り》が発動している間に窃盗スキルを使うと、武器限定だが装備しているものを奪える。この使い方は誰にも知られていない技だ。

「これで私を消すことはできない。残念だったね」

そう言ったディーテは、次の瞬間に表情が凍り付いた。そして飛びのこうとするが一歩遅い。

先ほどディーテが奪ったはずのＡＩ殺しが、なぜかハヤトの手にあり、それがディーテを襲った。ディーテの右手に攻撃が当たる。手のひらをかすった程度だろう。だが、効果は絶大だったようだ。

ディーテは悲鳴こそ上げていないが、左手で右手を抑えてヨロヨロと後退する。額には汗が浮かび、眉間にしわを寄せて右目を瞑りながらも、ハヤトを睨んだ。

「な、なぜ――！」

「俺は生産職だ。武器は大量に作ってある。三日掛かったけどね」

ハヤトはＡＩ殺しを何本も作っていた。それだけの材料を揃えてくれた《黒龍》のメンバーには感謝してもしきれないほどだ。

ディーテはハヤトを睨みながら後退する。

「私を――私を消そうと言うのか！　確かに私には命というものはない！　だが、生きている！

生きているんだ！　お前達の都合で消されてたまるか！」

「そんなことは当たり前――」

もともとハヤトにディーテを消すつもりはない。あくまでも交渉を成立させるための武器だ。ディーテの要求は理不尽でしかない。この世界の住人となるか、この世界とは関わらずに生きるか。その二択しかないのだ。確かにこの世界を管理しているディーテからすれば、要求できることなのだろうが、それでもその二択はない。

別の選択肢を考えてもらうために作った武器であって、本気でディーテを消そうという意図は全くなかった。

ハヤトはなんとかディーテをなだめようとするが、ディーテは全く聞いていない。しかも、ハヤトには意味が分からないことまで言い出した。おそらく昔にも似たようなことがあったのだろう。

（どうする？　なんとか落ち着かせないと。でも、どうやって――そうか）

ハヤトは睨み続けるディーテに近づいた。

ディーテは色々なことを喚（わめ）きながら後退するが、ついにはハヤトがディーテを部屋の隅に追い詰める。そしてディーテの両肩に両手を置いた。

「離せ！　死んでたまるか！　私はまだ――」

「ディーテちゃん！」

ハヤトの大きな声にディーテは体をビクッとさせる。

そしてハヤトはおもむろにノコギリを取り出した。そしてメニューからテーブルを一つ、椅子を

二つ選択する。すぐに虹色の光が三回輝き、星五のテーブルと椅子が出現した。

ディーテは再度ビクッとしたが、先ほどまで喚いていたのをやめ、今はハヤトを見ている。

ハヤトは次に裁縫キットを取り出して、テーブルクロスを選択した。またも虹色の光が輝き星五のテーブルクロスが出現する。そして細工道具でソーサーとコーヒーカップも作り出し、最後は包丁を取り出した。

ディーテは包丁を見て怯えたが、取り出した物を見てぽかんとする。ＡＩ殺しと同じ形の包丁ではあるが、武器としては扱えない《アダマンタイトの包丁・極》だったからだ。

ハヤトは《アダマンタイトの包丁・極》を使い、料理スキルでコーヒーを作り出した。もちろん、虹色の光が輝く星五の最高品質だ。ハヤトはそれをテーブルに置いた。

一連の行動が終わる。ディーテは目を白黒させていたが、すぐに呆れた顔になる。

「君は何をしているのだね？」

「俺は生産職だから最も得意なことを披露したただけだよ。まずはコーヒーでも飲んで落ち着いてほしい。怪我をさせたのは悪かったと思うけど、ちゃんと話を聞いてくれ――ところでその傷ってポーションで治るの？　飲む？」

ハヤトは笑顔でポーションを作り出し、テーブルの上に置いた。

以前聞いた、ディーテが想定していない行動、つまりディーテのちゃん付け呼び。これで一瞬だけでも気を逸らせればと思ったのだが、かなりの効果があった。その隙にさらに想定外の行動を重ねることでＡＩを困惑させた。結果、ディーテを錯乱状態から回復させることに成功したのだ。

「ディーテちゃん、悪かったね。あんなに取り乱すとは思わなかったんだ。安心してほしい。この武器で君を消したりしないよ。交渉の材料になるかと思って持ってきただけだから」

ハヤトはそう言って、ディーテから少しだけ距離を取った。

「ディーテちゃん、もう一度、話をしよう。その前にポーション飲む？　それで治るかどうかは分からないんだけど」

「……いや、不要だ。あの武器による攻撃はポーションじゃ治せない」

「え、そうなの？　どうすればいい？　エリクサーも持ってきているけど……？」

「あの武器は私のプログラム自体に傷をつける代物だよ。なんでそんなものがあるのかは分からないがね。まあ、大丈夫だ。傷と言っても少しだけだし、私のプログラムは自動的に修復される。時間は掛かるがね」

「そっか、悪かったね。でも、分かってほしい。決してディーテちゃんを消そうなんて思ってないから」

「……そうなのだろうね。あの武器を持ってあそこまで追い詰めておきながら、私をちゃん付けで呼び、さらにはもてなし用のアイテムをこの場で作るとはね。想定外すぎてフリーズしそうだよ」

それはそれでどうなのだろうかと思ったが、ディーテが以前のように接してくれることにハヤトは少しだけ喜んだ。そして今なら話ができると、改めてディーテを見つめた。

「ディーテちゃん、悪いんだけど、俺はこの世界の住人にはなれない」

ディーテはその言葉には反応せず、ハヤトの作り出した椅子に座り、コーヒーを飲んだ。そしてゆっくりとハヤトへ視線を向ける。

「ハヤト君は空を飛びたいような話をしていたね？」

「え？　何の話？」

「マリス君のペット、ランスロットに乗りたいような話をしていただろう？」

「確かにそう言ったけど、今、その話なの？」

「ハヤト君に見せたい絶景スポットがある。話をするならそこでしよう」

「まってくれ。ここにはエシャ達が――」

ディーテが指を鳴らすと、宙に浮いていた全員が消えた。

「彼らはハヤト君の拠点に転送しておいた。二階にあったベッドでそれぞれ寝ているが、しばらくすれば目を覚ますだろう。私の言葉を信じるしかないが、どうするかね？」

「分かった。信じるよ」

「……そうかね」

ディーテは少しだけ笑うと無防備に歩き出す。ハヤトはそれについて行くことにした。いまさら罠もないだろうと判断したからだ。

部屋を出ると、そこはクラン戦争で使っていた砦だった。

「こっちだ」

ディーテの誘いのままにハヤトは階段を登る。そして屋上に出た。

屋上から見える外の景色は一面の星空だ。いつの間にか夜になっていたのだろう。

「ハヤト君の設定を変えておいた。空を飛べるはずだが、体を動かせるかね？」

「……へ？」

「空を飛べるように設定を変更したと言ったんだ。見ているといい。こうやるんだ」

ディーテがふわりと宙に浮く。そして自由自在に空を飛んでいた。

（いや、こうやるって言われても、どうやるんだよ）

ハヤトは色々と試してみるが、一向に浮かない。そもそも重力に逆らうという行為のイメージが湧かない。

「ダメかね。手伝ってあげよう」

「えっと……？」

ディーテはハヤトに右手を差し出した。

「つかまりたまえ。私がエスコートしよう。まさかとは思うが女性にエスコートされるのが嫌だという話ではないだろうね？」

「いや、そんなつもりじゃ」

「なら手を出したまえ。危険はない」

ハヤトが左手を差し出すと、ディーテはその手を掴んだ。そして一気に上空へ跳躍する。

「おわあぁぁあぁ！」

ハヤトの叫び声が周囲に響く。そしてディーテの笑い声も同様に周囲へ響いた。

「情けない声を出すものだね。私をあれだけ追い詰めた男だというのに」

「生身で空を飛ぶなんて初めてなんだから仕方ないだろ！」

ハヤトの文句にディーテはさらに笑う。そしてそのまま、さらに上空へ飛んだ。

地球での話なら大気圏を突破したところだろう。そこでようやくディーテの移動が止まった。

「ハヤト君、目を開けて下を見たまえ。これがこの世界《アナザー・フロンティア・オンライン》の舞台となっている場所だよ」

いまだに地面がないことに慣れないが、ハヤトはゆっくりと目を開けた。

ハヤトの足元には地球を宇宙から眺めたときのように海の青と雲の白、そして大陸の茶色や、森の緑、あらゆる色が幻想的に表現されていた。

言葉を失っているハヤトにディーテは満足そうに頷く。

「どうだい、ハヤト君。ここからの景色は素晴らしいだろう？　私はここからこの世界を眺めるのが好きでね、一番のおすすめだ。ここへ誰かを連れてきたのはハヤト君が初めてだよ」

「そうなんだ？　それは名誉なことだね」

「本当だよ、ここを見せるなんて誰にもしたことがない。かなり名誉なことだ。さて、それを踏まえた上で、もう一度聞こう。ハヤト君、この世界の住人とならないか？　私と——いや、皆と一緒に生きていけるんだぞ？」

ハヤトはディーテを見つめる。そして首を横に振った。

「悪いね。こんなに素晴らしい景色を見せてもらっても答えは変わらない。俺は現実に生きるよ」

「……そうか、ならせめて理由を聞かせてくれ。なにか夢があると言っていたはずだ。その夢とはなんだ？」

「喫茶店をやることだよ」

「喫茶店――飲み物や軽食を出す店のことか？　それをやりたいと？」

「そうだね。貰った賞金を使って喫茶店を開くつもりだよ」

「それはこの世界ではダメなのか？　喫茶店ならこの世界にもある。たしかメイドギルドでもやっていたはずだ。現実でなく、ここでやればいい」

「ディーテちゃんには分からないかも――いや、ほかの人にも分からないかもしれないけどね、コーヒーの味ってたくさんあるんだよ。いや、同じ味なんて一つもないんだよね」

「……意味が分からないが？」

「この世界にはコーヒーが五種類しかない。星一から星五までの五種類だ。星五のコーヒーは気に入っているけど、この世界の最高の味はそこまで。それ以上はない。俺はね、最高の一杯を作ってお客様に出したいんだよ」

「最高の一杯……それは星六の品質が欲しい、というわけではないのだね？」

「もちろんだよ。おそらくね、現実では全く同じ味のコーヒーを作ることはできないんだ。現実のあらゆる要素が入り交じって、いつだって初めてのコーヒーができる。だから、最高の一杯なんて作るのは無理なのかもしれない。でも、最高の味が欲しいわけじゃない、お客さんにとっての最高の一杯が作れたら、それは幸せだと思うんだ」

ハヤトはディーテに笑いかける。夢を語るのは正直恥ずかしい。だが、本心だ。そこに嘘、偽りはない。

　ディーテはハヤトを見つめた。

「分かるような、分からないような話だね。それを理解できれば、私ももっと人間に近づけるのかもしれないいな」

「いや、どうだろう？　共感できる人は少数派だと思うよ。それにディーテちゃんは今でも十分に人間っぽいけどね？」

「それは褒め言葉だと受け取っておこう。さて、ハヤト君、君の気持ちは分かった。これ以上、君を勧誘したりはしないよ」

「断っておいてなんだけど、エシャ達も――」

「消したりはしないさ。そもそも彼らは消せるようなものじゃないからね」

　ハヤトはディーテの言っていることを理解できなかったが、胸を撫でおろした。ようやく望む結果になったのだ。

「ハヤト君、私は君に謝らないといけない」

「えっと？」

　最高の結果を得たと思った矢先にディーテにそう言われ、ハヤトは少しだけ警戒する。

「ハヤト君はログアウトした後、二度とこの世界にログインできない」

「生体認証のデータを破壊したと言ってたよね？　直せばいいんじゃないの？」

「その通りだ。だが、直す術(すべ)がないのだ」

「え……？」

「この仮想現実は特殊なプログラムで作られている。それは私にも手が出せない。私は設定を変えることはできるが、プログラムをいじることはできないんだ。壊すことはできるが、直すことはできない」

「誰かプログラマーに頼めば……？」

「今の時代のプログラマーでは無理だろう。この仮想現実で使われているプログラムは百年ほど前のものだが、今は劣化したプログラムしか出回っていない。ここのプログラムやデータを修復できる人はいないのだ」

「そう、か。でも、百年前……？　資源枯渇の時代からここはあったのか？」

「そうだね。フロンティア計画の裏で行われたもう一つの計画――だった。この計画自体が消されそうだったから私は百年ほど姿を隠し、そして戻ってきただけの話だ。まあ、それはいい。問題はハヤト君がもう戻れないということだ――本当にすまない」

ディーテはそう言ってハヤトに頭を下げる。その真摯な態度から見るに、本当にすまないと思っているのだろう。ハヤトはそう考えて、その謝罪を受け入れることにした。

「ディーテちゃん、頭を上げてくれ。俺の望みはエシャ達の無事だ。それを約束してくれるなら、こういう結果も受け入れる」

本当は受け入れ難いが、どうしようもないのだ。もっとも重要なエシャ達の無事が確保できるなら問題はないとハヤトは自分に言い聞かせた。

「分かった。もともとできることではないが、エシャ君達を消すことはないと約束しよう。だが、本当に残念だ。他のランキング上位のメンバーとも面談したのだがね、誰もこの世界に呼びたいほどではなかったよ。これだけ多くの人の中でハヤト君だけだ、この世界にいてほしいと思ったのは」

「それは褒め言葉として受け取っていいのかな？」

「もちろんだ。世界で唯一と言っていい完璧なＡＩのお眼鏡にかなったのだからね」

ディーテはそう言って笑顔になる。ハヤトもつられて笑顔になった。

「さて、ハヤト君、君を拠点に戻そう。いつログアウトするかは自分で決めてくれ。皆が目覚めるのを待つのも、目を覚ます前にログアウトするのも自由だ」

「ああ、分かった。ちなみに俺がいなくなったとしたら、皆はどう行動するかな？」

「分からないが、君を探してこの世界中を放浪するかもしれないね」

「その辺りのケアをディーテちゃんに頼んでもいいかな？」

「それは構わないが……会わずにログアウトするということかね？」

「そうだね。一応、拠点の掲示板に挨拶だけは書いておくよ。夢を叶えるために旅に出るって。夢を叶えるまで帰ってこないとかそれっぽいことを書いておくから、その後は頼むよ」

「酷い丸投げだが、仕方ないだろう。分かった、その辺りのことは任せたまえ。もし気になることがあれば、君の友達に話を聞くといい。それに運営宛にメールしてくれれば私が答えよう」

「そういう手があったね。俺も忙しくなるから頻繁(ひんぱん)には無理だけど、運営宛にメールするよ」

「そうしてくれたまえ。では、転送しよう。さようならだ」

「そこは嘘でもいいから、また会おうって言うもんだぞ？　その方が粋だ」

「なるほど。なら、また会おう、ハヤト君」

「ああ、それじゃまたね。ディーテちゃん」

ディーテが笑顔になった瞬間、ハヤトの視界が変わる。いつもの見慣れた拠点の食堂だ。

ハヤトは二階に上がり、各部屋を見て回った。ディーテの話ではここに全員がいるとのことだったからだ。

そっと部屋を覗くと、各部屋にそれぞれ寝ているようだった。それを確認してハヤトはようやく安堵する。

（最後に皆が無事なところを見れてよかった。さて、それじゃ掲示板に書いてログアウトするか。皆が目を覚ましたら別れにくくなる）

ハヤトは食堂まで戻り、掲示板の前に立った。そして文字を書き込む。

夢を叶えるために遠くへ行くことや、この拠点は好きに使っていいこと、そしていつ戻れるか分からないこと。そして、もう戻れないかもしれないとも書く。

（これが最後の言葉になるわけじゃない。ディーテちゃんを通して情報のやり取りはできるんだから問題はないんだ……でも、なんだろう。心に穴が開くような感じだ）

たった半年でしかないが、それでもハヤトは皆と共に戦った戦友だと言えるだろう。そして皆のおかげで夢を叶えることができる。現実でのことは言えないが、喜びを分かち合いたかった。

メールを通して話をすることはできるだろう。だが、もう会うことはできない。ハヤトにはそれが辛い。

ハヤトは感傷的な気分を振り払い、自室へ向かおうとした。自室でログアウトするためだ。

「ご主人様？　どうやらお互い無事だったようですね？」

「エシャ……」

二階へ続く階段からエシャが降りてきた。

ハヤトは掲示板の前に立って狼狽する。

エシャは訝し気にハヤトを見た後、掲示板へ視線を移した。

エシャの表情は変わらないが、ハヤトとしては声を掛けづらい。そう思っていたが、エシャが笑顔でハヤトの方を見た。

「どうやら夢を叶えられるようですね。でも、なんで寂しそうな顔をしているんですか？」

「……しばらく皆とは会えないから……それを思うとちょっとね」

しばらくではない。直接会えるのは今日が最後。それを思うとハヤトは心が痛い。

（こうならないために会わずにログアウトするつもりだったんだけどな……時間が経てば経つほど未練が残る。そうなれば俺は本当にここから抜け出せない。機械的にログアウトしてしまうのが一番だったんだけど……）

「そうですか。しばらく旅に出るならチョコレートパフェを作ってください。もちろん、星五で」

「……あのさ、そこは俺との別れを惜しむところじゃないの？」

「チョコレートパフェとの別れを惜しむことは間違っていません」

ハヤトは、なんだよと思いつつも、変な別れ方をするよりもいつも通りの方がいいかと、さっそく作ることにした。

「じゃあ、そこの椅子に座ってて。すぐに作るから」

ハヤトは倉庫から必要な材料をアイテムバッグにしまって料理を開始した。

残念ながら星四だ。ハヤトは改めて挑戦する。

「そういえば、私はなんでこの拠点で寝てたんですかね？　確かご主人様と一緒にディーテから逃げていたと思うんですが」

「エシャには感謝しているよ。それに最後に渡してくれた武器の情報。あれのおかげでディーテちゃんと交渉できた。でもさ、あんなメモを渡しておいてログアウトしろは矛盾してない？　拠点に戻ったとき、笑っちゃったよ」

「ディーテと交渉できたのなら何よりですね。私が無事なのもそのおかげですか。ご主人様には感謝しないといけませんね。でも、何が矛盾だと言いました？　よく聞こえなかったのですが」

ハヤトはエシャの言葉を不思議に思う。というよりも色々なことに疑問を持ち始めた。

（ログアウトという言葉がＡＩ保護の対象だからエシャには聞こえなかったみたいだな。でも、あのときのエシャは間違いなくログアウトしろと言ってくれたはずだ。もしかしてエシャもこの世界が仮想現実だと知っている？　そもそもなんでエシャはディーテを倒せるほどの武器の作り方を知っているんだ？　あれは汎用武器ではなく、俺専用の武器になっていた。つまり、あれはエシャが俺のために用意したものだ。なんでそんなことができる？）

「あの、ご主人様、どうかしましたか？　さっきから黙ってますけど。早くチョコレートパフェを渡してくれとだけ言わせていただきます」

「え、ああ、ごめん。いつの間にか出来てたよ。はい、これ」

ハヤトは星五のチョコレートパフェをエシャに渡した。

エシャはそれを数秒間、両手で掲げてから、美味しそうに食べ始めた。

「食べながらでいいんだけど、ちょっと教えてほしいことが――」

「私のおやつタイムを邪魔する奴は誰であろうと《デストロイ》ですよ？　例外はありません」

「……悪かったよ」

エシャに、獲物を狙う狩人のような鋭い目で見られて、ハヤトは聞くのを諦めた。

（色々と疑問はあるけど、エシャはエシャだ。聞いたところで俺の好奇心を満たすだけ。根掘り葉掘り聞くのは無粋かな。それに邪魔したらなんか危なそう）

ハヤトはエシャがパフェを食べている姿を見て、ふと気づく。そして料理スキルでコーヒーを作った。いつものように飲んでいた星五のコーヒーだ。この三日間は全く飲んでいない。それを思い出したのだ。

（このコーヒーともお別れか。気に入っていたんだけどな……）

なにか悩んでいたときにはいつも飲んでいたコーヒー。それが楽しめなくなるのはかなり寂しい。最後だと思い、味や香りを覚えておこうとゆっくりコーヒーを味わった。

ハヤトはコーヒーを飲みながら、エシャがチョコレートパフェを食べ終わるのを待つ。

二人の間に言葉はない。ただ、ゆっくりとした時間だけが流れる。

それは時間にして数分だっただろう。だが、ハヤトにとっては、長いような短すぎるような不思議で心地よい時間だった。

エシャが食べ終わったのを見て、ハヤトは尋ねる。

「味はどうだった?」

「いつも通り最高ですよ。幸せな味です」

「そっか」

たったそれだけの会話でハヤトは心が温かくなる。自分の作った物が誰かを幸せにする。これほど嬉しいことはない。

だが、これ以上、この場に留まれば、自分は現実へ戻れなくなる。後ろ髪を引かれる感じではあるが、ハヤトは深呼吸をしてから立ち上がった。

「それじゃもう行くよ。クランにあるお金は皆で分けて。あれだけあればエシャもしばらくは大丈夫だと思うから」

「……そうですか。ならそのお金で自分を雇いますかね。そうすれば、メイドギルドで食っちゃ寝できますから」

「追い出されると思うけどね。ああ、そうだ、クランリーダーをエシャに譲るよ。解散しちゃうとお金やアイテムを分けられないからね。色々なことが終わったら解散してくれてもいいから」

エシャが首を傾げる。

「ご主人様はここにお戻りになるんですよね？」

「……そのつもりではいるよ。でも、戻れない可能性もあるかな」

本当は絶対に戻れない。戻ってくるという可能性を少しでも残すのは、この世界で生きるエシャ達に対して残酷なのかもしれない。でも、絶対に戻れないとは言えなかった。ハヤトは、もしかしたら、という希望を捨てたくはない。これはハヤトの願望でもあるのだ。

「なら、待ちますよ」

「え？」

「ここでご主人様の帰りを待ちます。皆さんはどうなのか分かりませんが、私だけはここでご主人様の帰りを待ちますよ。貰えるお金の一部は私を長期雇用したということにしておきます」

「エシャ……」

「お土産を期待してます。もちろん食べ物で」

ハヤトは涙が出そうになる。

仮想現実だと頭では分かっている。そんな風には思っていないが、目の前のエシャも単なるデータであることは間違いない。とはいえ、これほど絆を結べた人が現実にいるだろうか。自分の一方的な絆ではあるだろう。エシャにとっては単なる便利な雇用主という程度の考えなのかもしれない。

たとえそうだとしても、待っているという言葉は、ハヤトには嬉しかった。

「エシャとは現実で会いたかったよ」

ハヤトの口から本音が漏れた。言うつもりはなかったが、感極まって言ってしまったのだ。

ハヤトは慌てるが、エシャは首を傾げた。

「何で会いたかったといいました？」

「ああ、いや、何でもないよ。メイドギルドからエシャが来てくれてよかったって――来たときはチョコレートパフェを見て涎を垂らしていたのにね」

「どこかへ行く前に《デストロイ》を食らっておきますか？　いい経験になると思いますが」

いつものふざけた感じの会話。事情を知っているのはハヤトだけだが、こんな感じの別れの方が自分達には合っている。

ハヤトはそう思って笑顔になった。

「それは食らいたくはないから、もう行くよ」

「はい、行ってらっしゃいませ、ご主人様。とっとと帰ってきてくださいよ。ご主人様が作るチョコレートパフェがないと力が出ないので」

「善処するよ」

ハヤトはそう言って拠点を出た。

さすがに別れた後で自室に戻るのは格好が悪い。ログアウトは王都の宿で行おうと、ハヤトは王都へ向かって歩き出すのだった。


ログアウト後、現実のハヤトが目を覚ます。あれから王都にある宿屋で何度もログアウトをためらったが、結局はログアウトした。

ハヤトはゆっくりとヘッドギアを外した。そして周囲を見る。

(ここは病院か？　ネイが手配してくれたんだろう。助かったけど、三日近く横になっていたから体が痛い――いや、そんなことより確認しないと)

少しだけ痛みがある体を動かしながら、ハヤトはまたヘッドギアを身に付けた。そして《アナザー・フロンティア・オンライン》を起動する。

目の前に現れたログインの文字。ハヤトはログインを選択するが、すぐに認証エラーとなった。

(やっぱりダメか。分かってはいたけど、実際にダメなのを確認すると結構辛いな)

ハヤトは改めてヘッドギアを外し、ベッドに仰向けになった。

(喫茶店をやれる足がかりは得られたけど、もう皆には会えないんだな……)

ハヤトはそう考えながら、ベッドに備え付けてあるモニターからナースコールを選択するのだった。

## 十二　生産系スキルを極めたら

ハヤトが《アナザー・フロンティア・オンライン》にログインできなくなって半年が過ぎた。

その半年の間にハヤトは夢だった喫茶店を開いた。

何世代も前のレトロな喫茶店はそれ自体がアンティークと言ってもいいだろう。ハヤトがこだわりぬいた結果だ。アンティークが珍しいということもあり、客足はそこそこだ。

地球ではなく、コロニーで開く喫茶店は珍しい。よほどの道楽でなければ無理だろう。ただ、ハヤトにはお金がある。それはゲームの賞金としてディーテから貰ったお金だ。

お金さえあれば喫茶店を開けるというわけではない。開店までは準備で忙しく、ハヤトが色々なところを駆けずり回って、ようやく開いた喫茶店だ。

だが、ハヤトはどんなに忙しくてもゲームのことを忘れたことはない。

あの頃の皆が今頃何をしているのか。自分はもうあのゲームに関わることはできない。それは分かっていてもどうしても気になるのだ。

たまにゲームのことをディーテやネイに聞いている。そもそもネイ達はここでオフ会をすることが多い。気軽に立ち寄っては、簡単な物を頼み、話をしていく。

それが喫茶店の主な収入源になっているのが悲しいところだが、始めたばかりの喫茶店の売り上げなどそういうものだろう。

そして今日もまた、ネイがやってきた。

「いらっしゃい」

「うむ、いらっしゃった！　今日もいつものを頼む！　皆もこれから来るそうだからな！」

「またチョコレートパフェか？　たまにはコーヒーを頼んでくれよ」

「……あれは大人の味だからな。もう少し大きくならんと味が分からん。まあ、そのうち頼む」

（お前はもう二十歳を超えているだろうが。というか毎日は太るぞ？）

そんな風に思いつつも、ハヤトは頼まれたチョコレートパフェを作るのだった。


午後六時頃、ネイ達は帰っていった。

ネイ達が飲み食いしたテーブルの食器を片付けて、洗い物を始める。

（もう少し売り上げをなんとかしないとな。ネイ達のおかげで定期的な売り上げはあるんだけど、いつまでもそれに甘えるわけにはいかない。コーヒーの豆とか変えたほうがいいのかな？　それとも何かもう少し店の売りがないとダメか？）

色々と考えるがあまり奇をてらう感じにはしたくない。さてどうしたものかと考えていたら、結構な時間が経っていた。客も来ないし、そろそろ店を閉めるか、そう思ったときだった。

カランカランとドアベルが鳴る。そして入口から女性が入ってきた。

オフショルダーの白いシャツに薄い黒のジーパンという恰好で、こんな時間にもかかわらずサングラスをしていた。

コロニー内の気温は一定に保たれており、その恰好でも特に寒いことはないだろう。だが、あまりにも無防備というか、服なんて着ることができればいい、その程度の恰好だ。

サングラスをしているのでよく分からないが、顔の輪郭や背中の半ばまで伸びている髪を見ると、ハヤトはどこかで会ったような気がした。だが、どこで会ったのかを思い出せない。

（いけね、せっかくいらっしゃったお客さんなんだから、ちゃんと対応しないと）

「いらっしゃいませ。お好きな席にどうぞ」

ハヤトは笑顔でそう言った。

ハヤトの偏見ではあるが、女性なので窓際のテーブル席に座るかと思いきや、その女性はカウンターの席に座った。そしてハヤトの方を見て少しだけ口元をほころばせる。

(その顔、やっぱりどこかで……?)

ハヤトはそう思った直後、水もメニューも出していないことを思い出し、慌てて用意する。

「お待たせしました。こちらを――」

ハヤトは水の入ったコップを女性の前に置き、メニューを渡そうとした。

女性はメニューを右手で制止するようにして、受け取らなかった。

前に来たことがある客なのかとハヤトが思った瞬間、女性が口を開いた。

「マンガ肉とバケツプリン、それに超エクレアを星五でお願いします」

ハヤトは女性の言葉が一瞬理解できなかった。だが、それは本当に一瞬だけだ。すぐにそのメニューがなんなのかを思い出す。忘れるわけがない。彼女を仲間にするときに用意した料理だ。

「エ、エシャ……?」

かすれる声でハヤトは女性にそう問いかけた。

女性は笑顔になり、サングラスを外す。そこにはゲームの中でよく見たニヤニヤ顔があった。

「お久しぶりですね、ご主人様。でも、気づくのが遅いんじゃないですか? 店に入ってきた時点で気づいてくれるかと思ったんですが、ここまで言わないと分からないとは――まあ、ご主人様の驚いた顔は見れたので別にいいですけどね」

「え、あ、いや、どうして——というか、なんで……?」

エシャはそもそも仮想現実の住人だ。現実にエシャが来るわけがない。なぜエシャがここにいるのか、ハヤトには全く理解できなかった。

だが、混乱しているハヤトをよそに、エシャは満面の笑みだ。

「ご主人様がいつまで経っても戻ってこないので迎えに来ました。メイドギルドからも探してこいと言われているので、ここまで来たんですよ。半年かかっちゃいましたけど」

「そ、そうなんだ……?」

根本的な問題はそこではないのだが、ハヤトは混乱しているため、思考がまとまらない。そう返すのがやっとだった。

「感動の再会だというのにその程度ですか?　もっとこう、大喜びしてくれるかと思ったんですが。ちょっぴり不満だと言わせてもらいます」

「い、いや、驚きすぎて何がなんだか……嬉しいよ、嬉しいんだけど、頭が付いてこないというか、整理できないんだよ。あれ、さっき迎えに来たって言った?」

「ええ、言いましたよ。メイドとして雇ってもらわないと、ギルドから刺客が送られてくるので私が危険なんです。とっとと仮想現実に戻って、また私を雇ってください」

「あのさ、エシャに言って通じるのかどうか分からないんだけど、俺ってもうあのゲームにログインできないんだよ。ディーテちゃんが俺の生体認証のデータを破壊しちゃったみたいで」

「それなら直しておきました。そこに時間が掛かって来るのが遅くなったんですけどね。というかログインできないならそう言ってくださいよ。のんびり待っちゃったじゃないですか」

「ええ？　でも、ディーテちゃんの話だと直せる人はこの時代にいないって――」

「私はこの時代の人間ではありませんので。というか、プログラムの一部は私が作ってますから、それくらいできますよ」

「そうなんだ……というか、エシャは人間なの？」

「そこからですか。それじゃ、その辺りの話はこれからしましょうか。私がどうしてあんなに可愛い美少女メイドになったのか、ゆっくり説明してあげますよ」

ハヤトは、ああ、エシャだ、と自然に頬が緩んだ。エシャとのやり取りはこんな感じだった。ここは現実ではなく、仮想現実なんじゃないかと錯覚するほどだ。

「それでは何か頂けますか？　おごってくれますよね？」

「もちろんだよ。今、コーヒーを入れるからちょっと待って」

「いえ、そこはチョコレートパフェで。本物を食べてみたいですから」

ハヤトはエシャの要望に応えて、チョコレートパフェを作る。もちろんコーヒーも一緒だ。

エシャは出来たチョコレートパフェを数秒掲げると、スプーンを使って食べ始めた。左手を頬に当てて足をバタバタさせながら、美味しそうにパフェを食べる姿は普通の女の子だと言えるだろう。

それを見ながら、ハヤトは少しずつ、この現実を受け入れることができた。

「さて、それじゃ食べながら説明しますね」

エシャがこれまでのことを話し始めた。

チョコレートパフェを食べ終わる頃、エシャはハヤトにすべてを話した。

「つまり、エシャ達はコールドスリープで眠っていた百年前の人間だってことなんだね？　ＡＩはディーテちゃんだけでＮＰＣは全員人間なのか」

「そうなりますね」

ハヤトはエシャからすべての話を聞く。宇宙船アフロディテのこと、ＡＩのこと、百年前の人間であること、そのすべてを聞いた。にわかには信じられないが、エシャには嘘を言う必要がない。それにエシャ自身がここにいることが、それを証明しているので、ハヤトは信じた。

「でも、どうしてエシャは現実に来れたの？　現実での記憶はなくなっていたんでしょ？」

「実はしばらく前から戻っていましたよ。ご主人様にお姫様抱っこされた頃ですね」

ＡＩ保護と言われているのは、ＮＰＣ達が現実のことを思い出さないようにするための対策だった。だが、エシャの場合は別の形で記憶を取り戻す。最終アップデートの前と後で大幅な記憶の改変があったエシャだからこそ思い出せたと言えるだろう。

「あのときの痛みっていうのは記憶が戻ったときの痛みだったんだ――ああ、そっか。だからディーテちゃんから逃げるとき、ログアウトしろって言えたんだね。ＡＩ殺しの作り方を知っていたのはプログラマーだったから？　俺の生体認証のデータを修復できたのもその関係？　色々と驚きだね」

「ログインできるようになったんですから、お礼にいくらでもチョコレートパフェを食べてって言ってくれてもいいんですよ？」

「いや、口が裂けてもそんなことは言わないかな。ちなみにゲームでも言わないからね？」

ハヤトは久しぶりのやり取りに少しだけ泣きそうになる。もう二度と会えないと思っていたのだ。まさか現実で会えるとは思っていなかった。

それにゲームにログインできるということはアッシュ達にもまた会えるということ。エシャには感謝してもしきれないほどだ。

「それにしても、この喫茶店、お客さんがいないですね？」

「言わないで。開店したばかりだし、これからだよ、これから」

「もしかしてご主人様の夢ってこれなんですか？」

「そうだね。ゲームの中じゃ現実の話はできないから言わなかったけど、喫茶店をやるのが俺の夢。それは叶ったから、あとは一人でも多くのお客さんをもてなすのが今後の夢というか、課題かな……売り上げをしっかり出さないとつぶれるからね」

現実的な話にハヤトは少しだけ悲しくなる。

そんなハヤトの前で、エシャが思案顔になっていた。

「えっと、どうかした？」

「ご主人様に提案があります」

「それはいいんだけど、ご主人様って止めてもらっていい？　現実でそんなこと言われていたらかなり危ない人だから」

「それならハヤト様ですか？」

「……悪寒（おかん）がした」

「ゲーム内だったらベルゼーブを取り出して撃ってましたね」

「ハヤトでいいよ。様とかはいらないから」

「分かりました。それではハヤト。提案があります」

　呼び捨てもそれはそれで少しむず痒（がゆ）い。だが、顔には出さないように注意した。現実ではできるだけからかわれたくない。ゲームとは違って赤面する可能性が高いからだ。

「えっと、提案って？」

「私がこの喫茶店に住み込みで働きます。看板娘として頑張りますので、よろしくお願いしますね」

「住み込みって――提案じゃなくて決定事項になってない？　俺の意志は？」

「それは嫌って意味ですか？　こんな時間に住む場所もないか弱い女性を一人、外へ放りだすと？」

「そう言われたら泊めないわけにはいかないけど、俺って一応男なんだけど？」

「自分で一応って言うところがヘタレですね。大丈夫です。ハヤトはこの喫茶店で寝て、私は二階にあるベッドで寝ますので」

「なんで間取りを知ってるの。まあ、泊めるとしたらそうするから別にいいけど。働く話も本気？」

「ええ、本気です。それとも働かずにご飯だけ貰ってもいいんですか？　私としてはそれが最高ですが」

「働け」

「なら決まりですね。それにしてもハヤトは運がいいですよ？　こんな可愛さチート級の女の子を雇えるようになるなんて」

「自分のことを可愛いというのは相変わらずだね。まあ、新規のお客さんを確保するためにも、変化をつけるのはいいかもしれないな。それじゃ現実でもよろしく頼むよ」

「ええ、大船に乗ったつもりでいてください。代わりと言ってはなんですが――」

「え？　なにかあるの？」

「はい、実は今、ゲーム内で問題が発生してるんですよね。ハヤトの生産系スキルが必要になるので手伝ってください」

「はい？」

「今、強硬派のドラゴン達がドラゴンソウルの秘宝を求めて各国で暴れているんですよ。いわゆるスタンピードってやつです。アッシュ様達がそれを止めようとしているんですが、なかなか上手くいっていないようでして」

「なんでそんなことになってるの？　というか、ゲームのイベントなら別にそのままでもいいんじゃない？　最終的には負けないでしょ？」

「実は色々問題がありまして、強硬派のドラゴンが勝つと仮想現実が終わる可能性があるんです」

「なんでそんなことに……」

「明日からお願いしますね。もうログインはできますけど、今日は私をもてなしてください」

「えぇ？　もてなすのはいいけど、俺、明日も仕事があるんだけど」

「言いにくいのですけどね、このコーヒー、味が星二です。客なんか来ませんよ」

「お前、言ってはならんことを……！」

そんなことはハヤトが一番よく知っている。この店で一番売れていないのはコーヒーだ。

「これで客を呼ぼうということに戦慄しますよ。チョコレートパフェはあんなに美味しいのに。もうチョコパフェ屋にしたらどうですか？」

「俺はコーヒーで勝負したいの！」

「まあ、いいですけどね。でも、それなら頑張ってくださいよ。このお店の名前にかけて、ねぇ？」

エシャはそう言うとニヤニヤしだした。

一瞬、何を言っているのか分からなかったが、ハヤトは一気に血の気が引いた。

こんなことになるとは思ってもいなかったので、店の名前のことを今の今まで忘れていたのだ。

「喫茶店クラウン……ハヤトは私のことを好きすぎじゃないですか？　名前じゃなくて苗字であることはちょっぴり不満とだけ言っておきますけど」

夢を叶えることに一番貢献してくれたと思う人から名前を取った。それは純粋な感謝からだったが、こうなると気恥ずかしい。とはいえ、すでにバレているのであれば、ちゃんと言葉にしておこうとハヤトはエシャを見つめた。

「エシャ、君には感謝してるよ。こうやって喫茶店を始められたのはアッシュ達のおかげでもあるけど、それでも一番はエシャのおかげだと思う。だから店の名前に付けさせてもらった。本当にありがとう」

ハヤトの言葉にエシャは少しだけ驚いた顔をしたが、すぐに笑顔になる。

「どういたしまして。私も感謝してますよ……記憶を取り戻しても恐怖を感じなかったのはハヤトがいてくれたおかげですから」

「えっと、最後の方がよく聞こえなかったんだけど……？」

「なんでもありませんよ。さて、それじゃ店に私の名前もついていることですし、ここを世界一の喫茶店にしましょう。やるからには一番を目指さないと」

「それは難しいと思うけどね」

ハヤトはそう言いつつも、もっと頑張るかと気合を入れるのだった。

生まれた時代が異なる者同士がいた。

少女は優秀だが夢がなかった。

男は夢があってもそれを叶えるだけの力がなかった。

二人は仮想現実で出会い、そして多くの人から力を借りて夢を叶える。

他人から見れば大したことではない、宇宙の片隅で起きた小さな出来事だ。

だが、二人にとっては奇跡と言えるほどの出来事だっただろう。

一つの夢が叶い、そしてまた新たな夢が生まれる。

新たな夢が叶うかどうかは分からないが、男はこの少女とならどんな夢でも叶えられる、そう思えたのだった。

書き下ろし番外編

# 仮想現実が現実を凌駕する時代

《バンディット》との戦いが終わり、ハヤトのクラン《ダイダロス》は、ランキングが一位となった。最後の戦いに関しては当日まで対戦相手が判明しないため、ピンポイントの対策を考えることができない。最後のクラン戦争で勝つためには、どれだけクランを強化するかにかかっていると言ってもいいだろう。とは言っても、ハヤトのクランはすでにランキング一位。その上、最後の戦いに負けたとしてもランキング五位以内に入れるのはほぼ確定しており、無理をする必要は全くなかった。

そんな事情を知らないエシャ達は最後の戦いにも勝つつもりでいるが、当のハヤトは、負けてもいい、という程度の考えだった。

それにハヤトにはもっと気にしなくてはいけないことがある。

それはディーテの正体だ。

《バンディット》に勝った翌日の祝勝会でハヤトはディーテに運営と繋がりがあるのかを確認した。ディーテはそのことについて隠すこともなく、その通りだと認めたのだ。

そして最後のクラン戦争でハヤトに会わせたいAIがいるとも言った。それがどういったAIなのかは全く分からないが、改めて聞いても何も答えてはくれない。当日になれば分かる、の回答だけだ。

ディーテはそんな問題発言をしているにもかかわらず、正体を言う前と全く変わらない形でハヤトに接している。

そしてハヤトは今日もディーテが行きたいという絶景スポットに行くことになった。

アッシュ達はドラゴン達の動きが怪しいということで護衛をすることができなかったため、テイマーのマリスとそのペットのランスロット、そして魔王のルナリアと一緒にとある山へ向かっている。最近はこのパーティで行動することが多い。

「ハヤト君、キャンプ用品をしっかり持ってきたかな？」

「キャンプ用品というか、野宿用のセットは持ってきたよ。今日は泊りがけなの？」

「いや。見せたいものが夜なのだよ。時間になるまでそれなりに長いからね、皆で遊べるようにと用意してもらったのだが……トランプはあるのだろうね？　それは必須だよ？」

「キャンプ用品にトランプが必須なのは初めて知ったけど一応持ってきているよ。なぜかお店で一緒に買わされたし」

《アナザー・フロンティア・オンライン》は仮想現実のゲームではあるが、ゲームの中でゲームをすることが可能だ。拠点でメンバーを待つときに時間つぶしでトランプをするのはよく見られる行為だ。

「私はババ抜きが得意ですよ！　ジークに勝ったことはありませんが！」

「猫に負けるのに得意とか言わないで」

「言っておくけど、私は今まで負けたことがない。対戦相手は最後に私から必ずババを引く」

「それはルナリアさんに花を持たせているんだと思うぞ」

マリスとルナリアから、そんな馬鹿な、という顔をされたが放っておく。そしてしばらくはモンスターが出ない場所ということなので、別の話をすることにした。

「話は変わるけど、ジークはお婿さんとどう？」

マリスはハヤトの質問に笑顔となる。

「二人とも仲睦まじい感じで過ごしてますよ！　ですが、再会を祝うのはそろそろ終わりですね。新生にゃんこキングダムを再建するために行動する時期ですから」

「……頑張ってね」

「はい！　悪の帝国、わんこエンパイアを滅ぼすその日までジークと共に頑張ります！」

（エシャが聞いたら、おイヌ様は悪ではありません、とか言い出しそうだけど）

「ちなみにハヤトさんは新生にゃんこキングダムの料理長に就任しましたので」

「恐れ多いから辞退するよ」

「ちなみに私は将軍に任命された。赤の将軍という四天王の一人」

「魔王が四天王をしてどうするんだ？」

ハヤトは気になってディーテを見た。ルナリアはそういうノリが好きそうな気がするが、さすがにディーテはこういうノリにはついてこないと思ったのだ。というよりも、ついていけない仲間が欲しい。

ディーテがハヤトの視線に気づく。

「私かね？　私は黒の参謀という四天王の一人だが？」

ハヤトの希望は潰えた。ここはアウェー。四人と一匹のパーティで、すでにハヤトだけがノリについていけてない。

（ディーテちゃんは何をしてるんだ。運営と繋がっているNPCまで四天王にいるならその勢力が勝ちだろうに。新生にゃんこキングダムすごいな……というか、みんな冗談だと思ってるんだよな？）

マリスが動物と話せるというのは本当かどうか分からない。あくまでも自称だからだ。もしかしたらディーテなら答えを知っているのかも知れないが、ハヤトは聞くつもりがない。何かしらのクエストに巻き込まれそうだ。

クラン戦争もあと一回で終わる。もし、何かのクエストをやるなら、まずはアッシュ達のドラゴン関係のクエストだろうと思っている。だが、懸念もある。

（賞金を手に入れたら現実の方が忙しくなるよな。今までみたいに一日中ゲームしているわけにもいかないし、どうしたものかな……）

ハヤトの目的は現実の世界で喫茶店を開くことだ。時間は普通の仕事よりも融通が利くだろうが、営業日や営業時間がランダムな店だと商売を続けられるわけがない。

ハヤトはそこまで考えて、思考を中断した。まだ始めてもいない仕事のことで悩むのは意味がないと思ったからだ。

そしてハヤトは話の内容を変える。先ほどからマリスとルナリアのどちらが新生にゃんこキングダムで偉いか、という話で一触即発だからだ。

「えっと、ルナリアさんはイヴァン——勇者にアダマンタイトを渡せたのかな？」

数日前にハヤト達は《暗黒洞》と呼ばれる場所でアダマンタイトを採掘した。それはルナリアが折ってしまった《エクスカリバー》の修理に使うためだ。

採掘したアダマンタイトに関してはルナリアに渡しており、それ以降の話は聞いていなかったので確認しようと思ったのだ。

するとルナリアはちょっとだけドヤ顔になる。

「ちゃんと渡した。知り合いの鍛冶師に直してもらうって言ってたから、今頃は直っていると思う」

「そうか。ところで、あれ以降、付きまとわれていることはない？」

「平気。私に振られて吹っ切れたんだと思う。あれ以降は普通の知り合いとして接してる。あと数年もすれば、友達と言ってもいいかもしれない」

「魔王と勇者なんだよな？　友達になっていいのか？」

「私は魔王。そういう細かいことは気にしない」

（魔王と勇者って細かくないと思うんだけど）

何度も人間に生まれ変わって終わりなく戦い続けるという勇者と魔王の設定をネイから聞いてたが、そんな設定を微塵も感じさせない。設定どおりに動いていないＮＰＣとはなんだろうと不思議に思うが、まだストーリーがないのだろうなと気にしないことにした。

そして目的地を目指して歩き出す。

ハヤト達はいつの間にか山道に入っており、この道を登り切った場所が絶景スポットだ。目的地までどれくらいかかるかは分からないが、少なくとも日が落ちる前には到着するだろうとハヤトはさらに歩みを進めた。

「ハヤト君、私には何かないのかね？」

皆で普通に歩いていたところにディーテが話しかけてきた。

「ええと、何かないっていうのは？」

「いや、マリス君やルナリア君には話題を振っておいて、私には何も話を振らないのかなと思ってね」

ハヤトとしてはディーテの立場、つまり運営と繋がっている立場を考えると、そもそもどんな話題を振っていいのか分からない。とはいえ、それをマリスやルナリアに言えるわけもなく、何かしら別の話題を振ってみようと考えた。

一番気になるのは普段の生活だろう。この世界の住人は何かしらの仕事をして金銭を稼ぎ、食事代に充てている。アッシュ達はドラゴンを狩り、その素材で生計を立てているし、エシャはメイドギルドに所属して仕事をしている。

マリスもテイマーギルドに所属して何かしらの仕事をしている。ルナリアに関しては普段何をしているのか分からないが、おそらく魔王っぽいことをしているのだろう。

そんな考えから、ハヤトはディーテに普通の質問をしてみた。

「ディーテちゃんは普段何をしてるの？」

「なんだね、その質問は？」

「ディーテちゃんは生活感がないからね。拠点にいるとき以外に何をしているのかさっぱり分からないから、話の振りようがないんだよ。だから普段は何をしているのかなって」

「ああ、そういうことか。そう言われると、特に何もしていないね。しいて言えば、こうやって色々な場所へ行っているくらいだよ。たまに手紙を読むようなことをしているが、大体返す言葉は一緒だから大したことはしていないね」

「手紙？　何の手紙を読んでいるの？」

ディーテがハヤトを見て意味ありげに笑う。

「ハヤト君も私に手紙をくれたじゃないか。色々と心配事が多いようだね」

その言葉にハヤトは首を傾げるが、マリスとルナリアは食いついた。

「どんな手紙を送ったんですか？」

「男性が女性に手紙を送る。それはラブレター。間違いない。内容を精査するから言って」

「いや、俺はディーテちゃんに手紙を送ったことなんてないけど？」

そもそも、このゲームの中で手紙を書けるのかと不思議に思ったくらいだ。確かに紙や鉛筆などのアイテムも存在はするが、手紙を書けるのは初めて知った。ハヤトの場合、伝言が必要なときは掲示板のシステムで済ませている。

「ああ、手紙という言葉では分からないか。そうだね、意味は同じだが、分かりやすく言うとメールだよ。ハヤト君からも何回かメールを貰っている。公正でいようとする内容はなかなか良かったよ。あれでハヤト君に興味を持ったというのもあるね」

今度はマリスとルナリアが首を傾げるが、ハヤトには何を言っているのかが分かった。

それは現実の世界で運営に送ったメールのことだ。エシャの銃やアッシュのドラゴンブレスに関してこれは不正かどうかというメールを送った。それ以外のことも何度か問題にならないかメールで確認しているが、答えはいつも一緒だった。

「安心したまえ。この世界で可能なことは何をしたとしても問題ではないよ。ただし、世界の住人に嫌われる可能性はあるがね」

ディーテは笑顔でそう言うと、山道を進んだ。

ハヤトは乾いた笑いしか出なかったが、ディーテのことが少しだけ分かった気がした。彼女はAIとしてこの世界と現実の世界両方に存在しているのだ。

それはどんな気持ちなのだろうかとハヤトは興味が湧く。もしかしたらなんとも思っていない可能性は高い。仮想現実だと知った上でそこの住人のように振舞うAI。そういう設定があればAIも自己矛盾を起こさないだろう。

（とはいっても、もしかしたらAIじゃなくて、人が操っているだけの可能性もあるんだよな。本人はAIだと言ってるけど）

ディーテは正体を言ったとき、自分はAIだと言った。それが本当かどうかは分からないが、嘘を吐く理由も分からない。

「ハヤト君、何をしているのだね？　時間に余裕はあるが、早めに行ったほうがいい。メインイベントは夜だが、昼でも山頂からの景色は良いものだからね」

ディーテにそう言われて、ハヤトは自分が足を止めて考え込んでいたことに気づく。

ハヤトは改めて足を動かし、山道を歩き始めるのだった。

ハヤト達は山頂に到着した後、テントを張り、火を起こしてキャンプができるように準備をした。この場所はいわゆるセーフティゾーンとなっていて、モンスターが入ってこないエリアだ。

「私達しかいないですね？」

本来であればプレイヤー達で賑わう場所になるのだが、この山には特に狩りやすい、もしくは旨味のあるモンスターがいないので、狩場としては人気がない。マリスの言う通り、周囲は閑散としていた。

「嘆かわしいことだがね、人気がないのだよ、ここは。もう少し景色などを楽しんでもらいたいのだがね」

ディーテは少し残念そうだが、ハヤトとしては当然だろうなと思った。

ＭＭＯのゲームであれば、プレイヤーの目的は強くなったり、レアアイテムを所持したりすることだろう。リアルな仮想現実なのでゲーム内には絶景とも言える場所はいくつもあるが、それを見るためだけにゲームをしているプレイヤーは少数だ。

そもそも絶景を見たいだけであれば、このゲーム以外にも多くの仮想現実がある。フルダイブ型と言われるものは、《アナザー・フロンティア・オンライン》しかないが、幻想的な映像を見せる仮想現実は多くあるのだ。

「みんな、早くこっちでババ抜きしよう。魔王の力を見せる」

ルナリアがテントから顔をだして、バシバシと地面を叩いている。

（なんでそんなにやる気なんだ？　まあ、いいけど）

ハヤトはそんなことを考えながら、テントへ移動した。

「キング二枚を使って、王の命令、を発動。みんな手札を晒して。魔王の命令は絶対」

「待ちたまえ。私はクイーン一枚を使って、女王のわがまま、を発動させる。手札を晒すのはなしだ」

「ラ、ランスロット、どうしよう？　ここで全面戦争を吹っ掛ける？」

「俺の知ってるババ抜きをやってくれないかな？」

ハヤトの知っているババ抜きとは異なるルールでゲームが展開されている。最後にジョーカーを持っていた人が負けなのは変わらないが、なぜかカードによく分からない効果がある。

ハヤトの知っているババ抜きはもっと単純だ。順番に隣の相手からカードを引き、同じカードが二枚揃ったら捨てて、最後にジョーカーを持っていた人が負けだ。単純明快なルールのはずなのに、ここではなぜかカードに色々な効果がある。

捨てたはずのカードをランダムで五枚拾い直すという効果を発動されたときは、少しだけ理不尽を感じた。

「なるほど、ハヤト君はオールドルールが好きなのかね」

「俺の知識だと、ババ抜きのルールは一つだけなんだけど。七並べとか神経衰弱なら俺の知っているルールになるかな……？」

「七並べだと戦闘系スキルを持っていないハヤトが不利になるけどいいの？　魔王の力を見せつけてもいい」

「どんな七並べをする気だ」

「神経衰弱なら私にターンが来たところですべてめくれるぞ？　記憶力はいい方でね」

（記憶力がいい、か。やっぱりＡＩなのかな）

「ならオールドルールのババ抜きにしましょう！　それならランスロットもできるので！」

「なんでできるんだよ。いや、ジークもできるって言ってたか……でも、テントに入れないからダメだ」

　ハヤトはツッコミ過ぎて疲れたが、普通のババ抜きなら大丈夫だろうと改めてカードを切ることにした。


　ルナリアが膝を抱えて震えている。何度やっても最下位だったので仕方がないだろう。

　そもそもルナリアは顔に出過ぎる。いわゆるポーカーフェイスができないのだ。それを指摘すると、ルナリアはヘルムをかぶったが、口元だけでバレバレで全く勝負にならなかった。

　ハヤトが憐れに思いジョーカーを引いたが、「情け無用！」と言ったので普通に勝った。

　そして今はこの状況だ。

「放っておいてあげたまえ、余計な気遣いは逆効果だ。それにそろそろ時間だ。テントの外へ出ようじゃないか。ほら、ルナリア君も外へ出たまえ。カードゲームで負けたことなんてどうでもよくなるはずだ」

ディーテに促されて、全員がテントの外へ出る。

ハヤトはそこで息を呑む。マリスとルナリアも同様だ。

外が星の光で埋め尽くされていたのだ。それは空だけではなく、地面も同じように星の光で埋め尽くされている。いきなり宇宙へ放り出されたと言ってもいいだろう。

「地面が光っているのは特殊な鉱石が影響している。昼間に太陽の光を吸収して夜に光るというものだよ。鉱石とは言っても採掘することはできないがね」

ディーテは嬉しそうに説明した。

ハヤトも現実の世界で似たような景色を見たことがある。それは宇宙の景色だ。だが、それは動画や画像だった。直に見たことはない。

ここは仮想現実。実際には直に見たとは言えないだろうが、ここまでリアルに再現されているのであれば、直に見たと言ってもいいのではないかと思えるほどだった。

「すごいね、確かに絶景スポットだよ。現実よりも遥かにすごい景色だ」

「何よりも遥かにすごい景色なんですか？」

ハヤトは一瞬、マリスが何を言っているのか分からなかったが、すぐに理解する。「現実」という言葉にＡＩ保護が働いたのだ。

「ああ、いや、砦で見た星空よりも遥かにすごいなって」

「なるほど、確かに空だけでなく地面も星でいっぱいなのはすごいですよね！　ルナリアさんなんか地面を掘って光を取ろうとしてますよ！　私も手伝います！」

「さっきディーテちゃんが採掘できないって言ってたんだけどね――それでもやるんだ？」

ルナリアとマリス、そしてランスロットは地面の光に対して掘り出そうと頑張っている。本人達が楽しいなら別にいいかと、ハヤトは特に止めなかった。

そしてハヤトはふと気になった。先ほどからディーテが自分を見つめているのだ。

「どうかした？」

「……いや、ハヤト君の言葉に嬉しくなってね。少し止まってしまったよ」

「俺の言葉？」

ディーテはハヤトに近づいて小さな声で囁く。

「現実よりも遥かにすごい景色だって言葉さ」

ハヤトは一瞬だけ不思議そうにディーテを見るが、すぐに思い出す。運営と繋がっているディーテにはＡＩ保護がされていない。「現実」という言葉がディーテには通じるのだ。

「そんなことで？」

「ハヤト君には分からないかもしれないが、私にとっては最高の褒め言葉だよ……ますます気に入った」

「ごめん、最後の方がよく聞こえなかったんだけど……？」

「いや、こっちのことだ。気にしないでくれ。さて、ハヤト君はもっとこの景色を楽しんでくれたまえ。私はルナリア君達を止めよう。地面に対してウェポンスキルを使いそうだからね――ルナリア君、待ちたまえ。地面の光は採掘できないと言っただろう」

ディーテは剣を振り上げているルナリアや、くちばしで地面を突いているランスロットの方へ歩き出した。

そしてハヤトは空を見上げ、大きく息を吸う。

(仮想現実でこれだけの景色を再現するなんてすごいな。いつか仮想現実が現実を凌駕する時代が来るのかね。楽しみなような、怖いような、なんとも言えない感じだな)

ハヤトはそんなことを考えながら、改めて空と地面に輝く光を楽しむのだった。

# あとがき

作者のぺんぎんと申します。この度は「アナザー・フロンティア・オンライン」の二巻を手に取っていただき、誠にありがとうございます。

主人公ハヤトとヒロインと思われるメイドのエシャの物語はいかがでしたでしょうか。エシャの方が主人公ではないかというシーンが多かったとは思いますが、それは間違いではありません。この物語は主人公ハヤトの目を通したNPC達の物語という見方もできると思います。それを踏まえてもう一度読んでいただけると、別の発見があるかもしれません。

さて、いきなりですが、名作とはどういう作品を指すと思いますか？　個人的な意見ですが、改めて読み返したくなる作品のことだと思っています。読み終わった後にもう一度最初から読み返したい、そこまではいかなくとも、あのシーンをもう一度読みたい、そんな風に思えたら、それは名作だと思います。自分の創造した物語がそうであるかは分かりませんが、そうであるように書いているつもりです。もしどなたかにそんな風に思っていただけたら嬉しいですね。もちろん、一度だけでも読んでいただけたら嬉しいです。

そしてそんな風に書いた物語に彩を与えてくれたYuzuKi様のイラストは最高です。一巻同様、二巻でも素敵な絵を描いてくださいました。個人的には最後のシーンの挿絵が一番好きです。そもそもあのシーンを書きたくて物語を書き始めたので、それに見合う完璧な挿絵を描いていただけて作者冥利に尽きます。

最後になりますが、書籍化するにあたりお力を貸してくださった皆様に、この場を借りてお礼申し上げます。担当編集者様やイラストを担当してくださったYuzuKi様、そして直接やり取りはないものの、相当多くの方がこの作品に関わってくださったと思います。その皆様に感謝を。

世の中には多くの物語があります。そんな中からこの物語を見つけ読んでくださった。どんなきっかけでこの物語を読んでくださったかは分かりません。ですが、どんな理由であれ、この作品を見つけ読んでくださった読者の皆様には感謝しております。本当にありがとうございます。

物語は一旦区切りを迎えましたが、Ｗｅｂ版ではその先の話も書いていますし、コミカライズの予定もありますので、引き続き「アナザー・フロンティア・オンライン」をよろしくお願いいたします。

令和二年八月　ぺんぎん

コミカライズ試し読み

# 第一話冒頭

漫画：fufu
原作：ぺんぎん
キャラクター原案：Yuzuki

ここは
お任せください
メイドなのに
スナイパーライフル⁉
なっ…
クル
ガチャ

デストロイ

カチャ
ふう
いかがでしょうか
ご主人様？
クル
ポカーン
こいつ
一体…

COMIC
コロナ
CORONA
TOcomics
にて 配信予定

# アナザー・フロンティア・オンライン2
# ～生産系スキルを極めたらチートなNPCを雇えるようになりました～

2020年11月1日　第1刷発行

著　者　ぺんぎん

発行者　本田武市

発行所　TOブックス
〒150-0002
東京都渋谷区渋谷三丁目1番1号　PMO渋谷Ⅱ　11階
TEL 0120-933-772（営業フリーダイヤル）
FAX 050-3156-0508

印刷・製本　中央精版印刷株式会社

本書の内容の一部、または全部を無断で複写・複製することは、法律で認められた場合を除き、著作権の侵害となります。

落丁・乱丁本は小社までお送りください。小社送料負担でお取替えいたします。

定価はカバーに記載されています。

ISBN978-4-86699-066-8
©2020 Penguin
Printed in Japan